OUEST

François Vallejo est né en 1960. Comme il le suggère lui-même, historiquement, il serait plutôt un croisement entre Sophocle et le XVIIIe siècle, un bâtard en somme, cherchant sa route dans le XXIe siècle. Auteur de romans, il est le lauréat du prix France Télévisions 2001 pour *Madame Angeloso*, du prix des Libraires 2004 pour *Groom*, du prix Pierre-Mac Orlan 2005 pour *Le Voyage des grands hommes* et du prix Livre Inter 2007 pour *Ouest*. Son dernier livre s'intitule *Dérive*.

Vacarme dans la salle de bal
Viviane Hamy, 1998
et « J'ai Lu », n° 6789

Pirouettes dans les ténèbres
Viviane Hamy, 2000
et « J'ai Lu », n° 6882

Madame Angeloso
prix France Télévisions 2001
Viviane Hamy, 2001
et « J'ai Lu », n° 7297

Groom
prix des Libraires 2004
prix Culture et Bibliothèques pour tous 2004
Viviane Hamy, 2003

Le Voyage des grands hommes
prix Pierre-Mac Orlan 2005
prix Roman du Var 2005
prix de l'Académie du Maine 2005
Viviane Hamy, 2005

Dérive
Viviane Hamy, 2007

François Vallejo

OUEST

ROMAN

Viviane Hamy

TEXTE INTÉGRAL

ISBN 978-2-7578-0940-2
(ISBN 978-2-286-02520-5, 1ʳᵉ publication)

© Éditions Viviane Hamy, septembre 2006

On a du mal à croire que deux images, aussi bien que deux personnes, pourraient se rencontrer et produire un drôle de mélange, peut-être même une explosion.

Vous recevez un jour de votre famille quelques photos vraiment anciennes, de ce noir et blanc pâli, plutôt floues. Vous y jetez un œil négligent ou amusé, vos petits ancêtres, rien de plus.

L'une d'entre elles, tout de même, vous intrigue un peu, pas longtemps : une scène champêtre, un type imposant armé d'un fusil, accompagné d'un chien noir tout en muscles, dressé sur ses pattes.

Vous vous dites : c'est curieux que trois ou quatre générations aient tenu à conserver et à transmettre une photo si manifestement ratée ; personnage mal centré ; en déséquilibre : son chien l'a empêché de prendre la pose attendue. Et c'est tout.

Ce n'est pas tout. Le lendemain, un matin du printemps 2004, vous longez un kiosque à journaux et vous apercevez à l'affichage, vous croyez apercevoir… enfin, vous l'apercevez, oui ou non ? C'est elle, votre photo familiale, là, partout.

Vous vous dites : impossible, stupide. Vous prenez les journaux, vous vous y plongez. Si ce n'est pas votre photo, elle lui ressemble beaucoup. Au moins, c'est exactement le même chien, la même posture, les mêmes muscles saillants, le même museau noir, pointu et tendu.

Tendu vers quoi ? Vers un prisonnier nu et terrorisé. Vous êtes tombé sur les premiers clichés publiés de la prison d'Abou Ghraib.

Vous pourriez en rester là : un chien ressemble à un autre chien. Mais quelque chose vous pousse à reprendre votre petit carton photographique, vieux de plus d'un siècle, pour comparer, juste pour comparer.

Cela vous amuse, d'abord : les deux bêtes sont vraiment superposables, même gabarit, même allure de bâtard puissant, saisies dans le même mouvement, cette férocité identique dans la mâchoire et l'œil.

Et puis, cela ne vous amuse plus tout à fait. Il vous semble, expérience jamais vécue jusqu'ici, que la rencontre des deux clichés les fait agir l'un sur l'autre. Une sorte de mélange détonant : le plus récent colore le plus ancien d'une lumière nouvelle. Là où vous pensiez avoir vu une scène champêtre innocente, un garde-chasse de l'ancien temps, avec sa brave grosse bête, vous apercevez à présent une scène dangereuse : un homme a l'air de se débattre avec un molosse surgi dans le champ du photographe. Son inquiétude, malgré le flou de ses traits, ou à cause de lui, vous semble évidente, de même qu'une colère prête à exploser, une violence à peine contenue.

Vous vous dites que vous exagérez, que vous n'auriez jamais interprété ces détails comme ça, sans les photos d'Abou Ghraib. Votre regard est simplement sous influence.

Sans doute, mais vous vous rappelez bientôt ce qu'on disait autrefois de ce garde-chasse, resté dans les mémoires comme la figure la plus impressionnante de votre famille : un type devenu presque fou, à la fin de sa vie, criant après des chiens imaginaires, pleurant, implorant qu'on les empêche d'entrer dans sa chambre.

Vous vous dites : alors, mon nouveau regard sur la

photo n'est pas aussi déplacé que je le croyais. Un garde-chasse qui a fini par avoir peur des chiens.

Vous remettez les deux clichés côte à côte. Vous constatez que leur rencontre continue à opérer, la rencontre des deux chiens en un seul, surtout, faisant peser la menace d'une morsure, la plus effrayante des menaces, plus effrayante qu'un homme dont on pense qu'il pourrait toujours, au dernier moment, se maîtriser ; pas l'animal. Et vous sentez cette menace, vous êtes ce prisonnier nu, vous êtes ce garde-chasse armé comme un soldat américain.

Vous n'aviez jamais songé que deux images pouvaient se rencontrer comme ça, se modifier l'une l'autre, et presque transformer votre façon de voir, votre vie peut-être.

Vous vous dites : l'histoire d'Abou Ghraib, les prisonniers, les gardiens tortionnaires, les chiens, elle est là, centrale, dans les journaux, les procès, partout, connue de tous, c'est la nôtre. Et celle de ce type en colère et inquiet à côté de son animal ?

Le garde-chasse mal cadré, c'est Lambert. Son carré de terre, circonscrit par la photo, je le connais, j'en viens, c'est l'Ouest. L'Ouest de ce Lambert-là, ses histoires au temps de ses chiens, c'est d'abord un château. Le nom est marqué au dos du cliché : château des Perrières. Celui qui a noté cette précision l'a fait non sans fierté, cela se sent. Les châteaux ont gardé un pouvoir sur les esprits bien au-delà de la Révolution. Lambert n'est pas le châtelain, naturellement, il est au service du château.

Il y est entré, c'était encore le vieux baron de l'Aubépine des Perrières. La mère de Lambert avait servi au domaine cinq ans de sa jeunesse, femme de chambre, et bien vue des maîtres, avant de se marier avec un ancien soldat de la Révolution. Ce passé ne plaisait pas beaucoup sur les terres de l'Ouest, mais l'homme avait assez d'habileté pour le faire oublier. Et il avait eu la bonne idée de mourir vite. Quand le garde-chasse du domaine est mort, la veuve Lambert l'a su, elle a poussé son fils, regardez-moi ce gaillard, ces poumons à faire trembler un chenil. Pas besoin de forcer, le fils Lambert, le fils de la fille Fournier surtout, c'était de confiance.

Le voilà devant la meute, vingt bêtes de chasse, capables d'aller toutes seules et de rapporter à vos pieds la forêt tout entière, si l'envie leur en venait : on leur donnait des ordres pour le principe, elles savaient quoi faire. C'était ça l'ennui, elles savaient trop bien quoi faire, une impression comme ça qu'elles obéissaient, par-dessus votre tête, au mort, à l'ancien garde-chasse.

Il a mis du sang neuf, pour en avoir qui n'obéissent qu'à lui, et puis c'étaient des bêtes vieillissantes pour la plupart, comme le vieux maître qui allait bientôt mourir, comme le vieux garde-chasse qui était déjà mort. Il a tout juste eu le temps de le faire entrer complètement, ce sang neuf, quelques années tout de même, on ne chasse pas les morts comme ça, qu'il en est venu aussi à la tête du domaine.

Le jeune baron, jeune s'entend, quarante ans déjà, n'avait plus parlé à son père depuis quinze ans au moins. On ne savait plus trop si le père avait chassé le fils ou si le fils avait fui le père. La mésentente, du moins, était certaine. M. de l'Aubépine l'Ancien avait pris le Jeune en grippe très tôt. Cet homme des temps d'avant, affable comme tout, aimé de tous, n'avait qu'une étrangeté, il détestait son fils. S'il avait une occasion de le rabaisser, à table, au cours d'une chasse, d'une promenade, il ne la perdait jamais. Toi qui ne vaux rien… Inutile de lui demander un avis, un service, un signe d'esprit ou de cœur, à celui-là… Vous tomberiez sur du vide. Et avec ça aucune santé. Un garçon de cet âge, perpétuellement malade… Ce ne peut être que de la mauvaise volonté. Une constitution maladive ? Et pourquoi ? Non, non, de la pure méchanceté, voilà mon opinion. On trouvait quelquefois qu'il exagérait, on le nommait un écraseur de fils. On le comprenait aussi quand on voyait le garçon traîner sa mine défaite et un ennui, en compagnie, qui ressemblait à du mépris. Ce n'était peut-être pas un homme, cette chose-là, comme le répétait son père : Tu n'atteins pas le sabot du plus humble de nos petits paysans de l'Ouest. Des gaillards, ils te dépassent tous, en largeur, en couleur, en force. Tu me fais honte. Aucun d'eux ne te voudrait à ses côtés quand je les conduis.

M. de l'Aubépine l'Ancien avait été un meneur de Chouans depuis la Révolution jusqu'aux dernières chouanneries du Maine, en 1831 ; un homme énergique et fier de son énergie. Une figure dans son milieu. Alors, un fils malingre, alité un jour sur deux, fuyant devant les hommes, forcément c'était désespérant. Malgré une forme de nez et de bouche très ressemblante, il lui arrivait de mettre en doute publiquement sa paternité. La mère n'était plus là, déjà, pour protester ou pour défendre son petit. L'Ancien a humilié le Jeune plus de vingt ans, le tenant au secret dans des coins noirs, dès qu'il déclarait une maladie : Je ne veux pas voir ça. Tu reviendras quand tu auras la santé d'un homme. Son idée de la médecine. Avec les années, l'enfant a travaillé à masquer les signes de la maladie. Le père n'était pas dupe, il s'arrangeait pour avoir toujours son fils à sa main. Il l'a dirigé en tout, lui répétant qu'il était incapable de faire quoi que ce soit par lui-même. Le garçon voulait faire des études ? L'art ? L'histoire de l'art ? Des goûts de malade, pas question : le droit, à la rigueur. Il échouait ? Forcément, un moins que rien. Il a enduré sans rien dire, longtemps, mais ceux qui l'avaient connu alors disaient l'avoir aperçu quelquefois dans les bois, hurlant, cassant des branches, démolissant des refuges en rondins ; dans les fermes, donnant des coups de pied aux cochons, avec les mêmes cris de malheureux ; après quoi, au château, il baissait la tête, éteint, fermé aux insultes et aux méchancetés inévitables. C'est le père lui-même, à la fin, qui lui a imposé son mariage. Tu as l'âge, tu es malheureusement le seul dépositaire de mon nom, j'ai quelqu'un pour toi. Le fils a d'abord ravagé un poulailler chez les Gerzeau, au Clos-Morin, on a pensé qu'un renard d'une taille exceptionnelle avait fait un sort aux poules. La fille Gerzeau l'avait vu, elle l'a dit à son père, ils ont préféré ne pas se mêler des affaires du châtelain. Le fils avait à peine eu le temps de se débarrasser des plumes de la basse-cour. Il est convoqué par son père, dans la bibliothèque, pour apprendre le détail de la noce, date, vie future, argent : il s'est plié. Elle est trop bien pour toi, a dit le père en le congédiant, c'est le plus grand privilège que je t'accorde. Ce n'est pas pour toi, c'est pour le nom.

Parlez d'un privilège, une femme pareille, sa cousine au troisième degré, de la branche des Labrunie, Jeanne, aussi rude que le vieux chef de chouannerie, même ton de commandement. On disait qu'elle était devenue l'œil du père sur le fils, une écraseuse de mari. Quand la fâcherie a éclaté, le Jeune se rebellant enfin, commençant à tenir tête à son père, s'éloignant des Perrières, ou chassé, sa femme ne l'a pas lâché comme ça. Elle avait besoin d'exercer son autorité, il l'acceptait encore, celle-là. On ne sait pas s'il allait casser une fenêtre ou une rampe d'escalier, dans Paris, pour se soulager. Enfin, ils passaient pour un drôle d'attelage. Le plus singulier, Mme de l'Aubépine continuait à rendre visite à son beau-père, seule, au château des Perrières, repartant avec des ordres, dominant M. de l'Aubépine le Jeune, là-bas, à Paris, au nom du père. L'avantage de la situation, c'est que, grâce à elle, le fils continuait à profiter de la fortune familiale ; seulement, son argent, il le payait cher.

Lambert, entré plus tard au domaine des Perrières, a eu l'occasion de rencontrer plusieurs fois cette dame, les dernières années ; pas laide, mais sèche et sévère ; passant une semaine ou deux au château, trois fois l'an. Les domestiques murmuraient en souriant que le vieux baron partageait au moins quelque chose avec son fils. Des racontars, peut-être, mais tout le monde en a vu une confirmation à la mort de la belle-fille, une mort que rien ne laissait prévoir, comme on le disait au bourg : M. de l'Aubépine l'Ancien ne lui a pas survécu trois mois. Coïncidence, on voulait bien, mais pas trop. On disait qu'il ne s'était pas remis de sa perte ni surtout des funérailles : le fils avait réussi à interdire à son père d'y assister. Personne n'en était revenu. Quelque chose avait vraiment changé. L'écraseur de fils ne s'en est pas relevé. C'était si simple, au fond. On s'est demandé pourquoi ce garçon s'était soumis si longtemps. Il ne fallait pas chercher à comprendre, cela se passait chez des messieurs. Et puis, le père, tout le monde l'aimait tellement aux alentours, un vrai maître de l'Ouest, dur mais juste, il n'était peut-être pas prudent de soulever, même à peine, le couvercle de la marmite, quand elle était sur le feu.

M. de l'Aubépine le Jeune, ces morts rapprochées, ce plaisir de la liberté, il s'en est trouvé transformé. Aussi vite qu'il le peut, il revient attraper son héritage. Il assure qu'il n'a jamais cessé d'aimer le domaine des Perrières. Il décide de s'installer chez lui, vraiment chez lui, comme il le dit. On a l'impression qu'il veut sa revanche.

Le voir arriver, pour les gens de la maison, c'était déjà une épreuve. D'abord, on ne vaut pas mieux que des chiens, on obéit à un mort de préférence à un vivant ; et puis on avait toujours donné raison au père, par principe, c'était lui le maître, et quel maître. Mais le fils revenait, on n'avait rien à dire, c'était son château, ses bois, son étang, ses trois fermes, deux en ouest, où les terres étaient meilleures, une au sud. Il fallait s'en aller ou s'habituer. S'habituer, c'était le plus difficile. Ceux qui l'avaient connu de près dans sa jeunesse ont préféré aller s'engager ailleurs. Les fermiers avaient des liens moins étroits avec le château, ils n'allaient pas quitter leurs fermes comme ça. Les seuls de la maisonnée à ne pas avoir connu M. de l'Aubépine le Jeune, c'étaient les Lambert, alors ils voulaient bien attendre pour voir. Ils essayaient de ne pas prêter attention aux ragots… Quinze ans ont passé, on n'est plus le même… Ils ont fait des efforts. Malgré tout, ils n'ont pas pu s'empêcher de penser aussitôt que c'était un drôle de coco : il lui manquait les gestes ; les gestes du vieux seigneur chez le jeune seigneur. Les terres de l'Ouest, il ne fallait pas trop leur en demander, même soixante ans après la Révolution, elles auraient préféré que les jeunes maîtres soient la réplique des anciens. Ceux des Perrières, le père et le fils fâchés depuis plus de quinze ans, on pouvait comprendre qu'ils soient différents l'un de l'autre, enfin comprendre, jusqu'où ? On a sa fierté de métier. Et qu'est-ce qu'il attend de son nouveau maître, le garde-chasse ? Qu'est-ce qu'il attend, le jour de son retour, mettons le lendemain ? Il attend qu'il lui demande la visite complète du chenil, présentez-moi nos bêtes, Lambert. Et après ? Le monsieur, après plus de quinze ans d'absence, il devrait flatter celui-ci, tâter un peu les babines de celui-là, éprouver la fraîcheur de deux ou trois truffes, le soyeux d'un poil roux, estimer l'âge de chacun, admirer l'attache des oreilles, si elles tombent bien, le flair du petit, là, la course des Artésiens. Montrer qu'il est le maître de tout le domaine, et des chiens. Lui rien ; pas ça, à ne pas retourner la tête quand il passe près des bêtes, à l'entrée des dépendances, et qu'elles font leur raffut derrière leurs barrières. Il demande même qu'on rentre le gros chien de garde sur son passage, le Rajah, un beau monstre, c'est entendu, il ne veut pas le voir non plus, il en a peur. Lambert commence à comprendre l'écraseur de fils.

Bon, le maître ne veut pas entendre parler des chiens. Et qu'est-ce qu'il veut voir à la place ? Ses gens. Comment ils sont logés chez lui. Leur condition, comme il dit. Est-ce que cela doit compter, leur condition ? Il arrive, il demande à visiter le pavillon de son garde-chasse, à cent pas du château, où son père ne serait jamais entré. Lui, il voulait savoir comment la femme de Lambert, Eugénie, tenait sa cuisine, la malheureuse, tout juste prévenue, elle a cru mourir, c'était comme se montrer toute nue. Il entre, il se découvre, mais ni bonjour ni bonsoir ; il fait le grand tour, il pousse la porte du fond, la seconde pièce, Eugénie va tomber à genoux, si Lambert ne la retient pas ; c'est tout noir, par bonheur ; le maître ressort, pas le premier mot. La fille passe, sept, huit ans alors, Magdeleine, il l'arrête, il lui prend le menton, il lui manœuvre la mâchoire, à droite, à gauche, lui tapote le crâne, comme il aurait dû faire aux chiens, comme il faisait à la petite. Il n'a pas dit bonne bête, mais tout comme : Elle a la peau fine, comme c'est curieux, et blanche. On ne dirait pas une fille d'ici. Il la regarde un peu longtemps, c'est gênant, mais c'est tout. Non, ce n'est pas tout. Avant de sortir, il regarde avec insistance le ventre d'Eugénie : elle était grosse du garçon. C'est pour la Noël, dit Lambert, mais son état ne l'empêche pas d'être bien courageuse. Le baron lève la main comme s'il disait : je m'en moque. Ce n'est pas le geste d'un maître non plus. Le garde-chasse en est soucieux, il dit à sa femme qu'ils sont salement mis avec un homme pareil, un drôle de coco, voilà, et ça ne fait que commencer.

Le nouveau baron de l'Aubépine des Perrières a fait son tour chez les Lambert et depuis, rien ; de quoi s'inquiéter un peu plus. Qu'est-ce qu'il a dans le ventre, au fond ? Et s'il voulait jeter le garde-chasse et les siens à la poussière, avec les cendres de son père, pour se faire une maisonnée à son goût ? Avec ce qu'il lui a fait voir, son père, son écraseur, ce serait dans l'ordre du possible. Alors, qu'est-ce qu'il attend ?

C'est un dimanche d'octobre, Lambert finit son demi-gloria, l'après-midi à tuer. Le maître a fait seller son gris pommelé, une grise pour tout dire. Lambert se dit que les chiens ont besoin de se dégourdir les pattes, pas une chasse, non, on ne devrait pas chasser sans l'assentiment du maître, et le maître, pour l'instant, bon. Il accroche le fusil à l'épaule droite, le fouet enroulé tenu bien ferme dans la main gauche, pas pour la chasse, non, pour l'équilibre du pas, et puis, on ne sait jamais, si du gros gibier démarre trop près, avec les chiens. Le pied s'enfonce bien profond dans l'humus, deux semaines de pluie, on sent mieux le pays d'Ouest quand il est mou. C'est du bois vallonné par ici, bien dense, il faut se tenir aux arbres des fois.

À mi-côte, les chiens se taisent, se regroupent, des coups un peu sourds, ça s'arrête, ça reprend. Lambert tient ses bêtes, elles se mettent à tirer fort, à gueuler fort, des chiens à belle gorge, une fierté. S'il les laissait aller, pour voir ? Les coups se sont éloignés, ou c'est un passage gorgé d'eau. On avance. Là, ça revient, et puis non, on ne voit jamais rien sortir, une demi-heure à tourner, à se suivre, aucun doute, ce n'est pas un homme, c'est une ombre : est-ce que c'est moi qui cours derrière elle, ou c'est elle qui s'amuse derrière nous ? Qu'est-ce qu'elle veut, à la fin, l'ombre du maître, si elle ne veut rien ?

On l'a perdue, l'ombre, deux heures de bois, et ne jamais savoir, ou alors lâcher les chiens. Il les lâche. Ils lèvent le nez d'abord, ils s'orientent au milieu des odeurs de feuilles macérées et d'écorces tombées ; ils attrapent au vol le piquant de la sueur et de la chair animale en mouvement. Ils plongent. Ils y sont, à gueuler tant et tant, Lambert y va à l'oreille, c'est vers le Coin-Malefort, en contrebas, vers la lisière. On l'appelle le Coin, ça ne ressemble pas du tout à un coin, plutôt à un carrefour, deux allées de la forêt se rejoignent et bifurquent vers les deux fermes de l'Ouest, pas visibles tout de suite, derrière un monticule, de chaque côté.

Les derniers arbres lui bouchent la vue, il entend juste une voix un peu mate, comme étouffée, la voix du nouveau maître (celle de l'ancien sonnait comme d'un chanteur), il est à bas de son cheval pommelé, il le protège de son corps : Tenez vos chiens comme il faut, s'il vous plaît, ma jument est une fille impressionnable. Lambert pense que ce n'est pas seulement la jument qui est impressionnable. Un peureux pour maître, ne valant pas le plus petit paysan de l'Ouest, ce n'est pas glorieux pour ses gens. Cela pourrait être avantageux ? On en ferait ce qu'on voudrait ?

Qu'est-ce que vous attendez donc, Lambert ?

Peureux peut-être, mais il a aussi son caractère, faut se méfier, Lambert. Le garde regroupe la meute, trois claquements de son fouet de chasse, en meneur sûr de ses bêtes, il les attache à un hêtre. On ne sait pas s'il tient enfin M. de l'Aubépine pour causer ou si c'est le maître qui tient Lambert ; ils se causent, c'est tout ce qu'on peut dire. Ils ont du mal au début : ils commencent par parler des chiens ; il est bien forcé de s'y intéresser, pour une fois, le maître, à ses chiens : ils tirent pour renifler sa jument d'un peu trop près. Il dit qu'ils sont beaux, enfin il le reconnaît, de beaux chiens, les chiens de Lambert, les chiens du château des Perrières. Le garde-chasse croise les doigts sur son ventre, le velours côtelé de sa veste, on peut s'entendre, si le maître parle comme ça. Continuons voir.

Dites-moi, Lambert, voilà des années que je n'ai pas couru nos bois, c'est bien ici la limite nord du domaine ?

Erreur, monsieur, il faut compter cinq cents pas de plus, et nous sommes plein ouest, plus bocager, ce côté, regardez.

Relever l'ignorance du nouveau maître, cela vous procure un brave petit bonheur.

Lambert, vous étiez très attaché à mon père, à ce qu'on m'a dit.

C'était un fort bon homme…

Les gens d'ici le pensaient, mais il sortait les crocs de ses babines mieux que le meilleur de vos Normands, j'en sais quelque chose.

Il avait ses façons, j'ai les miennes.

Cet attachement, c'est bien l'ennui. Je ne vous cache pas que j'avais l'idée en revenant ici de ne laisser demeurer homme ni femme ayant appartenu à mon père. La cuisinière, ceux de l'écurie, ils me connaissaient d'autrefois, ils sont tous partis d'eux-mêmes et avant mon retour ; ils ont bien fait ; de toute manière, je ne voulais plus m'encombrer de gens pareils. Le valet de mon père savait que je ne le reprendrais pas, il avait son âge, il a eu son dû. En somme, il ne reste que vous et votre famille. Je m'attendais à votre départ. Qu'est-ce qui le retarde ? L'enfant qui vient ?

Sans doute, et puis nos bêtes. Une cuisinière change

de casseroles. C'est toujours des casseroles. Mais on n'abandonne pas comme cela des bêtes qu'on a fait naître, qu'on a dressées et nourries.

Faut-il que je fasse abattre la meute pour vous décider ?

Lambert doit avoir pris une sale tête : Paix, Lambert, je vois que vous montrez les dents aussi vite que vos chiens et que mon père. Cela doit être naturel dans vos fonctions. Il y a de la chiennerie en vous, brute, et cela ne me déplaît pas. J'ai pris mes renseignements sur vous, allez. On m'a dit que votre père avait été un tueur de blancs.

On exagère beaucoup.

Si vous n'avez pas le goût de l'étaler devant les autres, n'ayez pas peur de le reconnaître devant moi, il me plaît à moi de savoir votre père un tueur de blancs, je ne les aime pas non plus.

C'est à Lambert d'être perdu dans sa forêt à présent et c'est le maître qui le manœuvre : qu'est-ce qu'il veut lui faire dire avec son père tueur de blancs ? Son père était du côté des bleus, au moment de la Révolution, c'est entendu, mais il avait des seize, dix-sept ans en 93 ; il s'est engagé contre la Vendée, venant de Paris, c'est connu, mais il n'a pas fait grand mal, enfin il a obéi aux ordres. S'il a tué quelques blancs, des Vendéens un peu, des Chouans surtout, c'est que l'époque le voulait et que les blancs, ici, ne ménageaient pas les bleus non plus. Et puis son père s'est fait au pays. Il a été comme pris par l'Ouest. Il a presque fait oublier son passé de bleu. Il a même fini par marier une fille dont le père avait beaucoup chouanné avec M. de l'Aubépine l'Ancien, cela compense.

Où est le mal, Lambert ? Pourquoi dissimuler les faits ? Je ne suis pas mon père. Il a été de toutes les guerres de l'Ouest. Moi, j'aurais préféré être un tueur de Chouans, comme votre propre père.

Qu'est-ce que c'est que cette histoire ? se dit Lambert, le fils de l'ancien maître, un noble aussi bien que son père et que sa mère, se prétend leur adversaire, méprise la chouannerie en terre chouanne ? Qu'est-ce encore qu'un maître qui entraîne loin son garde-chasse, à la limite du domaine, pour enfin lui parler et lui parler de quoi ? de son sentiment politique, des guerres partisanes d'autrefois ? De leurs pères respectifs ? N'est-ce pas une de ces provocations proprement chouannes au terme de laquelle M. de l'Aubépine, ayant fait avouer à son garde-chasse qu'il est lui-même, et par tradition familiale, l'ennemi de la noblesse, le chassera du domaine ?

Lambert se croit obligé de se défendre : son père a bien fait ce qu'il a voulu, il est mort ; lui, son fils, a servi ses maîtres honnêtement, sans souci du passé de chacun, ne se voulant pas un bleu chez les blancs, ni plus ni moins blanc que M. de l'Aubépine, dans un pays pas trop franc, notre Ouest à nous, chouan d'un côté de la forêt, républicain de l'autre, plus à l'est, avec une frontière en mouvement selon les temps, Lambert lui-même en mouvement de chaque côté de la frontière, comme un bon garde-chasse qui sait sa forêt et la parcourt en tous sens.

Vous êtes donc à classer du côté des opportunistes, Lambert, habile homme en toute occasion, selon le roi ou la constitution, blanc avec mon père blanc, bleu avec votre père bleu, et avec moi ? Si un homme venait vous dire ici que votre maître doit être rangé au nombre des rouges ?

Je ne le croirais pas.

Et si cela était tout de même ?

Quoi ?

Qu'il soit rouge, tout de bon.

M. le baron me barbouille la tête avec toutes ses couleurs et je ne sais trop désormais ce qu'il attend de moi au château.

Je le sais de mieux en mieux, moi, et je vois que pour me seconder dans mes affaires je peux compter sur un homme tel que vous, Lambert. Je devine beaucoup de finesse derrière cette force. Moi aussi je m'y connais en hommes, allez. J'ai besoin d'un garde-chasse habile, qui soit plus qu'un garde-chasse. Capable de s'occuper de tout ici. Au moins pour quelque temps. Disons, jusqu'à la naissance de l'enfant. Ensuite, nous verrons. Pour commencer, menez-moi à nos fermiers, Lambert. Ils sont au bout de ces deux chemins, si je me souviens bien ? Passez devant. Vous voyez, je vous parle en républicain. Le peuple me guide.

Cela aurait été acceptable, à la fin, de servir un noble démocrate plutôt que royaliste. Lambert non plus n'aimait pas la prêtraille, et la république ne l'effrayait pas, son père lui avait laissé ça, au moins. Cela aurait été facile, si M. de l'Aubépine n'avait eu devant ses fermiers une conduite étonnante, après tous ses discours du Coin-Malefort, étonnante, c'est-à-dire conforme à son rang et à l'usage.

Il pénètre dans le Clos-Morin à cheval, son garde-chasse courant devant, tenant sa meute. Il réunit son fermier et sa famille, les trouve lents à se découvrir, leur reproche la paille souillée de leurs sabots ; il retire avec le temps qu'il faut ses gants jaunes, des gants de ville, des gants de monsieur, il se plaint qu'on se crotte les bottes dans cette cour, décline toute invitation à visiter les terres labourées, les dépendances. C'est Gerzeau, le plus vieux de nos fermiers, M. de l'Aubépine le connaît d'autrefois ; un maladroit, il commence par un hommage au vieux maître, quand le jeune lui demande des comptes sur la récolte passée ; l'autre marmonne ce qu'il peut, tête baissée. Le maître trouve que la terre n'a pas rendu ce qu'elle devait. Qu'est-ce qu'il y connaît ? pense Lambert. Il a quitté le domaine voilà plus de quinze ans et il prétend avoir des idées sur les graines de chanvre, leur qualité, le moment de la récolte, devant notre plus ancien fermier. Il s'approche du poulailler, un coup de cravache, les bestioles se dispersent en criant et en se heurtant les unes les autres, un bel envol de plumes. Sales bêtes, dit le maître, et c'est tout.

À la Garde-Champdieu, la seconde ferme de l'Ouest, il ne descend même pas de cheval, il tourne autour des paysans en cercles de plus en plus serrés, il s'en prend à leurs vaches étiques, soupçonne Fleuriel de ne pas leur faire donner tout leur lait. Et puis il trouve que sa ferme pue, une odeur mêlée de caillé et de bouillasse, c'est écœurant. Quoi ? pense Lambert, c'est une ferme, cela ne peut pas sentir le satin. Fleuriel chiffonne son chapeau sans un mot, le nez pointé sur les genoux. M. de l'Aubépine rompt soudain et reprend la direction du château, petit trot, laissant là tout ce beau monde.

Lambert et ses chiens courent derrière lui à présent. Le baron crie, du haut de son cheval, qu'une révolution future devra abolir la chasse : Je hais ces plaisirs de châtelain et de paysan. Juste après, il arrête sa grise : Il faudra cependant étoffer un peu cette meute.

Je ne comprends plus rien à ce que vous me dites, monsieur. Cela ne tient pas ensemble.

C'est pourtant simple. Il me plaît que vous soyez à la tête des plus belles bêtes du pays.

Cela se mélange de plus en plus dans la tête de Lambert : que penser d'un homme qui se flatte d'être l'ami des bleus, des rouges même, qui vous jette à la figure la république, la démocratie, l'égalité, et humilie ses paysans comme le dernier seigneur féodal, avec une joie dont son père, un homme de l'Ancien Régime, n'aurait même pas eu idée ? Et, bien pire, que penser d'un homme qui veut en même temps supprimer la chasse et développer sa meute ? Des caprices d'aristocrate, au fond ? Rien de sérieux ? Un de ces hobereaux dégénérés, comme il s'en trouve toujours, tôt ou tard, dans les grandes familles ? Ce serait si rassurant de pouvoir le croire. Enfin, c'est celui-là qu'il faut servir.

À Eugénie, Lambert ne dira pas grand-chose, rien de son trouble, un garde-chasse ne saurait parler de son trouble à sa femme, surtout si elle est grosse de plus de sept mois ; à Eugénie il dira qu'il a rencontré le maître au Coin-Malefort et qu'ils sont assurés de conserver leur place, du moins jusqu'après la Noël, ce qui compte, lorsqu'on a, comme eux, charge de famille. Ils se réjouissent ensemble, alors qu'il a peur, ce type épais comme deux, dépassant de la tête tous ceux du pays, solide dans ses bottes, une moustache fournie bien noire qu'il doit soulever pour aspirer sa soupe, une barbe un peu longue aussi, taillée en carré, avec ses premiers poils blancs, un crâne à déchirer sa casquette de cuir, comprend que le vrai peureux, ce n'est pas son nouveau maître, comme il l'a cru, c'est lui. Et il a peur d'un homme plutôt pâlichon, maladif toute sa jeunesse, et peut-être bien encore malade. C'est devenu un homme élancé, à présent, c'est vrai, plutôt bel homme, mais toujours un peu maigrelet.

Un autre sujet d'irritation, c'est la présence, auprès de M. de l'Aubépine, de son valet de pied, arrivé de Paris avec lui. Ce Cachan, on dirait qu'il en rajoute dans la noblesse à mesure que son maître se républicanise. Et on le saura qu'il vient de Paris, on le saura que les gens de l'Ouest n'ont pas les manières. Lui aussi, il trouve que cela sent le caca de volaille partout, parce que la basse-cour n'est pas loin. Il s'embête dans ce pays, il le dit franco, s'il croise Lambert. Par chance, il le croise rarement, il ne veut pas avoir affaire à des sauvages. Il s'ennuie, il est perpétuellement en colère, c'est Eugénie qui paye le denier. Parce qu'Eugénie, en plus de tout son travail de femme de chambre, fait office de cuisinière, depuis le départ de l'autre, cuisinière chez elle, cuisinière au château, le marché, et pour quelle récompense ? Cachan lui répète que sa mangeaille n'est pas buvable, si, si, c'est ce qu'il dit. Un lièvre de huit livres, au cidre, grossier, dit-il. À Paris il connaît dix cuisinières qui en feraient du bon, mais l'Eugénie en fait de la lavasse, comme sa soupe, une soupe du potager, de la lavasse, elle en pleurerait, Eugénie.

Lambert a bien cru, un moment, que le Cachan n'aurait pas que du mauvais : voilà qu'un jour il s'approche des chiens. Il veut jouer le vrai noble à la place du maître, bon, pourquoi pas, c'est agréable de parler à deux de ce qu'on aime. Il fait le connaisseur, il dit qu'il a servi chez des maîtres à Paris qui avaient des levrettes de première beauté ; il admire un grand Normand, là, une encolure de diable, bien, bien, on dirait qu'il a l'œil. Ça se gâte tout de suite, il dit qu'en dehors du grand, là, il n'y a rien de valable dans ce chenil. Rien de valable ? Non, ceux-là ont les oreilles attachées trop bas, celui-ci ne porte pas sa queue en drapeau comme il conviendrait, et ils sont sales, Lambert, tu ne les tiens pas assez nets, tes chiens. Même secs, ils puent le chien mouillé. Un valet de pied lui parle comme ça ? Le maître aurait le droit, ça ne lui ferait pas plaisir, enfin il aurait le droit, mais ce Cachan ? Dis-moi, Cachan, tu prends nos bêtes pour des bichons de Paris ? Tu n'as jamais, de ta vie, vu des chiens comme les miens, de première force, et tu viens les rabaisser devant moi ?

C'est toi qui n'as jamais rien vu, Lambert, viens à Paris et je t'en montrerai comme tu n'en as pas idée dans ta forêt où on ne peut pas mettre un pied devant l'autre.

Sa forêt, ses chiens, son Eugénie en larmes tous les matins et tous les soirs, tout ça lui remonte dans le sang, à Lambert, et il l'a vif, et c'est un fort, à côté des petits valets de Paris, c'est un large du coffre, Lambert, un épais de la membrane. Contre Cachan, il en a sous la mandibule, retournes-y donc à Paris, bichon de madame, goret de valetaille, rogaton d'office. Il s'ouvre les poumons, Lambert, un grand déversoir, ne remets pas les pieds au chenil, chiot de ma chiennée, ou je t'y fourre trois jours et je n'en ressors que les os, s'il en reste. On verra bien si tu sentiras encore l'eau de Cologne. Pas beaux, mes chiens ? Chipoteur, chiqué, rien que du chiqué, c'est de mon fouet que tu veux tâter ? Gommeux d'arrière-cour, bichon foireux... Cachan voudrait bien avoir le dernier mot, pour les insultes il a de la réserve, tout valet du beau monde qu'il est, j'en ai autant à ton service, Lambert. Peut-être, mais il n'a pas le temps de se faire valoir, et l'autre en face le dépasse en taille et en épaisseur, il est préférable de se replier au château, heureux que Lambert n'y entre pas derrière lui. Ce n'est pas l'envie qui manque, mais on ne règle pas ses affaires au château. Il lui revient du sang de son père, d'un coup, tueur de blancs, peut-être bien qu'il a été un bon gros tueur de blancs, et après ? Les temps changent, c'est les valets qui se prennent pour des blancs qu'il faudrait prendre au collet, et clac.

Cachan se tient un peu tranquille deux ou trois semaines : s'il sort, c'est par-derrière. Il regarde de loin, il se rentre, si Lambert se montre. Eugénie l'entend se plaindre à son maître, des fois, et ce n'est pas une vie pour un maître ni pour un valet de son rang, dans ce bocage où l'on ne voit pas un être civilisé, où on se pique à une haie vive, sitôt qu'on fait un pas dehors, où on se heurte à une brute si on veut traverser le parc. Ce Lambert nous assiège, il a l'habitude de se faire accompagner de son molosse tout sombre, chien de ferme, ou chien de berger, ou dogue, ou mâtin de Naples, on ne sait trop quel mélange, haut comme un veau, Rajah, comme crie Lambert à tout propos. M. de l'Aubépine le calme : Vous me chagrinez, Cachan, ce Lambert est le meilleur homme du monde, il a la marotte des chiens, je ne peux pas lui enlever cela, c'est sa nature de garde-chasse.

Eugénie dit ce qu'elle entend de loin, elle ne dit pas tout. Elle ne dit surtout pas que Cachan lui refait des misères, goûte ses sauces, à l'office, fait la grimace, les dénigre devant le maître : Monsieur devrait congédier une pareille sorcière, elle finira par empoisonner monsieur. Il jette des saletés sur les tapis qu'elle vient de battre, il pousse le maître à la disputer. M. de l'Aubépine n'en a pas toujours le courage ; en vérité, c'est un homme bien mélancolique, des jours entiers enfermé dans sa chambre, un bonnet de nuit, monsieur, dit Eugénie, un bonnet de nuit, tout juste s'il se lève pour qu'elle aère son lit, qu'elle ouvre une fenêtre. Certains matins, c'est le contraire, il est le premier debout, il veut son monde autour de lui, Cachan, Eugénie. Il veut tout mener dans le château, tout savoir. Après quoi, il fait seller le gris pommelé, il appelle Lambert : Accompagnez-moi, nous chasserons, si vous voulez, non, nous ne chasserons pas, nous marcherons. Il fait desseller sa jument.

Ils s'enfoncent dans les bois, tous les deux, trois heures de marche, trois heures de discours, d'exaltation. Les jours du roi des Français sont comptés, Lambert, je le sais, je le sens, tout mon courrier le dit, tous mes visiteurs le confirment, il faut se préparer, Lambert, à l'instauration définitive de la république. Je sais que vous me comprenez, votre père, le tueur de blancs, nous aurons besoin de gens de votre trempe, Lambert.

Cela occupe une matinée et M. de l'Aubépine retombe dans le sombre, se renferme chez lui, adresse à peine la parole à Eugénie ou à Cachan, une pitié, dit Eugénie, un homme si bien. Elle l'aime un peu, quand il est triste et qu'il regarde son ventre, bientôt le terme. Il s'inquiète pour elle, quelquefois, ce n'est pas comme ce Cachan. Cela s'aggrave avec lui : quand le maître a sa mauvaise bile, Cachan en profite pour la contraindre, elle travaille bien plus durement : une tâche, il la lui fait recommencer plusieurs fois dans la journée : Tu mens comme une chienne, Eugénie, tu n'as rien fait, tu te prélasses, le maître te nourrit pour rien, tu profites de ton état pour manger deux fois plus, tu voles la nourriture, monsieur le saura.

Eugénie a peur de Cachan : il lui dit qu'elle mettra bas un monstre, à coup sûr, et elle le croirait presque. Elle le croit bientôt pour de bon. C'est une simple, Eugénie. Cachan la force à se mettre à genoux pour laver et relaver les sols, pour lui écraser le ventre, que le monstre sorte vite, incomplet, mort-né si c'est possible, voilà tout ce qu'il lui dit chaque jour, et il la menace : Si tu répètes un seul mot à ton Lambert, si tu laisses voir quelque chose, je vous fais jeter hors du château. Tu sais comme le maître m'écoute ? Il ne vaut rien sans moi, dans l'état où tu le vois, alors, c'est bien entendu ?

Elle ne laisse rien paraître devant Lambert ; elle écarte Magdeleine qui l'accompagnait au château de temps en temps, qui travaillait un peu, avec ses huit ans, mais le maître n'aimait pas la voir à l'ouvrage, si jeune, une république ne le permettrait pas. Surtout, Cachan dit qu'il lui fera du mal, si elle revient.

À la fin, Eugénie ne sait plus porter son ventre, le petit se débat là-dedans, quand elle est penchée, on dirait qu'il a des armes pointues pour vous déchirer la peau de l'intérieur, un trident du diable. Ce ne serait pas vraiment un monstre, des fois ? Elle met bas quatre jours avant la Noël, M. de l'Aubépine l'a entendue crier de loin, dans la nuit, elle hurle le nom de Lambert, il a compris. Ce n'est pas d'un maître d'accourir aux cris d'enfantement de sa femme de chambre, même dans le désordre, chacun s'en rend compte. Mais il est curieux, comme il le reconnaît lui-même, de voir Eugénie dans les douleurs de l'enfantement. Il ose entrer dans la chambre, sans permission, il la questionne, pire qu'un docteur, il veut des détails, il la regarde de près quand elle crie de douleur. Les Lambert sont gênés, mais, dans l'agitation, ils sont obligés de le laisser faire, ils s'excusent même du dérangement. M. de l'Aubépine envoie Cachan au village, il faut un médecin à cette femme, dans une république toutes les femmes devraient avoir droit à un médecin. Cachan obéit sans se presser : il assure qu'on ne réveille pas un docteur sans précaution. Et puis, il dit que ces femmes-là se débrouillent fort bien toutes seules et que, certainement, l'enfant ne vivra pas. Pourtant, il ne veut pas se mettre mal avec son maître, il reviendra accompagné du médecin, à l'aube.

Eugénie ne les a pas attendus et Lambert est embarrassé : c'est le travail d'une femme, si l'on n'a pas de médecin sous la main, faire chauffer les linges, détortiller le cordon autour du cou, souffler dans les bronches du marmot qui s'amuse à prendre toutes les couleurs possibles, et bleu, avec ce cordon qui le serre un peu fort, et blanc, bien pâlichon, à présent, il faut le frotter, le secouer, qu'il ne s'en aille pas comme ça, et tout rouge à la fin.

S'il est rouge, il aura de la santé, a dit M. de l'Aubépine. Le plus singulier, c'est qu'il a pris en main l'accouchement, alors que Lambert était tout intimidé devant sa femme. Il en a les mains toutes rouges, et cela semble l'amuser beaucoup. Il les secoue devant lui et il questionne sans cesse Eugénie, il veut savoir ce qu'elle sent, si cela lui fait bien mal, et comment. La malheureuse, pense Lambert, elle n'a pas la tête à lui répondre. Et comment dire à son maître qu'il n'est pas dans son rôle ? C'est bien l'ennui, il n'est jamais dans son rôle. Il faut l'écarter. Que le mari et la femme retrouvent leur intimité : Tu nous as fait une belle petite bête, ma femme, dit Lambert, et il ne comprend pas pourquoi sa femme se met à pleurer.

Ainsi, c'est vraiment une bête ? Un monstre à grands poils ?

Mais non, dit Lambert, il a le poil ras comme tous ceux de son espèce.

Et ses oreilles, longues et tombantes ?

Mais non, de petites oreilles pointues de ratier.

Il veut le lui présenter, elle se cache, elle a peur de son monstre.

Enfin, c'est ton petit, ma femme, ou tu perds la raison avec ton monstre.

Là-dessus, le médecin se présente et se plaint de s'être déplacé pour rien. Lambert s'inquiète plus pour la mère que pour l'enfant, ce refus de voir son fils, une bonne mère pourtant, jusqu'ici, avec Magdeleine.

Ça lui passera, dit le docteur.

Enfin, dites-lui, vous, que son garçon n'est pas un diable aux pieds fourchus ni un être monstrueux…

Tous les hommes le sont un peu, dit le médecin, celui-là ni plus ni moins que les autres.

Oui, mais Eugénie est convaincue qu'il l'est plus. Elle le prend pour un chien de l'enfer.

Ah, les superstitions ont la vie dure sur nos terres de l'Ouest. Bon, montrez-moi l'animal : braillard, bon signe, une ossature, dites-moi, quelle ossature, et une mâchoire, bandit, quelle mâchoire, cela va vous dévorer les mamelles dix fois le jour…

Il est donc bien monstrueux ?

Allons, un bon petit gaillard de nos terres, le fils de son père, cela vous tiendra une meute en respect à huit ans.

Il a fallu une demi-journée pour qu'Eugénie ose croiser le regard de Grégoire, quand il lui a mordillé le tétin, et il y prenait goût, et il vous y faisait monter le lait en veau goulu, dans ces braves tétons, un petit homme, il était grand temps de s'en convaincre. Alors, elle a dit en passant la main dans le noir des cheveux : Cachan m'a donc bien menti, ce n'est pas un monstre.

Cachan, Cachan, qu'est-ce qu'il avait à voir dans l'histoire, Cachan ? Maintenant qu'elle est rassurée, elle peut bien le dire, Eugénie, maintenant que le lait va pouvoir couler avec toute sa crème dans cette petite gorge, il est bon de déverser aussi toute la bile noire, les mauvais traitements du Cachan, ses mauvaises paroles, ses menaces des semaines durant, comment il a voulu lui faire perdre l'enfant, lui faire tourner les sangs, le lait à venir, tout, tout. Et elle a tout rentré ?

Rien dit à Lambert ? Enfin, c'est son mari ou pas ? Est-ce que quelqu'un d'autre que son mari a le droit de lui faire du mal ? Non, Lambert, non. Il prend le fusil sur la cheminée, non, Lambert, non. Est-ce qu'il peut laisser passer un crime pareil ? Canaille qui se prend pour un grand duc, une enflure, et ça se permet de cracher sur les ragoûts d'Eugénie ? Et ça crache sur mes chiens, et sur mon petit ? Le chiot foireux c'est lui, il n'aura plus de derrière pour s'asseoir avant la nuit.

Tiens-toi, Lambert, ne fais pas de malheur, le jour où il nous arrive enfin un deuxième, dis-lui, Magdeleine, il t'écoute toi, avec tes huit ans.

Magdeleine ne sait pas bien quoi dire, ni pourquoi. C'est vrai, ce Cachan est sûrement une enflure et un chiot foireux, mais que pensera le maître ?

Elle a raison, dit Eugénie, cette petite a huit ans, mais elle réfléchit deux fois comme toi, Lambert : c'est au maître que tu dois parler. Il est venu nous aider pour la naissance, j'en ai grande honte, mais qui d'autre l'aurait fait ? Bien sûr, cette façon de se régaler devant une mère qui se vide de son enfant, ce n'est pas bien, non, non, pas bien du tout. Ce n'est pas l'ouvrage d'un baron de jouer la sage-femme, mais peut-être ne faut-il pas trop lui en vouloir, c'est un curieux baron.

Lambert a raccroché le fusil, ses yeux se perdent dans le vide, c'est plus compliqué d'un seul coup, aller trouver M. de l'Aubépine pour dénigrer Cachan. Surtout, comment lui mettre la main dessus ? Il s'enferme, quand il ne vient pas assister aux accouchements des femmes de chambre ; s'il court les bois, c'est sur son gris pommelé et trot de chasse, sans souci de la chasse ni des allées tracées autrefois par son père et Lambert. La pauvre jument en revient toute mangée d'épines, les antérieurs tremblants. Justement, ils reviennent, elle écume, il la tuera sous lui ; c'est le seul moment où il n'a pas l'air de traîner avec lui tout un boulet de misère. Lambert attrape les rênes, qu'est-ce qu'il lui arrive, à notre Lambert ? Un garçon lui naît et il veut faire le palefrenier ? Il est si fier, le reste du temps, de sa fonction de garde-chasse, garde et rien d'autre. M. de l'Aubépine veut-il l'entendre ici même à l'écurie ? On ne se confesse pas à l'écurie, Lambert. Sans doute, mais ce qu'il a à dire ne doit être entendu de personne d'autre que lui. La bibliothèque alors ? La bibliothèque pour un garde-chasse ? Comme les messieurs du temps de M. de l'Aubépine père ?

Lambert n'entre pas souvent au château, lui, c'est l'homme du dehors. Tout juste s'il a monté deux fois l'escalier monumental, d'ailleurs ce château n'a de monumental que cet escalier intérieur, les pièces elles-mêmes ont plus de hauteur de plafond que de surface, c'en est étouffant, dans n'importe quelle pièce on se croirait enfermé dans une grosse cheminée. Encore pire avec le nouveau maître : il garde tout le jour les volets intérieurs fermés, et en plus il tire les tentures décolorées.

Lambert tape ses bottes sur le perron, lisse sa veste de toile épaisse, il a le respect au fond de lui, ne pas salir une demeure pareille. Dans la bibliothèque, sa grosse voix est éteinte, tous ces livres à dorures, ces vies de saints chez un baron républicain, ces traités de chasse et d'agriculture chez un ennemi de la chasse, ça fait tout drôle. Ça doit remonter au temps… au temps des vrais seigneurs. Ils ne sont plus là, ils font encore peur ; celui qui est là, il fait peur aussi, à sa façon. Il retire ses gants jaunes, il les claque sur le bureau en marqueterie, il se jette dans le fauteuil, le fauteuil de son père, il laisse moisir Lambert debout à six pas, sans le regarder, il fait ses petites affaires. À la fin, eh bien c'est tout ?

C'est que j'attendais votre autorisation, monsieur.

Quand donc quitterez-vous vos habitudes serviles, Lambert ?

C'est toujours la même histoire, ce maître vous humilie pour mieux vous reprocher de vous laisser humilier, on ne s'y retrouve jamais avec lui.

C'est Cachan, monsieur : il a voulu tuer mon fils comme qui dirait dans l'œuf.

Il dit le martyre de son Eugénie, sa dissimulation, des semaines entières, sa peur d'un enfant mort-né ou malformé ou monstrueux.

Elle l'a vraiment cru, Lambert ? L'obscurité des esprits en plein milieu de notre siècle, c'est renversant, Lambert.

Le maître se fâche tout seul, lui aussi, mais contre Eugénie ; la simplicité d'Eugénie ; l'ignorance d'Eugénie. Cela ne va pas, Lambert est venu se plaindre de Cachan, pas entendre rabaisser sa femme. Il fait un pas en avant, ça ne va pas, ça ne va pas, ce Cachan, en l'absence de M. de l'Aubépine, se conduit en maître pis que tout maître parmi les maîtres, du temps des rois tout-puissants. Il salit ce qui est propre, il détruit le travail d'Eugénie pour le plaisir de la détruire. Le baron aime entendre Lambert, quand il prend ce ton : En somme, mon valet se conduit en blanc pis que les blancs ? Je retrouve le fils de bleu, je n'en ai jamais douté, le tueur de blancs. Vous me demandez, Lambert, si je vous suis, la tête de Cachan ? Comme un bon tueur de blancs que vous êtes ?

Je ne demande la tête de personne, monsieur, seulement la paix d'Eugénie, quand elle est au service du château. Je demande qu'il ne vienne pas souiller les sauces pour les dénoncer comme mauvaises à monsieur. Qu'un maître le fasse, c'est dans l'ordre, mais un valet, monsieur, un valet. Faut pas, c'est tout ce que j'ai à dire, faut pas.

M. de l'Aubépine secoue les épaules, c'est le rire : alors on expose une grave affaire à l'homme le plus triste du pays et cela le fait rire et cela le distrait ?

En somme, Lambert, vous préférez que j'insulte moi-même votre Eugénie, que je lui fasse recommencer sans fin ses sauces et ses travaux, vous n'y trouverez rien à redire ?

Et il se lance, la république, l'abolition des privilèges, l'ignorance du peuple qu'il faudra bien corriger un jour, il s'excite, dix minutes, ses grands discours habituels, et cela s'arrête d'un coup, l'œil vide, son geste fatigué de la main, je m'en moque, sa tristesse.

Ils se regardent un bon moment, Lambert ne sait plus ce qu'il est venu demander à M. de l'Aubépine, si même il espérait de lui quelque chose ; il s'est emporté contre Cachan, il n'a pas réfléchi, il avait besoin de se laver les poumons, ça oui, et de crier un bon coup, et le maître l'embrouille et répond à côté, avec ses idées fixes d'original. À la fin, il faut sortir, mais comment sortir sans le congé du maître ? Comment reprendre la parole devant un homme aussi abattu et qui ne sort de sa tristesse que pour vous rire au nez ?

Vous êtes toujours là, Lambert ? Vous êtes un homme obstiné, c'est bien, ça, nous avons besoin d'hommes comme vous. Allez rassurer la mère et l'enfant, ils n'auront plus à se plaindre de Cachan, je vous en donne ma parole.

Le plus étonnant, c'est que M. de l'Aubépine a tenu parole, au-delà même de ce que pouvait imaginer Lambert : Eugénie a repris son ouvrage au château, après trois ou quatre jours, et les tapis, et les pavés, et la buée, et l'office, et même au-delà, pas de relâche pour la jeune accouchée. Une tâche nouvelle : servir M. de l'Aubépine à table. Plus de Cachan portant les plats depuis l'office ; il ne risquait plus d'abîmer les sauces, c'est toujours ça. Mais ça fait du travail en plus et il faut se changer à chaque fois, on ne va pas se présenter à table en tenue de cuisinière. Plus de Cachan non plus derrière elle, pour la brusquer, quand elle bat la poussière. Il ne se montre plus au chenil, avec ses airs de grand connaisseur, on ne l'aperçoit plus à l'écurie, faisant le maître des chevaux, il ne promène plus son ombre derrière le château. On dirait qu'il se cache. On est bien tranquille sans lui, Eugénie ose même emmener son Grégoire avec elle pour lui donner son content de lait entre deux cuivres à astiquer ; c'est lui qui goûte les sauces à la crème, à présent, elle lui barbouille le museau, quand la faim le fait un peu crier, prends ça en attendant, pour rire un peu, et il en redemande, le sauvage, c'est de l'onctueux, et même si ça pique un peu, il ne fait pas trop la grimace, on est bien heureux sans Cachan.

Mais il est passé où, Cachan ? Quatre, cinq jours, Eugénie ose s'approcher de sa chambre, là-haut. S'il sort, elle se sauve, il ne sort pas. Six, sept jours, elle pousse la porte, un lit de fer, un matelas nu, une pièce inhabitée, même plus une malle ; elle a tout son courage, elle ouvre l'armoire, vidée, non, pas tout à fait vidée, des souliers tout en bas, et, dans deux tiroirs un peu coincés, un gilet, des gants. Il est là, alors ? Il va la surprendre ? Elle court auprès de Lambert, plus de Cachan, parti, Cachan, mais peut-être bien encore un peu là.

Lambert attend que M. de l'Aubépine fasse son tour sur sa jument gris pommelé, il fixe son couteau de chasse, il parcourt les pièces du château, la plupart, c'est la première fois qu'il les voit. Elles sont dans le noir, à dix heures du matin, il faut s'éclairer d'un bon chandelier, passer vite d'une antichambre à un petit salon, ne pas brûler au passage, par trop de précipitation, les portières de velours vert bien pâli, ne pas s'attarder dans la plus grande chambre, la rouge sombre, toute tendue de cuir de Cordoue, celle du maître et de tous les maîtres avant lui. Il ne laisse rien de côté, pas même les charpentes. Un corridor se poursuit par un autre corridor, un coude au nord, un coude à l'ouest, il est curieux, ce château : des demi-pièces et, pour les relier, rien que des corridors, et, au bout, pas la trace d'un Cachan.

Il a délogé, ce n'est pas possible autrement, le maître l'a fait déloger, sans en rien dire à Lambert, il aura préféré se passer de ses services. Un baron sans son valet de pied, c'est surprenant, mais c'est M. de l'Aubépine des Perrières, un baron à l'esprit avancé, un baron à l'esprit, on n'ose pas le dire, enfin, un rien dérangé. Mais comment fait-il pour se déshabiller ? Pour tenir son linge ? Pour se faire la barbe ? Nous ne sommes plus que deux à son service ? Un château qui comptait voilà peu huit ou neuf domestiques, avec palefrenier et cocher ? Je suis allé me plaindre de Cachan, le maître a semblé le prendre de haut, et il me donne raison par-derrière, et il chasse son valet de pied, comme pour me faire plaisir, comme pour soulager Eugénie, comme s'il nous servait en somme ? C'est peut-être cela, son idéal républicain ? Cela échappe, comme le reste, à une tête de garde-chasse. Et on ne l'a même pas vu sortir avec ses malles, ce valet de pied, même pas entendu atteler. Il devait avoir bien honte, fuyard foireux, vaincu par le garde, il a eu peur de se montrer, un pisseux, regrat de nos cuisines, c'est tout simple, et pressé avec ça, laissant deux, trois effets derrière lui.

M. de l'Aubépine rentre de sa course dans les bois, sur sa jument grise, faut-il l'aborder ? Le remercier de son geste ? Il le prendrait peut-être mal, il est si imprévisible. Simplement, au moment du service à table, il dit à Eugénie de nettoyer la cire tombée de quelques chandelles, dans différentes pièces où l'on n'allume guère de chandelles d'ordinaire. Il n'en dit pas plus, il montre seulement qu'il a vu, il sait qu'on a marché ici et là, qu'on a cherché quelque chose, et même quelqu'un, c'est tout, c'est bien. C'est bien, mais ça vous fait trotter de la cervelle dans de mauvais chemins, car si un homme expulse aussi facilement de chez lui son plus proche valet, celui qui lui rinçait le seau, lui versait son eau, qu'est-ce qu'il fera, au premier désaccord, à la dernière lubie, de son garde-chasse ? Renvoyé où ? Cachan est retourné auprès de ses bichons de Paris, mais eux, les Lambert ? Ils n'ont pas d'endroit, hormis le château. Réjouis-toi, Eugénie, mais pas trop, nous ne serons peut-être pas plus tranquilles qu'hier.

La tranquillité, ils l'ont eue pourtant, et vite, mais ce n'est jamais la tranquillité comme on voudrait. C'est le maître lui-même qui les a lâchés, comme ça, un matin de février 1848. Il a une bonne raison, du moins à ses yeux, c'est la révolution à Paris. Il demande son aide à Lambert, à cinq heures du matin. Pas besoin de le réveiller, les chiens font leur raffut depuis un bon moment, ils ont senti l'agitation sur le perron, le Rajah le premier, il tire sa chaîne si fort, si vite, dans tous les sens, que ça fait un tocsin à tout casser. Il faut mettre un cheval au cabriolet, de toute urgence, le maître a reçu des lettres de ses amis en place à Paris. Elles lui ont été transmises par un de ses rares visiteurs, une sorte d'écrivain, rédacteur de journal, M. Faure, homme sérieux et secret, avec qui il aime parler politique ; ce Faure lui a assuré qu'il se préparait de belles choses à Paris, c'est l'émeute, il faut en être. Tout baron de l'Aubépine des Perrières qu'il est, il espère une nouvelle Terreur, tout de suite, c'est ça qui l'exalte, et jouer un rôle dans la république inévitable.

Prenez soin de vous, monsieur, dit Lambert, ne vous exposez pas inutilement aux coups de feu.

Un chasseur de votre trempe, Lambert, qui ne manque pas son faisan ni son marcassin, avoir peur des coups de feu, craindre pour ma santé. Je ne veux pas de cette petitesse de l'esprit, chez moi, Lambert, alors qu'un roi doit être chassé, que tout va s'écrouler autour de nous et pour de bon cette fois, je vous le promets… nous allons vivre des moments, Lambert, des moments… enfin vivre…

Monsieur peut compter sur moi pour retrouver sa demeure intacte à son retour de la fin du monde.

Si je ne reviens pas, Lambert, ce que j'espère, tout ici est à vous, tout ici est au peuple…

Au peuple ou à moi, monsieur ?

Lambert, Lambert, vous ne voulez rien entendre, dire que c'est pour des gens comme vous que nous agissons. Vous viendrez à nous, Lambert, vous comprendrez enfin, quand tout sera fait à Paris, quand nous aurons renversé Louis-Philippe.

Il met ses gants jaunes de monsieur, il en tire les plis un à un, pendant que Lambert fixe sa malle, adieu, grand trot, vers la révolution sociale.

Les Lambert ne reverront pas leur maître avant bien longtemps ; ils ne comprennent pas trop comment les événements tournent là-bas, à Paris. Ils pensent bien, en apprenant qu'il s'est monté plus de quinze cents barricades, que leur baron s'est usé les sous-pieds à courir de l'une à l'autre. C'est bien le genre d'homme, quand il s'exalte, à vouloir être partout et à ne s'arrêter nulle part. On a tiré, les morts ne se comptent pas ; avec un peu de chance, il s'est jeté au-devant de la garde, tout au plaisir de mourir pour sa république.

S'il a survécu, il ne tardera pas à mourir d'une autre joie : le roi Louis-Philippe, d'après les journaux en retard, s'est sauvé en Angleterre. Un roi, se sauver, comme un simple Cachan, dans une berline. Finalement, Lambert en est presque content, lui aussi. Fils de bleu, son maître le lui a assez dit, ce n'est peut-être pas si mal, maintenant que la république a été décrétée par un gouvernement provisoire. Est-ce que le baron ne va pas en être membre, avec tous ses amis ? On se prend à guetter les nominations dans le journal. Évidemment, baron de l'Aubépine, il ne peut pas garder un nom pareil pour faire le ministre, enfin on trouve bien un M. de Lamartine, pourquoi pas un M. de l'Aubépine ? Où serait le mal ? Pour finir, il n'est pas plus sur la liste des morts que sur la liste des ministres, il n'est peut-être pas si heureux que ça.

Les Lambert, de loin, semblent tranquilles ; en réalité, pas si tranquilles : ce n'est pas qu'ils ont vu des arbres arrachés comme à Paris, pas la plus petite émeute sur les terres de l'Ouest, c'est surtout que les semaines s'ajoutent aux semaines et qu'ils commencent à manquer. Le baron, il a bien mis ses chevaux au cabriolet, pour partir, il a oublié de mettre la main à la poche pour le train de la maison, et tout le reste d'un hiver à tenir. Les gages, ça ne se trouve pas accroché aux haies vives, et pas plus à la bonne saison qu'à la mauvaise. Le potager ne dit pas grand-chose, le poulailler, le clapier, si on tire trop dessus, il n'en restera pas couic. On a abattu les oies, les dindes et les dindonneaux, on voit le bout des pintades et des pintadeaux. Eugénie, mal nourrie, ne donnera plus tant de lait ; Magdeleine dépérit de son naturel, alors là.

Eugénie compte sur le marché deux fois la semaine au bourg. Au début, elle demande crédit, crédit pour des habitués pareils, avec sa bonne figure de cuisinière et le marmot, pensez, ça va tout seul. Quatre marchés, cinq marchés, et toujours le crédit, ça tique un peu derrière les bancs, quand c'est-il qu'il retourne votre baron ? C'est pas Dieu possible qu'il ne vous ait rien laissé. Cherchez bien, ces gens-là ont leur magot derrière des fausses portes, des trésors enterrés dans le parc, au cas où, des souterrains, vous avez pensé aux souterrains ? Eugénie commence à en entendre, pas encore comme au temps de Cachan, mais ça menace. Et où il loge à Paris, votre baron ? Et il n'est pas déjà rentré au pays, l'an passé, pour échapper à ses créanciers de là-bas ? Ça tourne mal pour Eugénie : elle ne peut plus compter sur le sou pour livre, cette petite remise du marchand à la cuisinière, sur le dos du maître, en bonne entente, un bon petit pécule à la fin du mois. Et bientôt, si elle ne paye toujours pas, fini le crédit. Mais comment ils mangent, les hommes ? Et si ce n'était que les hommes. Comment ils mangent les chiens, quinze encore, au début, sans compter le Rajah, qui vaut pour trois ? C'est des brassées de viande qui faisaient leur ordinaire ; si Lambert en dégote un quartier, qu'il leur jette à la volée, ils s'escaladent trois quatre pour en tirer un nerf, ils en croquent le poil du voisin, acharnés deux fois comme à la curée, à faire pitié à un garde-chasse. Et les coups de dents qu'ils se donnent alors, à outrance, jamais vu pareillement : il en a perdu deux, les plus doux.

La famille troque ce qu'elle peut avec les fermiers du domaine, Fleuriel de la Garde-Champdieu, Gerzeau du Clos-Morin, Harlou du Bas-Blanc, la ferme du sud, ça ne dure pas, des rapiats, des jaloux. Le garde-chasse, il n'a pas à se plaindre, sa belle petite maison vis-à-vis le château, une sorte de château, elle aussi, une esquisse de tourelle, faite des mêmes briques et des mêmes pierres que le vrai, il a la bonne vie, alors on ne vient pas mendier chez les autres. On ne va pas s'humilier chez eux non plus, bande de rats. Si le maître revient un jour, on fouillera un peu les comptes et tout ce qu'ils garent sous des planches, les Harlou, les Gerzeau, les Fleuriel, rien ne sera oublié.

Qu'est-ce qui reste ? Lambert s'est mis à tirer le gibier tous les jours afin de pourvoir à la table, de remplir le saloir, et, pour ainsi dire, à braconner sur ses propres terres. Ça occupe la journée aussi, partir cinq heures de rang, se donner de la sueur, sentir le cuir mouillé et le poil de chien, s'étourdir d'odeurs fauves ; les bêtes sont comme folles, à se jeter sur toutes les traces, voraces, obéissant à grand-peine soudain, il faut leur arracher le lièvre de la gueule, elles en ont déjà englouti l'arrière-train. Ils ne sont pas trop de deux pour en venir à bout. L'habitude s'est prise d'aller ensemble, le père, la fille. Presque neuf ans, Magdeleine, en ce temps, et elle commence à savoir sa forêt aussi bien que le garde-chasse, et elle ne veut pas manquer une course, une drôle d'enfant, pense Lambert, ce n'est pas d'une fille, mais le fait est : une vraie bête de chasse, elle aussi, infatigable par les taillis, plus rapide dans les pentes que son gros père, curieuse des traces comme le plus habile limier de la meute, flairant la bête noire de loin, après relevé des empreintes ou des boutis, chienne parmi les chiens, et marche, et cours, et tire. C'est à Lambert de tirer, mais il lui arrive, quelquefois, de laisser le fusil à Magdeleine, une fille, neuf ans seulement, lourd, un canon comme ça, tirant sur l'avant-bras. Elle épaule, elle a l'air de basculer en arrière, sous le poids de la crosse, sur le cul, Magdeleine, ça fait de la gaieté dans toute cette tristesse.

Une fois, pourtant, elle n'ajuste pas mal, un marcassin déjà bien avancé dans son année, égaré, traversant un bout de lande à bruyère, à la pointe nord-est du domaine, déjà en dehors, venu des terres du voisin. Lambert n'aurait pas admis cela en temps ordinaire, mais on manque, et c'est sa fille. Ils glissent l'animal à couvert, devenus des voleurs malgré eux. Le marcassin laisse des traînées à vous trahir jusqu'au bout du Haut-Maine, avec, en plus, cette odeur ferreuse du sang qui s'imprègne partout. Le père et la fille jettent des poignées de terre un peu boueuse pour les effacer, comme si cela pouvait tromper le garde de l'autre côté, ils en rient ensemble. À l'arrière de la lande, côté domaine des Perrières, c'est un étang, abrité par des saules, un peu marécageux, on est tranquille, là. Ils lavent la livrée du marcassin, le jaune presque doré revient sous le rouge foncé, comme si Eugénie faisait les bronzes : Ton premier gibier, Magdeleine. Oui, ton premier gibier, mais faut le dire à personne, surtout pas à ta mère, qu'est-ce qu'elle irait penser ? Faut pas, Magdeleine, faut pas. Une gamine de neuf ans, menue comme elle, pâlichonne, faisant éclater le flanc gauche d'une bête presque adulte ? En plus, il lui a montré comment l'écorcher. Non, non, ce n'est pas d'une fille, silence, Diane chasseresse, ce n'est pas une histoire pour les terres de l'Ouest, ni pour les mères de l'Ouest. Magdeleine en siffle dans les taillis, son premier gibier, son premier gros secret aussi, à partager avec son père, ce type aussi large et noir qu'un solitaire des bois, c'est quelque chose, ça aussi. Tout ça parce qu'un baron ne vous a rien laissé d'argent. Les chiens en bavent autour de l'animal, ils rentrent dans un tapage de révolution.

Eugénie ouvre les fenêtres du château, allume des feux dans les cheminées pour chasser l'humidité. Elle est soucieuse, les auréoles au mur, toujours plus larges dans les pièces d'apparat, ce remugle toujours plus présent, malgré ses efforts, le renfermé. Que dirait le maître, s'il revenait ? Et le garde qui ne s'en fait pas, et qui rit de sa chasse avec la petite fille, ce n'est pas lui qui se fait reluquer de travers au marché. Elle n'osera bientôt plus se présenter dans aucun bourg des alentours, ils se retrouveront sur le domaine comme sur une île, sans visite, méprisés de tous. Et puis, cela commence à se savoir que le baron ne défend peut-être pas son rang si bien que ça à Paris, qu'il n'est pas du côté des barricades qu'on attend d'un châtelain, trahison de sa famille, trahison du pays de l'Ouest. Personne n'en est sûr, alors, mais ça commence à se dire. Preuve que le père avait bien raison d'en faire voir à un fils pareil, un ennemi aujourd'hui, un ennemi alors. C'est à n'y rien comprendre. S'il lui arrive de répéter ce qu'elle entend au marché, quand elle implore un dernier petit crédit, Lambert le prend mal. Le maître est ce qu'il est, mais c'est le maître. Il veut leur sauter à la gorge, tous, des sales Cachan, ils vont l'entendre, ces carêmes, il leur en donnera du sang à boire, le leur. Elle le retient, avec l'aide de Magdeleine, elle cache les fusils. Il vaut mieux ne pas sortir de ta forêt, Lambert, c'est ta place de sauvage, il faut t'y tenir. Il s'y tient.

Une fois, tout de même, c'est le printemps, il en sort. Il est question d'élire une Assemblée constituante, de choisir des représentants, et au suffrage universel. Lambert est appelé à voter pour la première fois de sa vie ; bien ennuyé, Lambert : au moment de s'exprimer, la seule question qui lui vient n'est pas : qui est-ce que je préfère ? Lesquels valent le mieux des légitimistes, des républicains ? Il s'y perd un peu, il n'en connaît aucun.

Sa seule question : pour qui M. de l'Aubépine, s'il était là, voudrait-il que je vote ? Alors il vote pour une liste d'hommes aux idées avancées, et tout de suite après, il est mécontent de lui : on t'accorde de voter librement et tu te soumets à ton maître, c'est lui qui te dicte de voter pour la liberté, bien compliqué tout ça, rien de bon. Il finit la journée dans sa forêt, tout seul, même pas avec ses chiens, pas encore revenu à la nuit. Eugénie envoie Magdeleine et le Rajah derrière lui, ils refont leur chemin habituel, vers le Coin-Malefort d'abord, enfin en se laissant glisser vers le nord-est, au bord de la lande des bruyères. Elle a espéré voir surgir les yeux brillants dans le noir d'un bon gros marcassin, mais rien. Le Rajah s'anime pourtant, nez au vent, il se lance brutal, elle pense le perdre, malgré sa taille de veau. Il a humé son maître, il le retrouve au bord de l'étang, il lui saute dessus, la joie, une joie brusque, ce Rajah. Lambert le repousse de la main, ce n'est pas le moment, Rajah. Magdeleine ramène son père un peu triste. Ces temps que nous vivons, ce ne sont pas des temps, Magdeleine.

Ils n'ont toujours pas reçu le moindre signe sensible de M. de l'Aubépine, à la fin du mois de juin, quand les émeutes reprennent dans Paris. On n'y comprend plus rien, on monte de nouvelles barricades contre ceux qui viennent d'arriver au pouvoir par l'émeute. Est-ce que les anciens émeutiers massacrent les nouveaux émeutiers ? Si M. de l'Aubépine a survécu aux émeutes de février, est-il, en juin, avec les massacreurs ou avec les massacrés ?

Les Lambert ne comptent plus sur rien, ni sur vivant ni sur cadavre, ils se contentent d'aérer jour après jour, par habitude, par conscience, le château vide. Ils n'ont qu'un perdreau de l'année à se mettre dans le bec, le 5 juillet, un perdreau pour trois, piégé par la petite Magdeleine, la fierté de son père encore ce jour-là. Ils en sont à compter les petits os dans leur assiette, à les ranger sur le rebord, bien soigneux, pour faire durer la mangerie et se donner à croire qu'ils ont le ventre bien calé.

Le demi-gloria fait oublier le reste, les chiens se mettent à gueuler tout ce qu'ils savent, ce n'est tout de même pas un sanglier qui viendrait les narguer jusqu'ici ? Lambert jette un œil au fusil, dans le coin de la cheminée, il se lève, il tire la porte : un fiacre gris de poussière arrêté à mi-chemin du pavillon et du château ; le cocher, une barbe sale, un cuir des plus râpé sur le dos, l'appelle, la voix enrouée d'avoir crié sur ses bêtes. Vient-il leur annoncer la mort de monsieur ? Ça ne vaut guère mieux. Débarrassez-moi de celui-là, dit le cocher, il ne tient rien, j'ai eu bien tort de le charger, il faudra songer à me dédommager. Lambert ouvre la portière, il ne voit qu'une tache ronde et rouge ; derrière, un corps plié en deux ; il soulève la tache ronde et rouge : un calot de zouave, de traviole, un calot de zouave bien rouge et, dessous, la tête de

M. de l'Aubépine des Perrières, toute secouée par le trajet, mais pas seulement, secouée par les événements, secouée par ses idées fixes, secouée par tout.

Lambert le descend un peu branlant, il ne va tout de même pas charger son maître sur ses épaules comme un marcassin dans sa livrée, non, non, le baron a sa fierté, il se redresse, il va, mais il va chez ses gens, pas au château. Monsieur, vous vous trompez de direction…

Pas du tout, je sais où je vais.

N'entrez pas chez nous, monsieur, Eugénie n'a pas desservi…

Eh bien, qu'elle serve, je meurs de faim.

Monsieur, nous n'avons guère à servir, depuis que vous nous avez quittés.

M. de l'Aubépine porte la main à son calot de zouave, comme un qui ne comprend plus rien à ce qu'on lui dit.

Enfin, je ne demande pas le meilleur, votre ordinaire me conviendra.

Il n'y a plus guère d'ordinaire, monsieur.

Le cocher s'impatiente : Mon ordinaire à moi, qui va me le donner ?

Donnez, Lambert.

Mais nous n'avons plus rien à donner, monsieur, depuis tantôt six mois que vous nous devez.

Il a enfin l'air de comprendre, le baron, il retourne ses poches, il rassemble des miettes de monnaie, il lâche tout ce qu'il a, avec des mines de grand seigneur dégoûté, ça fait plaisir de le retrouver comme ça.

Alors, Lambert, ce déjeuner que vous m'avez promis ?

Eugénie s'essuie les mains dix fois dans son tablier, elle appelle les grands dieux, elle compte sur un miracle, le miracle c'est Magdeleine. Elle a posé deux, trois collets, sans le dire à personne, elle y court, un petit garenne, il aurait bien fait un soir, mais il est juste d'honorer le retour du maître. On lui donne le haut bout de la table, on l'appelle monsieur le baron, il se fâche : Ah non, plus de monsieur le baron, la prochaine constitution va abolir les titres nobiliaires, c'est tout ce qu'elle fera de bien, mais au moins elle le fera. Je ne serai pas plus baron que vous, Lambert, qu'en dites-vous cette fois ?

Baron ou pas baron, vous aurez toujours besoin d'être servi, vos fermiers feront vos revenus, votre Lambert tiendra vos bois et votre étang en sûreté, mon Eugénie s'occupera de votre chambre rouge tendue de cuir avec ses feuilles d'or, et de votre cuisine.

Donnez-moi plutôt de ce cidre.

Magdeleine va en tirer du neuf. M. de l'Aubépine veut trinquer avec Lambert, c'est bien gênant, le maître ne s'est pas arrangé dans ses révolutions de Paris. Il fait à ses employés des amitiés qui les mettent mal à l'aise. Ce n'est pas qu'ils soient mécontents de le revoir, à condition qu'il n'ait pas mangé tous les revenants-bons de ses comptes. Leurs derniers gages remontent à janvier et les voilà en juillet, est-ce qu'il s'en souvient au moins ? Il n'a pas les mêmes soucis qu'eux, c'est en cela qu'il demeure baron, malgré lui.

Je suis content de revoir un homme comme vous, dit le maître. À Paris, ce n'étaient pas tous des hommes, je les ai vus, insurgés le matin, rampants le soir, debout en février, couchés en juin. Ils tuent notre révolution, Lambert. Si on les laisse faire, ils nous ramèneront un roi.

Il a l'air déçu, M. de l'Aubépine, mais comment ne serait-il pas déçu ? Il a rencontré M. de Lamartine au début, il lui a proposé ses services, jamais de réponse. Un poète qu'il croyait digne de mener la république, pensez-vous, un peureux, tombé aussi vite qu'il est monté, et qui n'a jamais répondu à la moindre de ses demandes. Tous des peureux, des demi-royalistes, profitant du désordre pour se hisser et alors tous des partisans de l'Ordre, disposés à fusiller, à organiser des transportations de rouges. Lui il veut que tout saute, qu'on chasse les traîtres ; s'il y a des gorges à couper, qu'on s'en prenne à ceux-là, les mous, les raisonnables, les on ne peut pas tout faire, tout donner. Ils auront leur content, un jour ou l'autre, vous pouvez en être certain, d'autres hommes viendront, plus décidés, je me joindrai à eux, ceux-là voudront bien de moi, c'est écrit. Au lieu de quoi, savez-vous ce que j'ai entendu dans des clubs où l'on disputait de l'avenir de la république ? Aristo. Moi qui ne me suis jamais présenté sous mon nom, jamais déclaré baron, j'ouvre la bouche pour dire qu'il était temps de passer à une véritable révolution sociale, mettre le vieil État par terre. C'est un Robespierre et un Saint-Just qu'il nous faut, voilà ce que j'ai déclaré. Et si cela ne suffit pas, nous aurons besoin d'un Cartouche et d'un Mandrin. Ne l'écoutez pas, a crié quelqu'un que je ne connaissais de nulle part, c'est un aristo, un agent provocateur, les voilà les vrais pousse-au-crime, les aristos, ils veulent ôter tout son crédit à notre Constituante. Aristo, aristo, vous imaginez, Lambert, moi, traité d'aristo et d'agent provocateur, et chassé de ce club par des jocrisses ?

N'aviez-vous pas gardé vos gants jaunes, monsieur ?

Mes gants jaunes ? Mais pourquoi, grands dieux ?

De l'aigrelet traverse la salle, venant du fond, le fumet adouci de la viande de gibier. Le garenne au cidre a fini de mijoter, Lambert et les siens, debout, entourent M. de l'Aubépine, ils le regardent manger. Il s'empiffre des cuisses comme un combattant qui n'aurait pas trouvé le temps de se nourrir au milieu de tant d'émeutes. Il n'a même pas retiré son calot de zouave, tout rond, tout écarlate, penché sur le côté. Il a une de ces allures. Enfin, c'est lui le maître, il est de retour, il n'y en a pas d'autre, il faut bien vivre auprès de lui. Est-ce qu'il penserait seulement à demander si le château est en état ? On dirait qu'il veut loger chez son garde-chasse, plus de baron, plus de château. Il ne veut plus rien savoir de la vie du domaine, il ne demandera pas si la chasse a été bonne, si les fermes rendent bien, si les chevaux n'ont pas manqué de fourrage. Et les chiens ? Je t'en fiche des chiens. Aristo, aristo, il n'en est pas encore revenu de se faire traiter d'aristo, c'est tout ce qu'il a à dire. Tout de même, il s'inquiète du petit Grégoire, est-ce qu'il galope dans les bois ? Enfin, monsieur, il a tout juste passé ses six mois. Et cette petite bonne femme ? Magdeleine ? Il lui manœuvre la mâchoire comme au premier jour. Elle sera bonne à marier sous peu ? Neuf ans, monsieur… Neuf ans ? Mais cela a une peau transparente, une peau de femme de Paris, Lambert. Et il lui tourne et retourne le visage, un peu trop longtemps. Lambert se demande si le maître a gardé ses esprits intacts avec toutes ces histoires de révolution, ce n'est plus le même homme. Ou plutôt, c'est le même, en pire.

Eugénie court fermer les fenêtres et les volets, tirer les tentures, pour faire le noir, comme le demandait autrefois le baron. Quand elle a réussi à le faire sortir du pavillon pour le conduire chez lui, il s'étonne : Pourquoi est-ce si sombre, ici, quand la saison réclame la lumière ? Ouvrez-moi ça tout grand. Qu'on respire. Qu'on profite. Vraiment, ce n'est plus tout à fait le même. Enfin, c'est mieux comme ça, il va peut-être reprendre goût à l'Ouest, à la vie de l'Ouest, aux usages de l'Ouest. Sa révolution le déçoit, elle a eu au moins un effet bénéfique sur lui : il veut de la bonne lumière. C'est quelque chose les révolutions. Cela lui a duré la moitié de l'été.

C'est un peu à cause de Lambert lui-même, que c'est reparti de travers. Une mauvaise parole un soir, et, au matin, le maître demande à Eugénie de veiller à bien tenir fermées les fenêtres et les tentures, il lui interdit même d'ouvrir les volets. Le maître se referme et ça ne fait pas l'affaire de ses gens. Et pourquoi se referme-t-il ? Parce que le soir, Lambert l'a entrepris un peu brutalement : Rendez-vous compte, le mois d'août est là, et pas nos gages, ni les derniers, ni les arriérés. Je n'oublie pas les marchands du bourg, ils reviennent avec leurs crédits. C'est mon Eugénie qui prend, pauvre femme : Alors, comme ça, il se dit que votre baron est enfin revenu mettre de l'ordre chez lui ? Il est temps… Il ne se veut plus baron, répond l'Eugénie… Ah ça, plus baron, c'est-il aussi qu'on est dégagé de ses dettes quand on n'est plus baron ?… Bien ennuyée, mon Eugénie, ne sachant pas si elle doit promettre ou non. Bon, j'ai dit, il faut rendre une fois pour toutes et faire taire les jugeurs une fois pour toutes. L'ennui, c'est que vous m'évitez, monsieur, dès que j'ai quelque chose à vous demander. C'est bien que votre conscience vous dit un peu quelque chose.

Pourquoi aboyez-vous aussi fort que vos chiens, Lambert ?

C'est la famine, monsieur, comment voulez-vous vous taire le ventre vide ?

Vous me semblez encore plus large et épais que l'an passé, Lambert…

C'est l'âge qui me gagne, monsieur, mais avez-vous vu la pauvre Magdeleine ? On lui verra bientôt à travers le corps.

Magdeleine, il veut bien reconnaître, Lambert sent qu'il peut le tenir par là : Est-ce qu'on ne nourrirait pas les enfants durant votre révolution sociale ? Est-ce qu'on les ferait travailler sans salaire ?

M. de l'Aubépine demande à Lambert de le rejoindre au château, il le fait asseoir cette fois, le beau fauteuil de la bibliothèque.

Vous commencez à me plaire, Lambert, enfin des convictions qui viennent de vous, vous prenez conscience de votre sort ancestral. Nous libérerons les enfants du travail, nous libérerons le travail tout entier, quand nous aurons balayé les nouveaux jocrisses au pouvoir.

Il ne faut pas le laisser s'emballer, ses rêves de Terreur. Monsieur, je dois vous dire les choses comme elles sont : nous travaillons à votre service pour rien depuis le début de votre république et vous voulez que nous l'aimions. Il faut prendre soin de vos gens et leur donner à vivre, enfants, femme, chevaux et chiens, et même votre garde-chasse. Est-ce que vous ne voyez pas que nous manquons de tout ? Que les gens des alentours grondent contre vous parce que le château leur doit ?

C'est Lambert qui s'emporte, alors M. de l'Aubépine se lève et d'un mouvement du bras jette à bas tout ce qui encombre son bureau, livres, papier, encrier, chandelier.

Vous pensez, Lambert, que M. de l'Aubépine ignore tout cela, un homme malade, votre maître, n'est-ce pas ? Il n'entend rien à ceux qui l'entourent, il ne voit pas leurs souffrances ? Au contraire, Lambert, je souffre de vos souffrances, mais je suis perdu de dettes à Paris, encore plus qu'ici. Je serai bientôt plus pauvre que vous tous, je le suis déjà.

Mais vos fermes, monsieur ? Et il se dit qu'à Paris vous avez des biens…

Des biens, cela coûte, Lambert, cela coûte, c'est tout.

Pourquoi garder des biens, s'ils vous coûtent ?

C'est comme ça qu'il est revenu au noir, ses volets clos tout le jour, sa tristesse la plus complète. J'ai blessé le maître, pense Lambert, et je n'ai rien obtenu de ce que je voulais. Nous serons de plus en plus misérables et misérables avec lui.

Et voilà qu'un homme vient, tout gris, tout noir, un chapeau comme ça, une redingote comme en hiver, au milieu d'août, une journée entière enfermé avec M. de l'Aubépine dans la bibliothèque. Il faut tenir les chiens éloignés, le Rajah à la chaîne et calme. Eugénie a reçu l'ordre de préparer la belle chambre. Quel monde se fait ici ? C'est un de ses amis de Paris ? Un rouge comme lui, chargé d'établir les plans d'un nouveau coup, comme en février, comme en juin ? Eugénie est bien surprise, le soir, à l'heure de servir à table : on ne dresse pas de futures barricades, on ne renverse pas le gouvernement, on parle de fortune à faire et à défaire. Le tout noir, tout gris ne pouvait pas être un rouge, c'est un notaire, venu exprès de Paris. M. de l'Aubépine aurait donc encore écouté les conseils de son garde-chasse ? Comme s'il ne savait pas décider sans se soumettre, à un père, à une épouse ou à un garde-chasse.

Le notaire n'a pas eu le temps de tourner le coin, Lambert n'a pas lâché le Rajah qu'il est convoqué au salon. M. de l'Aubépine est dans un état, un état, à faire des pas, à se buter, guéridons, coin de cheminée, à s'exciter, il ne parle pas clair, des bouts d'immeuble parisien, et je bifurque, des rentes, je ne devrais pas vous en dire autant, un reliquat de sa défunte femme, où en étais-je ? Lambert finit par démêler le principal : le maître réalise ses biens, il veut en tirer du bel argent qui coule, et le petit homme tout gris tout noir en a apporté une avance, et un bout de l'avance est pour les Lambert.

Dites-moi combien je vous dois, Lambert ; voici. Et nos fournisseurs ? Voici. Et pour vos chiens ? Voici. Et pour tous les autres, d'ici, de partout : voici, voici.

Voilà bien longtemps que Lambert n'a pas vu du si bel argent, mais le maître le donne un peu trop facilement, c'est inquiétant.

Vos terres, monsieur, et le château, ils ne sont tout de même pas déjà fondus en pièces de monnaie ?

Pensez-vous, Lambert, voilà de quoi vivre ici un bon moment, et plus encore. Monnaie, monnaie, prenez, prenez donc, vous en bavez comme vos chiens courants depuis plus de six mois.

Lambert n'est pas encore rassuré, cette soudaine frénésie d'argent ne lui dit guère mieux que la frénésie de république de l'hiver passé, c'est la même maladie.

Vous parlez de nos chiens, monsieur, nos chiens de belle race, vous ne les avez pas cédés avec vos rentes, au moins ? Ce n'est pas eux que je tiens déjà dans mes mains sous forme de grosses pièces rondes ?

Vos chiens, vous ne voyez que par eux, je suis certain que vous préférez voir dépérir votre famille plutôt que votre meute. C'est égal, je n'y touche pas à vos chiens. Je ne les aime pas bien fort, quand ils se mettent à hurler tous ensemble, mais je veux les savoir bien brillants de pelage. C'est tout, Lambert.

M. de l'Aubépine fait préparer le cabriolet. Il vient d'en acheter un tout neuf : il dépense son argent frais aussi vite qu'il mène les chevaux. Il est bien mis et il réclame un petit bagage à Eugénie ; elle s'inquiète ; elle appelle Lambert : Demande-lui si des fois il ne refilerait pas à Paris. Dis-lui de nous laisser de quoi ce coup-ci. Lambert prend son temps pour atteler, il trouve que le fer de l'antérieur droit ne va pas : Est-ce que monsieur a loin à aller ? M. de l'Aubépine n'est pas dupe : Il va très bien, ce fer, et je serai rentré ce soir. D'ici là songez à débroussailler l'allée en est, il me semble que vous la négligez. Trop de sangliers aussi par là, je ne peux plus y passer sans en déloger des familles entières.

Ça, c'est bien parlé, M. de l'Aubépine, on aime l'entendre donner des ordres comme un vrai maître, un miracle.

Mais le miracle n'est pas complet : la nuit vient, il ne retourne pas. Il t'a menti, Lambert, tu l'as cru, et tu as couru ton bois tout le jour, tout content de lui obéir, et voilà, il est parti batailler dans Paris, et nous n'avons guère d'avance. On veille, on s'inquiète ; s'il ne s'est pas sauvé comme l'autre fois, il s'est fait surprendre par un rôdeur ; les bois ne sont pas sûrs, faut pas les traverser sans une arme ou un chien, faut pas ; s'il n'a pas croisé de mauvaises gens, il aura versé ; un cabriolet neuf, l'essieu pouvait bien avoir un vice ; notre maître a le front fracassé dans un fossé. Comment le secourir ? On ne sait même pas où il allait.

Sur les dix heures du matin, on l'entend débouler depuis la grille, tout frais, tout vif, il fait descendre une petite rondelette et rieuse qui s'empêtre dans sa robe sur le marchepied. Elle tombe dans ses bras, et cela rit plus fort. Eugénie rentre Magdeleine et Grégoire, c'est qu'elle n'a pas une allure de dame, la ronde, une bonne poule bien engraissée, ça oui. Il l'aura dégotée dans une maison, ils se seront plu, et monsieur veut s'en réjouir un peu plus longuement. On le comprend, depuis le temps qu'il est malheureux, mais pourquoi amener celle-là, avec sa grosse voix et ses rubans de toutes les couleurs ? C'est le genre qui vole, pire que les rôdeurs des bois ; un château, elle se dit qu'elle est bien tombée. Gare les chandeliers en argent, Eugénie. Ça n'a duré que le temps que ça méritait. M. de l'Aubépine la raccompagne le soir même, elle rit moins.

Il passe trois jours couché, chassant même Eugénie, qui voudrait bien faire la chambre, touchant tout juste au potage déposé devant sa porte. Profitez-en tant qu'il est chaud. Trois jours, et il repart, cabriolet, cheval, il revient, le plus souvent tout seul ; accompagné quelquefois, jamais le beau monde. Lambert dit que cet aristocrate est un vrai démocrate, démocrate par les femmes. Certaines ont des airs de paysanne. Vous pensez bien qu'il les paye. Est-ce la démocratie de payer les femmes ? Mais pourquoi les conduire au château ? Ce qu'il a à faire devrait trouver sa place dans les maisons, pas dans les châteaux. Qu'est-ce qu'il veut prouver ? Il veut se déshonorer aux yeux de ses gens, et pour quel profit ? Faire le rouge, comme pour les choquer, ça ne lui suffit plus, il faut se montrer un homme perdu, mais perdu pour qui ? Salir les terres de ses pères, leur mémoire ? Il croit peut-être que cela le grandit de se rabaisser ? Il y trouve son plaisir ? Cela dépasse l'entendement.

Et si ça se trouve, il ne les paye même pas, ces femmes, c'est encore plus fort. Ce n'est pas qu'il soit laid, un homme plutôt bien de sa personne, quand même pas assez épais, mais ce calot rouge sur la tête, cela vous fait une allure bizarre. Est-ce qu'il le garde, son calot de zouave, quand, enfin vous me comprenez ? Il doit leur faire miroiter son castel style Louis XIV, pour les attirer, ces volailles. Si cela brille de loin, elles accourent, c'est encore un privilège des anciens messieurs. Après quoi, elles disparaissent. Aucune ne reste plus de deux jours.

Les premières, c'est M. de l'Aubépine qui se charge de les raccompagner. Plus tard, cela même semble le lasser, il demande à Lambert, comme un service, de les ramener à sa place. Il dit que ce sera mieux pour tout le monde, plus prudent. Comment ça, plus prudent ? Plus sage, si vous préférez. Eugénie n'est pas tranquille : Ce sont des créatures, prends garde à toi, Lambert.

Lambert, en ce temps, n'a pas peur de grand-chose, mourir de faim, et encore. Alors des petites femmes, même soyeuses comme des marcassins en livrée, cours toujours. D'ailleurs, c'est elles qui ont peur le plus souvent. Il faut croire que rien ne finit dans la joie avec M. de l'Aubépine. Il les flanque entre les mains de Lambert, pas de sentiment, conduisez-les où elles voudront. Elles veulent toujours aller le plus loin possible. Il est mauvais, lui aussi, M. de l'Aubépine, une fois qu'il a fait leur affaire aux dames. Il se renferme quelques jours ; on a l'habitude. Certaines, pas beaucoup, le prennent à la rigolade. Elles s'affalent dans le cabriolet, tapent dans les côtes de Lambert : Un sacré drôle de type, ton patron, des comme ça… Et elles partent à rire tout au long. D'autres, c'est le contraire, des yeux de grive prise au lacet. Elles se tassent au bout du cabriolet, elles regardent Lambert de travers, sa haute taille et épaisse, ce regard sous sa visière de cuir, rien de bon.

Tout ça ne devrait pas regarder Lambert. Tout de même, des fois, il aimerait bien savoir. Pourquoi aller chercher si loin ces filles-là ? Les amener ici ? Au risque de faire parler tout autour ? Pourquoi aussi les renvoyer aussi vite ? Lambert prend l'habitude de leur causer l'air de rien, pour occuper la route. Alors, qu'est-ce que le baron leur dit de si déplaisant ? Il ne dit pas grand-chose. C'est ce qu'il fait alors ? Là, elles se ferment, plus rien à en tirer, c'est qu'elles ont de la pudeur. C'est donc si grave, ce qu'il fait ? Grave, on ne sait pas. Un homme brutal ? Ce n'est pas ce qu'elles appelleraient de la brutalité. Elles en ont connu d'autres qui leur mettaient des tournées, là non. C'est quelque chose d'autre que la brutalité, difficile à expliquer. Lambert ne s'y retrouve plus guère. Il en dit un mot à Eugénie, erreur : elle s'affole.

Ne demande plus rien à ces filles, elles n'ont que de la pourriture à te donner. Je le vois bien, moi, je passe derrière, au château. Veux-tu que je te dise, Lambert, puisque, depuis Cachan, je ne dois rien te cacher, eh bien, je retrouve souvent des bouts de vêtement, après leur départ, des jupons, des dessous, et dans quel état… C'est sale, c'est déchiré, on dirait même que c'est découpé tout au long, en lanières… Crois-tu que c'est des façons ?… Ce qu'elles ont en tête, ces filles…

Lambert ne veut pas inquiéter Eugénie. Il réfléchit, ce ne sont tout de même pas ces filles qui s'amusent à découper leur linge nuit après nuit. Il faut une autre main, celle du maître, forcément. Et ce n'est rassurant pour personne, surtout pas pour Eugénie, exposée à de pareils spectacles.

En voilà une nouvelle, le maître appelle Lambert au lever du jour : une fille à embarquer. Cette fois, il aimerait bien savoir. Il ne peut pas s'empêcher de reposer ses questions, et plus précises que les fois précédentes. Il s'aperçoit qu'elle parle plus vite, quand il fait claquer son fouet plus fort, plus souvent et plus près de ses oreilles, et tinter la crosse du fusil sur le banc. C'est une menue, elle arrive de Bretagne, elle n'a encore rien vu : sa rencontre avec le baron la fait pleurer plus fort que les autres. Elle sursaute comme une petite bête à chaque mouvement de ce gros cocher. Elle demande qu'on ne lui fasse pas de mal.

Tu y as eu droit, toi aussi ? dit Lambert, pour voir. Droit à quoi ? Dis toujours, je te dirai si c'est comme les autres. C'est pas Dieu possible, quand on a peur du noir comme moi. Et elle se laisse aller, ce cocher n'a pas l'air si inquiétant finalement. Alors voilà, ce baron, au plein de la nuit, il l'a menée au dernier étage ; il l'a fait mettre toute nue avec ce froid ; il a soufflé les chandelles ; il lui a demandé de courir dans le noir, et il courait derrière elle ; tout ça dans des corridors sans fin, avec des coudes soudains, et elle se butait dans les murs, et il fallait se relancer dans un nouveau corridor, et pas possible de revenir en arrière, l'homme était là, à souffler fort derrière, à rire un peu, à la forcer à avancer. Et un noir, un noir, comme elle n'avait jamais vu le noir, même dans sa ferme de Bretagne, et sa peur du noir, elle a manqué étouffer de peur. Le monsieur se rapprochait, la prenait un peu aux cheveux, la relâchait, lui touchait le bras, la poussait, la faisant aller à la voix, au souffle, la barrant, s'il la sentait revenir en arrière. Avec ce froid et cette peur du noir, elle s'est sentie mal, pas loin de perdre connaissance. Et là, il était bien content, il voulait savoir ce qu'elle éprouvait en tombant comme ça. Et elle, elle était embêtée, elle ne savait pas ce qu'il fallait dire. Et le baron, ça le mettait en colère, qu'elle ne sache pas lui décrire son mal, il la relançait dans le corridor.

Et cela a duré toute la nuit ? Non, cela a paru des

heures, mais le jour était encore loin, quand il a rallumé les chandeliers et qu'il lui a fait passer une robe de soie verte, une vraie robe de bal, et qu'il lui a donné à boire du rhum, pour la réchauffer, attentionné comme tout. C'est là qu'elle a commencé à pleurnicher, il ne comprenait pas pourquoi. Alors encore un peu de rhum, et il l'a menée dans la chambre rouge, et il lui a donné un rasoir, un grand rasoir qu'il a affûté sur le cuir un bon moment, et il lui a demandé de le raser par tout le corps, vraiment par tout le corps. Elle avait ce rhum dans le sang, ces larmes, elle était prise de tremblements, elle avait peur de lui entailler la peau. Moi je n'ai pas peur, il disait, si tu dois me couper, tu me couperas. Elle est allée jusqu'au bout de son travail, juste un petit accroc au-dessus de la cheville, rien de grave, rien de grave. Il va se fâcher, elle a pensé, mais non, un homme très gentil au fond, qui aimait juste se faire raser, pour avoir le corps lisse comme un petit enfant, et courir derrière des filles toutes nues dans des couloirs sans lumière, en respirant fort, comme une bête essoufflée. Après quoi, il lui a retiré la robe verte, mais rudement alors, comme si elle l'avait volée, la tirant, la soulevant, la secouant, et là, elle ne peut pas dire la suite, non, non, elle a de la pudeur… Pour finir, il lui a demandé son jupon, en souvenir, disait-il, je te donnerai de quoi t'en acheter un encore plus beau. Le pire, c'est qu'avec son rasoir il en a fait des rubans. Et il a mis le nez dans tous ces bouts de dentelle. Il disait que je sentais fort l'acide. Je vous demande un peu…

Lambert arrête le cheval, c'est trop pour lui, il en a entendu de toutes sortes sur son maître, mais ça, ça le flanque par terre. En a-t-il des idées, M. de l'Aubépine ? Est-ce que c'est chez les rouges qu'on apprend à courir les pauvres filles dans le noir ? Non, ce serait plutôt son côté seigneur d'autrefois. Mais se faire raser, du menton aux doigts de pied ? Avec un rasoir bien affilé ? Est-ce qu'il ne craint pas que l'une ou l'autre n'en profite pour se venger et lui trancher une bonne veine, couic ? Ou même, Dieu le garde, pour lui ôter, enfin lui escamoter le… couic ? Faut pas imaginer des choses pareilles, faut pas. Si ça se trouve, pense Lambert, c'est ce qu'il cherche. Non, non, aucun homme sensé, et même aucun homme insensé, ne ferait des peurs dans le noir à des filles pour leur donner des raisons de le découper en rondelles. Ou alors c'est une sorte de jeu. Jouer à faire des rubans avec des dessous, ce n'est pas Lambert qui jouerait comme ça. Enfin quoi, à des quarante ans passés…

La fille lui demande de relancer le cheval, on va encore attraper la mort par ce froid. Lambert se secoue, c'est pas vrai ce qu'il vient d'entendre. Oui, mais Eugénie les a bien remarqués, les jupons découpés. Le reste doit donc être vrai aussi. Il se dépêche de déposer la fille et de revenir au domaine. Est-ce que le baron… et Eugénie… pendant son absence ? Dit-elle bien tout à son mari ? M. de l'Aubépine ne la fait tout de même pas courir toute nue dans les corridors, en lui soufflant dans le cou ? Elle n'est pas obligée de lui raser tout le corps ? Eugénie ? Elle ne lui a pas donné ses dessous ? Eugénie ? Il a comme des visions. Non, non, de la calomnie, des inventions de folle. Il est en sueur, Lambert, malgré le froid, quand il franchit la grille et qu'il remonte l'allée jusqu'à la cour. Il monte le perron en courant, en criant : Eugénie, Eugénie. Elle est bien tranquille au salon, relevant la cire du matin. M. de l'Aubépine ? Invisible, comme toujours. Comme toujours vraiment ?

Mais oui, Lambert, des fois je m'imagine que le château est à moi. On y rencontre si peu son maître. Mais ça ne va pas, Lambert ? C'est cette créature ? Elle nous a fait du mal ?

Rassure-toi, Eugénie, c'est plutôt que je crois que toutes ces filles font du mal à notre maître, et cela me met en colère pour lui. Je comptais le trouver ici pour lui dire un peu ce que j'ai sur la panse.

Il ne t'écoutera pas, Lambert, c'est un homme qui ne songe qu'à sa bile et pour ne plus songer à sa bile il prend des femmes. Et quand il a eu une femme il repense à sa bile.

Il ne t'a jamais manqué, Eugénie ?

Depuis que le Cachan n'y est plus, il n'a jamais dit de mal de ma cuisine. Il dit même qu'on ne peut pas être mieux servi que par moi. S'il n'avait pas toutes ses lubies, je crois qu'on ne trouverait pas un meilleur maître. Mais quel maître n'en a pas ?

C'est une bien bonne femme qu'Eugénie, pas la peine d'aller lui mettre de mauvaises idées en tête. Lambert, Lambert, c'est une voix qui vient de loin, de l'étage : M. de l'Aubépine a entendu Lambert crier Eugénie, alors il appelle Lambert. Il faut se présenter dans la chambre du maître ; il est assis dans son lit, en chemise blanche. Tiens, il a posé son calot de zouave à côté. Et derrière, là, ce tas de chiffons ? C'est bien ça, le jupon de la fille, c'est dégoûtant. Et notre maître nous met ça sous le nez ? Il fait signe à Lambert de s'approcher, comme un malade. On vous entend si rarement au château : quelque malheur ?

Nul malheur, monsieur, je crois bien que la fille de tout à l'heure a décidé de retourner dans sa Bretagne et de n'en plus sortir.

À quoi attribuez-vous ce miracle, Lambert ?

Aux vertus républicaines à n'en pas douter.

On dit que votre père, le tueur de blancs, savait aussi les assassiner d'insolence, vous lui ressemblez de mieux en mieux. On fait de drôles de serviteurs dans votre famille. Mais je ne déteste pas cela.

Puisque vous m'encouragez, j'aurai encore à vous dire que ces dames que je transporte sur nos chemins et dans les bourgs alentour nous font une réputation…

Tant mieux, tant mieux.

Comment tant mieux ? Ainsi certains m'attribuent la conquête de ces filles, c'est tout dire, monsieur, sur ce qu'elles valent, et c'est faire la douleur de mon Eugénie. Vous avez vu ce que fait le garde à sa femme ? Ils n'ont pas honte ? Nous devons démentir, monsieur, et vous charger. Cela fait encore moins bonne impression. Ceux qui ne vous connaissent pas comme républicain vous trouvent un homme abaissé dans sa race. Ceux qui ont percé vos affaires politiques à Paris en profitent pour dénoncer la république comme immorale. Voyez où ce régime conduit les siens, ils disent. Vous desservez votre cause, c'est bien le tout.

Des bourriques. Je me moque bien de ce qu'ils pensent. Ce pays ne saurait penser. Et vous, comment me jugez-vous, quand vous vous dispensez de juger comme les paysans ou les marchands de rencontre ?

Je juge que ces femmes vous font le plus grand mal et qu'elles pourraient parler contre vous.

Elles parlent contre moi ?

Ce n'est pas ce que je dis, monsieur, mais certaines n'auraient pas besoin d'être poussées bien fort.

Elles parlent donc, mais soyez bien tranquille, Lambert, elles n'ont pas les moyens de nuire à un homme comme moi. Je suis doublement protégé : le château de mes pères ici, mes amis là-bas.

Vous agissez donc bien mal, que vous avez besoin d'être doublement protégé ?

Encore cette assurance qui vous vient de votre père… Bon, et alors, qu'est-ce qui rend un garde-chasse de votre trempe aussi impressionnable ?

Je ne suis pas impressionné, monsieur, c'est seulement la morale.

La morale, c'est bien le malheur. Même les bleus ont leur morale, et les rouges tout autant. Ils n'ont pas voulu m'entendre, à Paris, pendant les journées, parce qu'ils s'étouffent avec leur morale. Ils en crèveront de leur morale. Vous ne prétendez tout de même pas me la faire, vous, Lambert ?

Je vois bien qu'il n'y aura pas moyen.

Je vous aime mieux comme ça. Tenez, puisque nous en sommes là, Lambert, je n'ai pas le courage de le faire moi-même, ce matin… Allez me chercher le plat à barbe, là, oui, là, et le savon, et le rasoir… Vous ne le trouvez pas ? Oui, avec les serviettes, c'est cela… Dites à Eugénie de monter de l'eau tiède. Maintenant, vous allez me faire la barbe.

Lambert va se trouver mal : Faire la barbe à monsieur ? Mais je ne suis pas votre valet de pied, monsieur. Déjà que vous me faites faire le cocher. Et puis cette barbe a-t-elle besoin d'être faite ? Et puis… et puis…

Le reste ne saurait être dit par un homme comme Lambert. Il dépose les ustensiles sur le lit. Il n'a pas l'intention de s'en servir : et puis quoi encore, être ravalé, pire qu'un domestique, au rang de ces filles qui lui rasent tout le corps ? Faut pas.

Ma barbe, Lambert…

Ne pourrait-elle attendre demain ? Une barbe clairsemée comme la vôtre…

Eugénie entre avec l'eau tiède.

Votre mari ne veut pas me faire la barbe, Eugénie, c'est donc vous qui me la ferez ?

Si monsieur le demande… Mais pourquoi donc que tu ne veux pas faire cette barbe, Lambert ?

C'est bien de la misère, pense Lambert, et il renvoie Eugénie. Il faut rager et se soumettre, ce n'est pas son genre, mais il faut aussi épargner l'innocence d'Eugénie, et raser, même s'il n'y a rien à raser, et prendre le risque de blesser, tant pis. Il passe soigneusement la lame sur le cuir à rasoir. M. de l'Aubépine n'est pas loin de s'assoupir, tranquille. Le savon est mis, et, c'est curieux, cette barbe accroche, c'est bien une barbe de la veille. La fille aurait menti, comme il voulait le croire sur le chemin du retour ? La lame descend, la lame remonte, du beau travail : On voit que vous vous y entendez à dépecer le gibier. Pas une égratignure sur les joues, un cou lisse comme l'enfant Jésus. Il faudrait me faire la barbe chaque matin.

Et vos bois, monsieur ? Et vos chiens ? Prenez un autre homme pour remplacer Cachan, et une vraie femme pour remplacer toutes les autres. Vous ne me forcerez pas à tenir toujours le rôle de votre valet. Et puis, vous ne forcerez plus Eugénie à nettoyer les saletés de vos dames.

M. de l'Aubépine prend les restes du jupon, il les renifle, il regarde Lambert, moqueur. Il les agite un peu à bout de bras, ça remue de drôles de parfums. Il y replonge le nez, une bonne aspiration, un nouveau coup d'œil en coin, vers le garde-chasse, comme une invitation. Il voudrait le forcer à y mettre le nez à son tour ?

J'aime quand vous perdez votre assurance devant moi, Lambert... Qu'est-ce que cela vous fait ?

Je ne crains rien, monsieur, seulement vous avez des plaisanteries qui ne sont pas faites pour des gens comme nous.

Qui vous parle de plaisanteries ?

Ils en restent là pour un temps. Le garde-chasse fait son office de garde-chasse, de préférence loin du château, matin après matin. M. de l'Aubépine de toute manière ne le réclame pas. Même pas une femme à raccompagner, pendant une longue période. Ce n'est pas que le maître ne s'absente plus ; une ou deux journées comme ça ; des journées à dames, comme le pense Lambert, mais le maître, depuis la parleuse, n'en ramène plus guère au château.

Une fois, il s'absente plus longuement. Il a laissé entendre qu'il allait en finir avec ses biens parisiens. Il revient les poches pleines, en effet. Pas seulement remplies d'argent, de livres aussi ; et une malle entière de brochures républicaines. Il joue au savant à présent, sa nouvelle marotte, des heures et des heures à lire, à méditer sous son calot rouge. Il manque de place dans la bibliothèque. Un matin, il commande à Lambert de lui consacrer l'après-midi. Une bibliothèque à vider. Qu'Eugénie mette de belles bûches dans la cheminée. Nous brûlons des vieux livres. Les vies des Saints. Des livres qui ont étouffé la liberté pendant des siècles, que ferons-nous de ces vieilles bêtes dans notre république ? Au feu, Lambert, au feu. J'ai besoin de place pour mes Proudhon, mes Fourier, mes Considérant et Enfantin. Vous ne connaissez pas ces bonshommes ? Les vrais saints de l'avenir.

71

Comment, monsieur, brûler des livres qui remontent peut-être au temps de Louis XIV et les remplacer par vos brochures de mauvais papier ? Et vous voudriez que je donne la main à cela ? Des vies de Saints ?

Vous avez peur de commettre une impiété, Lambert ? Vous êtes encore sous l'empire des prêtres, un homme comme vous ? Notez que je ne demande pas cela à Eugénie. Il me semblait que vous, du moins, vous aviez abandonné ces préjugés. Je croyais que vous m'aviez manifesté assez d'attachement…

Si vous voulez que je vous reste attaché, monsieur, il ne faut pas me forcer à toucher des jupons souillés ou à brûler des livres anciens. Si vous n'en voulez plus, vendez-les à un bourgeois, il sera tout heureux d'en tapisser ses murs. Du beau cuir, des dorures…

C'est la valeur matérielle qui vous retient, et non la matière religieuse ?

Tout me retient, monsieur. Demandez-moi tout ce que vous voudrez, je le ferai avec bonheur, seulement ne m'obligez pas à toucher à ces vies des Saints.

Tout ce que je voudrai, Lambert ? Il me semble que vous avez déjà refusé de me raser tous les matins.

C'est dit, monsieur, je vous obéirai désormais en tout, hormis vous raser et brûler vos livres.

M. de l'Aubépine donne de l'air au feu.

Vous avez raison sur un point, Lambert, la pleine peau du cuir ne ferait pas une belle flamme.

Et il arrache les reliures, et il jette les pages dans le feu, et il recommence le même geste dix fois, vingt fois, et il regarde Lambert, avec son petit sourire.

Enfin, la paix est revenue, cela pourrait durer toujours. Oui, mais le 2 décembre 1851, c'est le coup d'État de Louis-Napoléon Bonaparte. Le républicain l'Aubépine l'avait prévu, la république se laisse détruire par ceux qui l'ont faite. Il apprend avec un peu de retard, deux ou trois jours, par la visite de son ami, le rédacteur

Faure, déjà porteur de nouvelles en 1848, habillé de noir, inquiet comme un homme poursuivi par un régiment de ligne, ce coup de force du Deux-Décembre. Lambert s'apprête à dégourdir les chiens, malgré un sale petit vent, son maître le retient : C'est fini, Lambert, cette fois ils l'ont tuée.

Qui a tué qui ?

Elle, Lambert, la République. Si des hommes comme vous et moi ne bougent pas, ce faux Napoléon va se faire couronner par le pape. C'est l'écrasement des gens comme vous. C'est l'écrasement de toute liberté. Suivez-moi à Paris, Lambert. Des comités de résistance, des barricades se montent jusqu'à Belleville, jusqu'à La Chapelle-Saint-Denis. Il faut en être, pour l'honneur.

L'honneur, monsieur, cela vous va fort bien, mais nos chiens sont mis en appétit, tout pétillants de froid, le muscle demande à s'échauffer, je ne saurais les rentrer au chenil sans leur avoir donné leurs ébats. Regardez comme cela frétille de partout. Et vous voudriez les priver de tout et même de liberté comme votre Bonaparte ? Cela ne se peut, monsieur, nous partons pour le Coin-Malefort, non pour Paris.

Comprenez, Lambert, comprenez, tout cela est trop éprouvant pour un homme tel que vous me connaissez.

Je comprends, monsieur, aussi je vous dis de me suivre au Coin-Malefort, vous vous dégourdirez les jambes aussi bien que les chiens et l'esprit mieux que partout.

Mais le temps presse, Lambert.

Eh bien, prenez mon fusil, il est graissé de ce matin. Si vous devez aller vous battre à Paris, il vous faut de l'exercice. Magdeleine, mon deuxième fusil, mon couteau de chasse, mon fouet.

Mais enfin, que faisons-nous, Lambert ?

Ils marchent une bonne heure, à grands pas, tirés par la frénésie des chiens, plein nord, puis nord-ouest, vers la partie la plus giboyeuse du domaine. La terre est sèche, le vent pique et tue les odeurs, rien à tirer des chiens. Ce n'est pas un grand jour. Mais, bon sang, que faisons-nous ici, quand la république est renversée par le tyran ? Quand mes amis sont arrêtés, transportés vers les pontons, fusillés peut-être ?

Taisez-vous, monsieur, à la fin, c'est vous qui faites fuir le gibier à parler haut dans les fougères. On vous entend venir à deux lieues. Comment voulez-vous vaincre un tyran, si la plus petite perdrix rouge vous échappe sans effort ? Sauf votre respect, on n'attrape pas un Bonaparte comme une fille de l'Ouest.

Ce n'est pas le moment de vous en prendre à votre maître.

Tout le monde s'en prend au sien, moi aussi.

Je vous ai toujours trop laissé la bride. Vous me faites perdre mon temps.

M. de l'Aubépine veut s'en retourner, on ne va pas arpenter nos bois la journée entière. Alors le chef de meute s'immobilise, toutes les bêtes font silence et forment comme l'esquisse d'un cercle sous le vent d'est. Les nez se lèvent bien haut, les cous se tendent, M. de l'Aubépine aussi ; les museaux plongent tous ensemble sur une ligne de terre retournée et foncent. Des vermillis, du tout frais, dit Lambert, trois cents livres au bas mot. On devine encore l'odeur de boue séchée dans les soies : Allez-y, respirez ce gras encore chaud, c'est l'Ouest, cela, monsieur, vous ne trouverez rien de semblable dans votre Paris. Le maître veut bien s'en mettre plein les narines, on dirait qu'il est pris : Certaines femmes dégagent cette force, vous ne trouvez pas, Lambert ? Lambert ne trouve pas. Eugénie n'a rien à voir avec un sanglier, pas même avec une laie. Bon. On avance tout doux et ça gueule bientôt à main droite.

Ils nous le rabattent, prenez du champ, monsieur, où il vous passera sur le corps. M. de l'Aubépine adresse un mauvais geste à Lambert. Prendre du champ, non mais. Est-ce qu'il a cet air, quand il course une fille dans les corridors du château ? Il ne sait même pas tenir convenablement son fusil à deux coups, cela traîne dans les fourrés, c'est un homme à se démolir un pied ou à briser le dos de Lambert par mégarde. Le baron court droit devant, et cela vient, en face, la grosse noire, un vieux jamais vu, large comme ça, et qui charge, les chiens au cul. Ce n'est pas du joli travail, pense Lambert, pas la bonne journée, on ne doit pas se retrouver comme ça à contrer ses propres chiens.

Et M. de l'Aubépine ? Il tire, il tire. Il recharge à chevrotines, il tire sans épauler, au jugé, en avançant. Il touche, mais en effleurant l'épaule, il excite la bête sans l'anéantir, drôle de chasseur à la manque, mais qu'est-ce qu'il fabrique ? Il recule vers Lambert, le sanglier les enfoncera tous les deux à la fois, si on le laisse faire. Il faudrait s'écarter pour l'ajuster sans risquer de blesser le maître. Pas le temps, M. de l'Aubépine jette son fusil, arrache celui de Lambert et tire, tire dans la gueule de la bête. Cela fait comme deux grosses étincelles sur la terre givrée, le groin éclate d'un coup, la masse ne s'arrête pas encore, quatre, cinq pas, elle s'affale sur un tronc. M. de l'Aubépine recharge et tire, tire, et recommence.

Ça ne va pas du tout, dit Lambert, ce n'est pas dans les règles, l'animal est abattu, on ne l'achève pas sous un feu nourri.

Le maître ne veut rien entendre, le sang l'acharné, il ne laissera pas un morceau de chair en paix. Il tire, tire.

M. de l'Aubépine n'a plus de quoi charger les armes, il tombe à genoux près de l'animal, il pleure, le maître pleure. Pour quoi pleure le maître ? Pour avoir massacré un des plus beaux solitaires de ses bois ? D'être privé de son arme comme un petit enfant ? On ne saura pas, il a sa tête d'affolé, pour ne pas dire de fou, qu'un garde-chasse ne comprend pas. Lambert tient ses chiens au fouet de chasse ; ils bavent d'argent, les fils givrés leur pendent au menton, droits comme des chandelles, il ne reste qu'à leur donner la curée ; un beau gâchis, tout pour leur gueule, rien pour le saloir.

Monsieur, je comprends et je ne comprends pas pourquoi vous voudriez abolir les droits de chasse. C'est égal, avec un peu de travail en compagnie de votre garde, vous ne démériteriez pas comme chasseur. Seulement, il faudrait respecter la bête.

Lambert donne la curée aux chiens, ils s'en donnent deux grands quarts d'heure, gorge chaude. M. de l'Aubépine a mal partout, aux bras, à la poitrine, le souffle lui fait défaut. Cela va, monsieur ? Près de deux heures encore pour le ramener au château et le déshabiller et le coucher et faire tomber la fièvre et le délire qui vient. Il veut se lever, partir à l'assaut du tyran. On ne sait pas si, dans son rêve, il est devant un sanglier ou devant Louis-Napoléon Bonaparte. On ne sait pas s'il crie ou s'il pleure. De toute façon, le 2 décembre est déjà loin. Quand il part pour Paris, le lendemain de sa crise, il ne reste plus grand-chose à faire.

Il se lève plus calme cependant, il demande de l'eau chaude à Eugénie. Lambert consent, dans l'état du malade, à le raser. Pas question, Lambert, vous oubliez vos vieilles colères ? Vous n'êtes pas mon valet de pied, vous êtes au-dessus. Partons-nous, Lambert ?

Partir, monsieur, comme vous êtes ?

Oui, partir, et pour chasser.

Chasser vraiment ?

Vraiment, Lambert, je ne reviendrai que je n'aie chassé l'usurpateur démagogue.

Lambert retient son maître aussi longtemps qu'il le

peut, prétexte l'état des chevaux, de la voiture ; la misère qui les menacerait tous, comme l'hiver 48. Pour l'argent, vous n'avez rien à redouter, dit M. de l'Aubépine. Je remets ma fortune entre les mains d'Eugénie, si vous m'accompagnez.

Pourquoi monsieur réclame-t-il à toute force ma compagnie ? De quelle utilité serai-je dans ce Paris que je ne connais pas ? Si c'est pour faire deux orphelins…

M. de l'Aubépine dit qu'il est un meilleur homme quand Lambert l'assiste, l'écoute, lui parle, la preuve il a été capable de faire de lui presque un chasseur. Sa présence l'empêche de faire des bêtises. Il ne sait comment cela se fait, mais ce n'est pas autrement.

C'est que vous vivez comme un tel sauvage que vous ne voyez que moi. Allez donc chercher d'autres têtes dans votre Paris et perdre avec vos grands amis ce qui vous reste de raison.

M. de l'Aubépine lui dit adieu, avec de grands mots, comme un roi déposé. L'air tout à fait raisonnable alors, comptant les dépenses pour plusieurs mois, remettant à Eugénie une grosse boîte en fer contenant plus de mille francs, une somme, faisant ses recommandations à chacun pour l'entretien des meubles et des bois, accordant une sorte de bénédiction aux petits comme à des recrues qu'il faut entraîner pour une prochaine bataille.

Les Lambert se préparent à un grand hiver, on ne se laisse pas surprendre deux fois, saloirs combles, poulailler plein comme un œuf, clapier grouillant, oies, dindes, dindons, dindonneaux tout autour. Lambert fait la tournée des fermes, le fusil non à l'épaule, comme à l'ordinaire, mais sous le bras. Il se présente au nom du maître, prend le ton d'un qui lève l'impôt. Ils grondent en dedans, et même au-dehors, le Harlou du Bas-Blanc surtout : Tu te conduis comme ton père.

C'est ça, les temps reviennent.

Prends garde que j'ai aussi un fusil, dit Harlou.

Va dire ça aux perdrix rouges, tu n'as jamais touché la queue d'une.

Il ne peut pas nier. Les autres, le Gerzeau du Clos-Morin, le Fleuriel de la Garde-Champdieu, font semblant de rien tout d'abord, et montrent leurs greniers vides. Je vous connais, dit le garde-chasse, le maître veut savoir ce qui est dessous les planches vides. Ils en font voir un peu, Lambert prélève le surplus, c'est l'usage. Il ne leur présente plus le dos depuis bien longtemps.

Ils ne vivent pas mal, tous ces mois. Aux nouvelles de Paris, rien ne dit que les républicains font trop bonne figure : fusillés, arrêtés, exilés. Même les ouvriers semblent soutenir le nouveau pouvoir. Les rouges partent en morceaux. On se prépare au retour de M. de l'Aubépine, au désastre de son retour, assuré de voir arriver un beau soir un homme défait tout au long, affalé dans un fiacre ou dans un char à bancs, vaincu par son Bonaparte, vaincu par tout le monde, comme à chaque fois. C'est un homme qui fuit la victoire, par principe.

Grégoire demande s'il aura un nouveau chapeau et de quelle couleur. Il n'y a guère d'autre changement à espérer. Il ne revient toujours pas. Qu'est-ce qu'il peut bien faire dans un Paris où il ne se fait plus rien ? On l'imagine à la tête de complots lamentables. Les Lambert, cette fois, engraissent.

On croit savoir son maître, comme on sait sa forêt, on ne sait rien du tout. C'en est un qui est parti, c'en est presque un autre qui revient, et drôlement coiffé, coiffé d'une femme toute neuve.

Une comme les précédentes, comme les Lambert l'ont cru à première vue, la même allure de femelle de la horde, nippée de lumière, le genre qui aime bien que ça brille sur elle, les étoffes à reflet. Pas le tablier sombre d'Eugénie, sa bavette et sa coiffe blanches, non, non, une fille en couleur, du vif-argent, avec des yeux comme ça, bien ronds, tirant sur le jaune, et que ça pétille en se rigolant. Il a dégoté son envers, M. de l'Aubépine. Elle pose ses bottines bien lacées dans la poussière, elle regarde cette famille sur le pas de son pavillon vis-à-vis le château, tous les quatre debout, chapeau bas pour le retour de leur maître, et elle glousse. Elle ne salue pas, elle ne se cache même pas derrière sa main, elle glousse franc et haut. Ce n'est pas la grande dame, c'est le plus certain. On ne s'attendait pas que le maître, parti pour déloger le neveu de l'Empereur, ramène une baronne, même d'Empire. On savait bien qu'il avait une préférence pour le ruisseau. Non, ce qui est étonnant, c'est d'abord qu'il ait pensé aux dames dans les circonstances. Dans ses temps de passion rouge, il n'y songeait guère, aux dames. Quand il ne faisait plus l'exalté politique, là, oui, il s'approvisionnait en filles. Jamais les deux ensemble, du moins pour ce qu'on voyait. L'autre curiosité, c'est la gaieté de cette fille au bras d'un sinistre comme M. de l'Aubépine. On se nettoie les yeux.

Il est un peu ennuyé, le maître. Il voudrait bien parler à son garde-chasse ; qu'on se fasse les honneurs mutuels du retour ; et l'autre glousse encore plus fort. Mais qu'est-ce qu'on a de si original ? Faut pas rire trop longtemps devant un homme comme Lambert, faut pas. C'est un homme vite vexé, il a son honneur, garde-chasse. Il fait trois pas vers M. de l'Aubépine : Faudra-t-il garder les bêtes chaudes pour raccompagner la demoiselle ? Elle se rigole moins, d'un coup. Si elle reste comme maîtresse, ils ne vont pas s'aimer bien fort tous les deux. L'œil jaune brille encore, mais de colère à présent. Le maître attrape le bras de Lambert : La paix, mon ami, j'ai plaisir à vous retrouver, ne gâchez pas le revoir ; cela rit, mais cela ne connaît pas la méchanceté.

C'est-il donc qu'on s'amuse bien, dans votre Paris, au lieu de chasser la tyrannie ?

Vous visez toujours aussi juste, Lambert. C'est un chasseur comme vous qui nous a manqué. Et nous avons dû reculer. Vous avez tort sur un point cependant : cette personne n'est pas ce que vous croyez. Elle est du camp de la république. Je l'ai trouvée parmi nos lutteurs, et au premier rang. Nous avons été vaincus ensemble, cela est beau.

Quand j'ai manqué un grèbe ou un chevreuil, je ne me sens guère faraud auprès d'Eugénie, monsieur.

On dirait que vous me voyez retourner sans joie, Lambert.

Au contraire, monsieur, mais je ne suis pas encore fait à cette personne qui se rigole sous mon nez.

Quelle chambre faut-y préparer ? demande Eugénie.

La demoiselle se reprend à rire encore plus fort.

Elle est bien aussi malade que le maître. Lui, c'était de bile noire, elle, c'est de rigolade. C'est presque mieux la mélancolie, au moins cela donne pitié. M. de l'Aubépine n'hésite pas : Vous donnerez à Mlle Berthe François la chambre violette.

Au bout du grand corridor, en somme ?

Celle-là, oui.

Elle ne rit plus du tout la demoiselle Berthe François. Lambert a tout de suite vu qu'elle n'a ni le nom ni le port d'une châtelaine. Espérons qu'elle a de bonnes jambes, parce qu'elle va bientôt y courir, dans son corridor. Cela chagrinait pour les autres, l'idée, cette torture, ces mauvais goûts du maître. Là, rien que d'y penser, Lambert la voit toute nue, mais attention, dans le noir, toute nue dans le noir, ce n'est pas pareil, pas de la méchante pensée, il la voit poursuivie par le baron, pleurnichant fort, et il en est bien content. Une affaire de deux jours, le temps de mettre en ficelle tous ses dessous, et on n'en reparlera plus.

On en a reparlé, et plus longtemps que deux jours. On peut même dire qu'elle les a mis dans de sacrés draps, tous, et elle aussi. Magdeleine surtout. Parce que Magdeleine, une femme qui rit si fort, ça la change de ses parents, ça ne lui déplaît pas. Elle s'approche de la demoiselle Berthe, et quand le rire lui revient, elles rient toutes les deux ensemble. Elle doit aller sur ses treize ans, Magdeleine, et si Mlle Berthe tire sur les vingt-quatre, c'est le bout du monde. Elles se font grande sœur petite sœur sur-le-champ, et ce n'est pas bien. Magdeleine s'apprête à entrer au château à sa suite pour la mener à la chambre violette, son père l'arrête : C'est à ta mère que revient la tâche. Mlle Berthe redresse la taille, si elle veut lui en imposer comme châtelaine, elle aura du travail : Pendant que sa mère est à l'ouvrage dans la chambre violette, la petite me fera visiter le château, je suis sûre qu'elle en connaît mieux les coins que personne.

M. de l'Aubépine n'est pas homme à faire travailler les petites filles, dit Lambert.

Pensez bien qu'elle en glousse, de ce qu'il peut raconter.

Elle a la peau claire pour une petite paysanne, dit-elle à M. de l'Aubépine. Nos amis peintres, à Paris, ne cracheraient pas sur un teint pareil. Et tout ça au fond de vos bois.

Magdeleine, ça lui fait rougir le teint.

Faut pas gâter nos filles avec de mauvais compliments, dit le père, faut pas. Et celle-là a encore le mérite de m'obéir, comme la meilleure chienne de race.

Magdeleine reste près de lui ; pour cette fois. La demoiselle Berthe donne un mouvement brusque à sa robe, le dépit ; cela lui ferait presque un geste de dame. Pourtant, Lambert, on ne lui enlèvera pas de l'idée que c'est un demi-castor, cette fille-là.

Demi-castor, cela va devenir son grand mot. Son vrai nom lui écorchera toujours la bouche, alors demi-castor. Celle qui aime bien la nommer par son vrai nom, c'est Magdeleine. Elle l'aime déjà, Mlle Berthe. Aucune femme aussi soyeuse, aussi mouvante n'est restée plus de deux jours au château depuis des années. Avec celle-là, on ne s'ennuie pas, un spectacle, une agitation perpétuelle : pour commencer, Mlle Berthe se conduit dans le château comme une petite fille. Elle apparaît à toutes les fenêtres, pousse des cris à chaque vue nouvelle. C'est de la joie. Magdeleine ne quitte plus le pas de la porte. Elle regarde de loin. La dame lui fait ses coucous. Elle esquisse des réponses. Sauf si Lambert est dans le coin. Rentre-toi, Magdeleine. Ne t'avise pas d'écouter ce demi-castor, c'est de la mauvaise vie, du mauvais exemple.

Mais pourquoi est-ce que M. le baron l'a invitée dans notre château, si c'est de la mauvaise vie ?

Les barons ont toujours vécu selon leur fantaisie, et celui-là a la fantaisie de vivre à l'envers de tous les barons.

Elle n'est peut-être pas si mauvaise que ça, dit Eugénie, le soir. Elle a l'air capable de remettre de la vie dans notre baron et dans notre château. Demi-castor, reprend Lambert, on ne m'ôtera pas de la tête que c'est un demi-castor et de la mauvaise vie. Ils pourront jouer à monsieur et madame, faire des tours de parc sous une ombrelle, ils ne me tromperont pas.

Il est content de voir l'entrain de Berthe François fléchir jour après jour. Elle a fait des tentatives de sortie : visites des alentours, la ville, les théâtres. M. de l'Aubépine se lasse vite. Elle se fait une raison, après tout, ces petits théâtres de province, comparés à ceux de Paris… S'il faut rester au domaine, elle aimerait organiser des réceptions. Avec qui ? demande le baron. Des vieux Chouans ? Sûrement pas. Des artistes alors ? Qui savent boire et chanter, comme à Paris ? On n'en trouvera pas dans un coin pareil. Alors ? Il faut accepter le tête-à-tête. Quand on est des gens de leur trempe, on ne peut pas vivre dans le Paris impérial. Elle sait bien qu'il lui permet de vivre à l'abri du besoin ici, cela demande quelques accommodements. Comme courir la nuit dans les corridors. Et toute nue, ce n'est pas ça qui lui fait peur.

Enfin, de temps en temps, voir d'autres têtes, ce serait encore mieux. Rien de nouveau, alors la compagnie de Magdeleine lui devient indispensable : cette petite est si vite éblouie quand elle lui parle de Paris, de sa vie là-bas, avec des peintres. Magdeleine se sent toute transformée auprès d'elle : une femme lui fait des confidences comme à une autre femme.

Elles ne se quittent plus. Magdeleine va encore un peu à l'école. Il lui faut traverser l'est du bois pour rejoindre la grand-route. Le Rajah l'escorte, l'attend un bout de journée, couché devant la porte de l'école, et la ramène. Des va-nu-pieds, on en voit un bout de chapeau, des fois, ils ne s'approchent jamais d'eux plus que ça, ils savent. Mlle Berthe guette Magdeleine, elles sont contentes de se retrouver, elles rient toutes les deux. Elles marchent dans le parc. Elles rejoignent M. de l'Aubépine dans sa bibliothèque, de plus en plus occupé à lire des brochures républicaines, à rédiger on ne sait pas quoi, des proclamations, un système social futur.

Les seules visites qu'il reçoit sont liées à la résistance à l'Empire. Ce n'est plus le journaliste Faure, celui-là, paraît-il, est proscrit à Jersey, mais on voit passer de drôles de garçons, des blouses même, des fois. Cela fait un drôle de mélange dans ce château. Lambert n'aime pas voir sa fille mêlée à cette vie-là. Il sent comme une mauvaise influence du demi-castor et il lui arrive de s'en plaindre au baron.

Où est le mal, Lambert ? Je ne suis pas toujours un homme bien amusant, Magdeleine a de la fraîcheur, cela occupe les journées de Mlle Berthe au château.

Justement, monsieur, ce n'est qu'une enfant et je ne la trouve pas à sa place, sauf votre respect, avec une personne comme Mlle Berthe.

Une enfant ? Quel âge a-t-elle, à présent ? N'est-elle pas une femme accomplie ?

Lambert se crispe, non, Magdeleine n'est pas une femme, il ferait beau voir qu'on y touche. Pas question qu'une tête malade s'approche de sa petite fille. On en a vu d'autres, dans les châteaux, mais pas avec des vices pareils. Le baron n'insiste pas trop, il a raison. De toute façon, sa conversation ne va pas souvent droit. Elle repart sur Napoléon III : Le dictateur va bientôt tomber, Lambert, la France se prépare.

M. de l'Aubépine ne lâche plus Lambert, alors, des discours sans fin sur la chute imminente du nouvel empire. Il n'est pas facile de le contredire. Pourtant, les électeurs ont voté pour le rétablissement de l'empire, est-ce que monsieur le baron ne s'en est pas aperçu ?

Plus de baron, dit M. de l'Aubépine, je vous l'ai déjà dit.

Mais les titres de noblesse ont été rétablis…

Ils seront abolis de nouveau la prochaine fois. Et le jour est proche…

Lambert le laisse dire. Il est la bonne oreille de son maître. Magdeleine est la bonne oreille de Mlle Berthe. Voilà ce qu'est servir. Oui, mais Magdeleine n'est la servante de personne. Précisément, dit Mlle Berthe, l'idée m'en est venue. Le temps de l'école est terminé pour Magdeleine. Il y a trop loin à aller. Vous dites vous-même que les bois ne sont pas sûrs. Tout cela n'est pas obligé. Il est temps de s'employer. Qu'elle devienne ma demoiselle de compagnie. Qu'elle m'aide à m'habiller, à tenir ma chambre et le reste.

C'est la tâche d'Eugénie, dit Lambert.

Ce n'est pas pareil, et Eugénie a déjà trop à faire. Dites oui, Lambert, et vous aurez ma reconnaissance.

Qu'est-ce que Lambert a à faire de la reconnaissance d'un demi-castor ? Bien sûr, chez les Lambert, on sert de père en fils et de mère en fille, c'est presque une charge que cela. Mais on a toujours servi le monde, pas le demi-monde.

Je sais ce que vous pensez, Lambert, mais vous avez tort. Votre Magdeleine, quand la république sera rétablie, je la ferai entrer dans Paris. Nous rentrerons ensemble. C'est une fille qui fera de bien belles choses à Paris, je vous le dis.

En attendant, vous voulez en faire votre petite servante.

Je serai autant à son service qu'elle au mien. Et nous retournerons bientôt à Paris. C'en sera vite fini du nouveau Napoléon.

Ainsi Mlle Berthe partage les croyances de M. de l'Aubépine. Ces deux-là s'entendent plus que Lambert ne l'imaginait. Et elle reste en place, on n'a jamais vu ça au château, ses aises et tout. Et le maître la suit d'assez bon gré ; il se laisse déranger sans gronder ; dirait-on pas que c'est elle qui commande ? Une nouvelle écraseuse de mari ? Ce serait trop beau, après ce qu'on l'a vu faire aux filles. En tout cas, c'est malheureux, ils ont encore de bons moments, petits repas fins et tralalas. Rouelle de saumon, surmulet, accompagnés des meilleurs vins. Et quand les maîtres sont échauffés, cela s'entend dans tout le château. Évidemment, un demi-castor, elle aime les jeux tordus du baron. Si ça se trouve, elle en a d'autres en réserve. Qu'est-ce qu'ils peuvent bien inventer ?

Ce qui irrite aussi Lambert, c'est de ne pas réussir à empêcher la complicité grandissante de Magdeleine avec la Berthe François. Tout ce qu'elles se racontent. Elle ne dit plus rien de ses conversations, Magdeleine, à présent, c'est le pire.

Pour Magdeleine, c'est le meilleur de sa jeunesse, ce temps auprès de Berthe François. Elle la peigne des quarts d'heure entiers. Cette femme a de grands cheveux noirs. Son plus grand bonheur, c'est de se les faire lisser et encore lisser. Elle se fait frotter le dos aussi, un dos si blanc, et veiné, bleuté. Des fois, tout de même, elle refuse de montrer son dos. Elle le tient tout raide. Ce n'est rien, un mal passager. Mais pourquoi ? Il n'est même pas question de lisser les cheveux dans ces moments-là. Leur poids sur le dos, c'est encore trop. Elle préfère les garder noués. Magdeleine, il ne lui vient même pas à l'idée qu'elle a pu recevoir des coups. Une fois, elle a parlé de ces douleurs à son père. Alors, comme ça, le baron ne se contente plus de courir derrière les filles en soufflant, il les caresse à la cravache. Si elle en est contente… Moi aussi je suis content, elle n'avait qu'à pas venir chez nous.

Ce n'est pas toujours comme ça, parfois elle n'a mal nulle part. Elle recommence à se faire peigner, à se faire laver le dos. Elle dit que c'est du plaisir. Et toujours elle parle ; de Paris, des peintres, des théâtres. Vous en avez le regret, Mlle Berthe ? Pas du tout, enfin, si, pour les vêtements surtout, les amis aussi. Heureusement que je t'ai, petite Magdeleine. Si tu savais… J'ai bien besoin de toi. Mais ne disons plus rien.

Elles travaillent toutes les deux. Elles font des chapeaux, comme à Paris, c'est pour Mlle Berthe. Essaie celui-là, Magdeleine, je suis sûre qu'il t'irait. Magdeleine refuse, que dirait son père, s'il la voyait avec un chapeau de femme ?

Laisse ton père dans sa forêt. Il ne comprend rien aux femmes de toute façon, un sauvage d'Amérique. Pis qu'un sauvage d'Amérique. Ceux-là au moins aiment les plumes sur les coiffures. Allez, Magdeleine, un petit moment, je te l'installe, un peu penché, là, regarde comme cela te donne un air.

C'est vrai, mais quel air ? C'est inquiétant, un air pareil, chez une fille de quatorze, quinze ans. Où cours-tu, Magdeleine ? Elle retourne au pavillon du garde-chasse, elle met le couvert, elle reprend son rôle de fille des campagnes sur les terres de l'Ouest.

La dame t'a dit du mal ? demande Eugénie. Tu as cet air soucieux à présent.

Ce n'est pas un air soucieux, juste un air de fille. Il faudrait lui nettoyer la tête. Lambert la traîne à la chasse, lui prête son fusil quand ils abordent les parages les plus giboyeux de la forêt, le Coin-Malefort, les alentours de l'étang, où boivent les bêtes. Magdeleine n'est plus si empressée, ni si adroite. Cette poule d'eau, comment as-tu pu la manquer ? Tu n'es pas bien à courir les sous-bois en compagnie de ton père ? Si, si, mais Mlle Berthe l'attend. Si une demoiselle de compagnie ne tient compagnie qu'à son père, elle n'est pas à sa tâche naturelle. Le père et la fille reviennent plus vite qu'autrefois, sans leurs petits secrets de chasse.

M. de l'Aubépine n'a jamais été si occupé, ni si mélangé : à la fois triste et enjoué. L'Empire français pèse sur lui comme un malheur personnel. En même temps, il dit chaque matin qu'il a rêvé de la chute du tyran. Il se réveille, la liberté est rétablie en France et la république et le droit. Une prescience, comme il le répète, cela est écrit partout. Une fois, c'est encore un matin, le jour n'est même pas levé, il appelle Lambert, il le fait sortir dans la cour, en chemise, vite, vite, des airs de conspiration. Il veut lui remettre un objet des plus importants. C'est un livre : Vous avez croisé ce visiteur, hier au soir ? Un ami de Faure, Duplessis, il m'apportait de Londres ces pages définitives contre le Napoléon. Cela va le faire tomber, allez, je ne l'ai pas quitté de la nuit. *Napoléon-le-Petit*, c'est de Victor Hugo, voilà notre grand homme d'aujourd'hui. Il tuera le pouvoir depuis son île de Jersey, c'est moi qui vous le dis. C'est avec celui-là qu'il faut être. J'ai approché Lamartine, un faible, il a refusé mes services. Victor Hugo, c'est autre chose. Les hommes vrais de France doivent s'imprégner de ce *Napoléon-le-Petit*. Lisez cela, Lambert. J'attache le plus grand prix à votre présence auprès de moi, depuis le début, vous le savez, et à votre opinion de fils de bleu.

Ce *Napoléon-le-Petit*, c'est un livre interdit ?

Bien entendu, il arrive en contrebande jusqu'à nous,

il se répand, vous devez le lire. Il faut entrer dans le cercle des élus de demain.

Monsieur, que risque-t-il de m'arriver si on trouve chez moi un livre interdit ? L'ami de M. Faure n'est-il pas surveillé ? Notre police ne l'a-t-elle pas suivi jusqu'ici ?

J'espère bien qu'on nous surveille, Lambert. Les hommes libres doivent être menacés sans cesse.

Je n'ai guère envie d'être libre dans ces conditions.

Vous parlez comme un valet. Ce n'est pas vous, cela, vous n'êtes pas de la valetaille.

De la valetaille, sûrement non. Je suis cependant votre garde-chasse et rien que cela et vous ne me ferez pas lire une ligne de votre livre.

Vous entendrez, Lambert, ce que dit ce Victor Hugo. Tenez : « La trahison du 2 décembre est accouchée de l'empire. La mère et l'enfant se portent mal. » N'est-ce pas que c'est envoyé ? Et ceci : « Le gouvernement actuel, main baignée de sang qui trempe le doigt dans l'eau bénite. » Est-ce que ce n'est pas bien vrai ? Écoutez encore : « Et vous me dites que cela durera ! Non ! non ! non !… Cela ne durera pas. » On dirait que cet homme lit dans ma pensée. Allons, Lambert, je vous ordonne de prendre ce livre et de le lire, comme tout homme d'aujourd'hui devrait le faire.

Lambert se retrouve avec un exemplaire de *Napoléon-le-Petit* entre les mains. M. de l'Aubépine continue son discours sur le perron, crie le nom de Berthe François, il faut qu'elle lise aussi, qu'elle sache, que le monde entier sache. Lambert est terrorisé, le baron va nous perdre, s'il court les bourgs des alentours un livre interdit à la main comme une Bible. Lambert attend un moment au milieu de la cour, observant les mouvements en direction de la forêt, comme à la chasse, cherchant une tête du côté de la grille ouverte, des espions, des tueurs de républicains. Les chiens sont au calme derrière leurs barrières, le Rajah a reniflé ses coins habituels et s'est allongé bien tranquille. On ne va pas se retourner les sangs pour une nouvelle lubie de M. de l'Aubépine, tranquilles, restons bien tranquilles, nous aussi. Lambert prend un air dégagé, il va cacher *Napoléon-le-Petit* dans le bûcher, bien au fond, là, personne n'ira y voir.

Cela occupe la conversation du maître avec le garde-chasse durant quelques semaines.

Où en êtes-vous de votre lecture, Lambert? À la nuit du 4 décembre?

Oui, oui, la nuit du 4, et même le 5 et le 6.

Où en êtes-vous, Lambert? À la dénonciation des ralliés? Nous ne nous rallierons jamais, n'est-ce pas?

Jamais, monsieur.

Mais il me semble, Lambert, que vous lisez bien lentement.

Je n'ai pas votre instruction, monsieur, et nos bois et nos chiens me réclament tout le jour.

N'importe, ce qui compte, c'est que vous sentiez la valeur de cet homme-là. Je suis décidé à l'aider. Je lui ai écrit. Il faut que nous lui fassions tenir cette lettre au plus vite. Je vous adresse, par discrétion, au bourg, chez le frère de Faure, il saura trouver les chemins secrets du courrier jusqu'à Jersey.

Monsieur, je préfère raccompagner en voiture toutes les femmes que vous m'avez confiées naguère. Je n'étais pas heureux alors de le faire, mais j'aimerais cent fois mieux recommencer que porter votre lettre interdite à un homme proscrit de France. On m'arrêtera, on me fusillera, et pourquoi?

J'aime quand vous me désobéissez, Lambert, cela est rare, mais cela fait de vous un homme libre. N'en parlons plus.

Sa lettre, il a trouvé un autre moyen de la faire passer, Magdeleine. Magdeleine et Mlle Berthe aussi. M. de l'Aubépine commande à Lambert un relevé des arbres à éclaircir au bois Merlin. Le garde est en chemin ? Bon, il demande à Magdeleine de mettre le cheval au cabriolet. Tu sais mettre les chevaux ? Tu sais tout faire, bonne fillette. À présent, tu saurais trouver une adresse, sans te faire trop voir ? Elle saurait tout faire pour M. le baron, pour Mlle Berthe surtout. Vraiment une bonne petite, mais Berthe François ne veut pas la laisser aller seule, le passage des bois, des bois si mal fréquentés. Elle l'accompagnera chez ce Faure, frère de l'autre. Cela ne plaît qu'à moitié à M. de l'Aubépine. Il sent bien que l'affaire risque de perdre en discrétion avec Mlle Berthe, sa robe ponceau, son chapeau, ses rires. Le bourg tout entier saura vite qu'elle porte une lettre à un républicain. Elle jure de ne pas se montrer plus que ça. Elle dit qu'elle attendra à l'écart. Admettons.

Magdeleine arrête la voiture à l'entrée de la rue, elle finira à pied toute seule, discrétion. Le temps est frais, dit Mlle Berthe, il ne s'agit pas d'attraper la mort dans une voiture. Je t'accompagne, Magdeleine, et puis je veux voir la tête de ce frère. On ne voit pas tellement de têtes, ces temps-ci.

C'est un gros homme rouge de figure, le frère de Faure. L'autre était tout pâle, tout grave, tout rongé. Voilà un rieur. Il est surpris de voir deux petites femmes chez lui, il leur fait des honneurs, des compliments gros comme ça. Pour la lettre, il verra ce qu'il peut faire ; il faut être prudent ; mais pour une jolie femme, on peut avoir des audaces. C'est une lettre de M. de l'Aubépine, dit Magdeleine. Elle n'est pas encore bien dégourdie, mais elle apprend vite. Que dois-je faire, s'il y a une réponse ? demande Faure.

On viendra la chercher, dit Berthe François.

Venez seule, cela fera moins de remue-ménage.

Mlle Berthe rit fort : Je vous enverrai plutôt Magdeleine.

Ils rient tous les deux encore plus. Là, Magdeleine ne comprend pas pourquoi. Quand elles reviennent, elle ne comprend pas davantage pourquoi son père arrête le cheval devant la grille et la fait descendre en la tirant par le bras. Il a son fouet de chasse roulé, il en tord la lanière, un vrai grondeur. C'est Magdeleine qu'il gronde, en même temps ce n'est pas elle. Il n'a jamais su gronder sa petite fille. Il lève la voix sur elle, pas contre elle : Enfin, ce ne sont pas des manières… c'est l'idée de la François, j'en suis sûr… on abuse de l'innocence… ça joue le beau linge et c'est de la crasse par-dessous… on m'envoie promener comme un malpropre et on se sert de toi… cela ne sera plus, Magdeleine, tu m'entends… c'est de la sale tripière et cela abuse… parlez-moi de dames pareilles, je t'en ficherai… du demi-castor, rien d'autre, je le dis toujours, du demi-castor… et je te l'étoufferais sous ses chapeaux à plumes…

Les cris de son père, Magdeleine, elle en a l'habitude, c'est sa voix pour les chiens. Mais que Mlle Berthe les entende aussi, cela lui fait honte. Qu'est-ce qu'elle va encore penser ? Il a raison aussi, ce n'était pas à Magdeleine de porter une lettre pour M. Victor Hugo. En même temps, où est le mal ?

M. de l'Aubépine attend la réponse de Victor Hugo, et pas de réponse. Il se persuade que sa lettre n'a pas trouvé son destinataire. La police de Napoléon III, les messagers incertains, la traversée jusqu'à Jersey, c'est sûr, le courrier s'est perdu en chemin. Il écrit une deuxième lettre. Mlle Berthe se propose de la porter en compagnie de Magdeleine. Cela lui fera de la distraction.

Je veux bien déposer votre lettre, dit Magdeleine, mais si mon père l'apprend encore…

Il ne l'apprendra pas. On s'entoure du plus grand secret, comme si Lambert était plus dangereux que le Napoléon lui-même. On attend qu'il soit au fond de ses bois. On va à pied. On retrouve Faure. Il assure être prêt à acheminer toutes les lettres qu'on voudra. Il sait que la première est parvenue jusqu'à son frère. Mais jusqu'à Victor Hugo ? Il faut faire confiance à son frère. Et Victor Hugo est un si grand homme, si occupé, qu'il n'a pas le temps de répondre à toutes ces lettres venues du monde entier.

Il arrive à M. de l'Aubépine de se sentir amer. Il ne se décourage pas, pourtant, il écrit encore et encore à Victor Hugo. Mais le petit jeu des messagères tourne mal, d'un seul coup, elles y trouvent trop de plaisir, dit le baron. Il voit bien qu'elles le poussent à écrire de nouvelles lettres ; une occasion d'aller au bourg, et dans la gaieté. M. de l'Aubépine devient soupçonneux, il prend Magdeleine à part, il se penche sur elle. Il lui demande comment se tient ce Faure, s'il n'a pas des paroles curieuses, des gestes.

Rien de curieux, dit Magdeleine, il fait servir à boire, et des petits gâteaux, des petits gâteaux à la peau de lait de sa cuisinière.

Et c'est tout ?

Il aime rire aussi et bien haut.

Je n'aime pas ce rire. Dis encore.

Magdeleine prend peur : M. de l'Aubépine lui secoue un bras, il dit qu'elle ment, qu'elle couvre Mlle Berthe, que ce gros Faure profite de la situation.

À partir de là, ce n'est plus la même vie au château. Berthe François a besoin d'une permission pour franchir la grille, d'une permission pour adresser la parole à un visiteur. Elle aimait accompagner Eugénie au marché quelquefois ? Plus de marché. C'était déjà la solitude. Maintenant cela commence à ressembler à un enfermement.

Tout ce qui arrive encore de l'extérieur passe par Duplessis, l'homme de *Napoléon-le-Petit*. Il apporte de Bruxelles des exemplaires des *Châtiments*, le nouveau livre de Victor Hugo, mais aussi une mauvaise nouvelle : Faure, le vrai Faure, celui de Jersey, est mort dans son exil.

La dernière fois que je l'ai vu, dit Duplessis, c'était il n'y a pas un mois, nous avons parlé de vous.

Vous a-t-il parlé de mes lettres ? Mes lettres pour Victor Hugo ?

Aucunement. Pas de lettres dans sa conversation…

Pourtant, son frère m'a assuré…

Son frère ?… Il s'est rallié à l'empire, son frère, c'est le dernier chagrin de notre ami.

M. de l'Aubépine tourne ses gros yeux vers Mlle Berthe et Magdeleine, assises toutes les deux au bout du salon.

Dire que j'ai fait passer dix lettres à un traître, et à cause de vous. Et cela vous amusait. Je pouvais attendre une réponse. Victor Hugo n'aurait pas laissé une seule de mes lettres sans réponse. Où sont-elles, mes lettres, à présent ? Chez un commissaire ? Il viendra demain me mettre les poucettes. Cela est abominable.

S'il avait voulu vous envoyer à Cayenne ou à Lambessa, votre commissaire, dit Mlle Berthe, voilà bien longtemps que vous y seriez. Vous ne l'inquiétez pas plus que cela, avec vos messages à Victor Hugo. Et votre Faure d'ici n'est pas un méchant homme. Au pis, il aura déchiré vos lettres.

Ne me parlez plus de ce Faure le Petit. Je vois bien que vous le défendez, cela m'en dit beaucoup, cela n'est pas bon.

Duplessis est embarrassé d'avoir, comme il dit, apporté le ver dans le fruit. Il veut bien se charger d'une lettre à Victor Hugo. Il fait voyager dans tout l'ouest et le nord des documents, des livres, des proclamations. Sa malle possède un double fond. Il fait sa tournée avec les *Châtiments*. Des amis sûrs jusqu'à Nantes, jusqu'à Brest. Nous ne sommes pas encore nombreux, mais nous sommes fidèles. C'est notre grande fraternité.

M. de l'Aubépine prend Duplessis dans ses bras. Après quoi, il jette un œil mauvais à Mlle Berthe et se retire dans sa bibliothèque. Une bonne heure, où on l'entend marcher, parler tout seul. Il ressort décavé, excité comme jamais. Il agite une liasse de feuilles, sa lettre à Victor Hugo, le grand homme sera content de lui. Duplessis, un homme vraiment fraternel, s'inquiète de voir M. de l'Aubépine dans cet état. Il le fait asseoir. Cela va ? Il ne faut pas se forger trop d'espérances, lui-même risque d'être arrêté à tout moment ; la lettre peut n'arriver jamais. Il se demande bien où il a mis les pieds. Il serre les papiers dans sa redingote, il refuse de rester à dîner. Les risques, vous comprenez... On ne sait plus de quels risques il parle. Enfin, M. de l'Aubépine est bien content. Victor Hugo lira sa lettre. Victor Hugo saura lui répondre. Duplessis a promis de revenir, sa prochaine tournée... Naturellement, cela peut prendre des mois et des mois. Il faut se montrer patient, le temps des révolutions, contrairement à ce que l'on croit, est le plus long de tous. Monsieur Hugo en est convaincu personnellement à présent. Sans doute, mais M. de l'Aubépine n'est pas Victor Hugo et la patience n'est pas son fort. Pour un soir, tout de même, il est capable de se résigner. Il laisse même Berthe François et Magdeleine faire le tour du parc toutes seules.

Pour M. de l'Aubépine, c'est une période d'attente. Les autres vivent autour de lui, le baron attend. Tout juste s'il sort à cheval dans sa forêt, la peur de manquer le retour de Duplessis. Et chaque fois qu'il croise Eugénie ou Lambert : Vous êtes sûr que personne n'est venu ? On ne vous a rien remis pour moi ?

Les Lambert, cette nouvelle idée fixe ne les dérange pas plus que ça ; c'est dans la nature du maître ; celle-là est plutôt reposante pour eux. Un homme attend, il leur fiche la paix. Un jour, il cessera d'attendre la lettre de Victor Hugo, il trouvera un autre démon pour se faire trotter l'imagination. La seule qui ne s'y fait pas, c'est Magdeleine. Elle ne s'y fait pas, parce qu'elle voit que sa maîtresse, elle n'oserait pas dire son amie, est de plus en plus malheureuse. Elle ne rit plus guère, Berthe François, Lambert l'avait prédit depuis le début, c'est arrivé. Elle est gagnée par le grand ennui des terres de l'Ouest. Ses bavardages n'avaient jamais de fin, maintenant on dirait qu'elle s'éteint tout doucement. Même la présence de sa demoiselle de compagnie, tolérée un moment, est de plus en plus réglementée par M. de l'Aubépine : toilette le matin, deux heures l'après-midi, quelques instants au coucher. Mlle Berthe en arrive presque à renoncer d'elle-même à ces moments qu'on lui accorde encore. Elle s'enferme dans sa chambre violette.

C'est curieux, pourtant, le soir, ils se retrouvent à table. Eugénie et Magdeleine gâtent des sauces aux herbes du jardin. On dirait que c'est le dernier plaisir des maîtres, engloutir des rouelles et des carpes et des oies, l'un en face de l'autre, en buvant du vin ou du Champagne. Si on ne savait pas ce qu'on sait, dit Eugénie en rentrant dans sa cuisine… lui, un véritable noble prêt à renverser l'État, elle, une fille de pas grand-chose, et même pas mariés, et regarde un peu, à table, ils ont l'allure de bourgeois, oui, oui, de bons bourgeois, il faut se frotter les yeux.

Ce n'est pas toujours pareil, il arrive que le repas finisse mal. M. de l'Aubépine se lève, il se dit dégoûté du siècle, de ce nouvel empire où il ne se fait plus rien de grand. Il aimerait tant faire quelque chose de grand. Avec Victor Hugo, il sait bien qu'il y parviendrait. Et cette réponse qui tarde. Alors il s'en prend à Mlle Berthe, qu'est-ce qu'elle lui offre de grand ? Elle voudrait bien, mais, comme elle le reconnaît elle-même, elle n'est que Berthe François. Alors elle lui dit qu'il faudrait renoncer au château, retourner à Paris qu'elle n'aurait jamais dû quitter. Hors de question, dit M. de l'Aubépine. Victor Hugo a juré de ne remettre les pieds à Paris qu'à la chute du tyran, il ne sera pas dit qu'on honorera cette ville de sa présence sous le règne de ce Napoléon III. Si elle insiste, il la menace. Eugénie ne comprend pas trop de quoi il la menace. Quand elle en parle à Lambert, il lui dit de ne pas trop écouter. Il sait trop bien de quoi le maître est capable, ce n'est pas joli. Ce sera encore des courses de nuit, et toute nue, la Berthe. Et ensuite, il imagine, des bras tordus, la fille jetée par terre, piétinée, et à la fin le droit du seigneur. Il appelle ça le droit du seigneur. Il ne sait pas s'il doit condamner son maître pour cela, ou l'admirer.

Petit à petit, Berthe François revient vers Magdeleine, elle obtient de l'avoir plus longtemps avec elle. Elle pose même la tête sur son épaule ou elle lui demande de la prendre dans ses bras. L'aînée protégée par la petite, Magdeleine en est toute troublée, surtout si Mlle Berthe se plaint. Elle dit qu'elle s'ennuie, puis elle commence à dire qu'elle a mal aux côtes, aux seins, au ventre même. Mal là, tu comprends, Magdeleine ? Magdeleine ne sait pas quoi faire ni quoi penser, surtout que Mlle Berthe lui fait jurer aussitôt de ne pas répéter un mot, à personne, vraiment personne. La petite est embarrassée d'avoir à répondre à ce genre de demande, surtout quand le maître, à son tour, la convoque et l'interroge en parlant un peu fort. De quoi parlent-elles tout ce temps ? Mlle Berthe n'a-t-elle pas des hommes en tête ? Comment pourrait-elle avoir des hommes en tête ? Des sangliers et des faisans, c'est bien tout ce qu'on peut avoir en tête chez nous, dans l'Ouest. Mais ce Faure ? Parle-t-elle encore de lui ? Il est presque sûr qu'elle est retournée le voir, ce rallié. Comment aurait-elle pu ? Elle ne sort presque plus. Il faudrait savoir voler. Si elle n'y est pas allée, elle en a eu envie, c'est tout un, tu peux bien me le dire, Magdeleine ? Non, non, Mlle Berthe n'envie pas de pareils rougeauds, même drôles, même complimenteurs... Alors, elle en trouve de pas rougeauds ?... Je ne dis pas cela, monsieur, vous me mélangez la tête avec toutes vos questions. Qu'est-ce qu'elle te dit d'autre alors ? Elle ne te parle pas de moi au moins ? Cela est interdit, elle le sait. Elle l'a fait pourtant ? Jamais un mot, monsieur... Jure. Elle ne sait pas si c'est bien, mais elle jure. Le plus effrayant pour elle, c'est à la fin de ses interrogatoires : il penche la tête vers elle, il lui parle comme dans un souffle, il lui dit qu'elle est femme, elle aussi. N'est-ce pas que tu es une femme ? Tes petites affaires, tu les as bien, dis ? Ton écoulement ? Magdeleine sent sa bouche se contracter, aucun mot ne pourrait en sortir. Il se penche encore plus : Dis-moi, à cet instant précis, as-tu ton flux ? Je suis ton maître, j'ai le droit de le savoir. Elle finit par répondre oui ou non. Elle remarque qu'il est plus content quand elle dit oui. Alors elle dit oui de plus en plus souvent. Mais il en demande toujours plus, couleur, douleurs… Sa mère lui a pourtant dit que ce n'étaient que des affaires de femmes, que les hommes doivent ignorer. Il profite de son malaise pour obtenir de nouveaux renseignements sur Mlle Berthe. Elle se laisse aller plus facilement sur le sujet, pour éviter d'avoir à parler encore et encore de ses écoulements. Tout cela est entre nous, dit M. de l'Aubépine pour conclure, tu me comprends ?

Magdeleine ne dort plus bien, elle voudrait se plaindre, mais à qui ? Surtout pas à ses parents. Même pas à Mlle Berthe : qu'est-ce qu'elle irait se mettre en tête, Mlle Berthe ?

M. de l'Aubépine questionne Lambert aussi. Il l'a chargé de surveiller Berthe François dès qu'elle se montre dehors. Est-il sûr de ne pas l'avoir laissée partir seule un peu plus longtemps qu'il n'aurait fallu ? Ne lui a-t-elle pas fait passer des lettres pour tel ou tel, au bourg, à Paris ? Ne s'est-elle pas servie de Magdeleine pour cette petite tâche ?

Je ne sais que vous, monsieur, pour avoir fait cela.

M. de l'Aubépine sourit, enfin, sourit, disons qu'il relève le coin gauche des lèvres. Il ne déteste pas que son garde-chasse le bouscule. C'est une marque de sincérité qui le rassure. Il dit à Lambert son amitié. Il est le seul dont il soit sûr ici. Vous ne me laisseriez pas abuser ? Vous ? N'est-ce pas ?

Lambert aime bien cette position d'homme de confiance, au fond. La marche du château repose de plus en plus sur lui. Un maître soupçonneux, jaloux, c'est avantageux, si on est le seul à échapper à sa jalousie et à ses soupçons. Sa seule tristesse du moment, c'est Magdeleine, sa petite Magdeleine. Il la sent bien loin de lui à présent, comme aspirée dans la sphère de Mlle Berthe, mangée par elle, surtout ; soucieuse comme elle, révoltée quand elle est révoltée, fatiguée de la même fatigue, ennuyée du même ennui, rieuse avec elle, si elle est disposée à rire ; presque plus. On dirait qu'elle donne son existence à sa maîtresse, elle devient une seconde Berthe ; le maintien, le phrasé de Berthe. On ne t'a pas élevée comme ça. À même pas seize ans, pour qui est-ce que tu te prends ? Cela te fera le plus grand mal, Magdeleine. C'est de la fausse vie. On t'engage comme demoiselle de compagnie et on te fait accroire que tu es une petite dame, on te mêle à des sentiments qui ne devraient pas être les tiens.

Un moment de joie, pourtant, de relâchement : Duplessis est revenu au château des Perrières. Il s'y est même installé trois jours. Il continue ses tournées secrètes et républicaines, mais il joue moins l'homme pourchassé : il accepte les invitations des uns et des autres, il se prélasse plus qu'avant, il partage de petits cigares rapportés de Belgique. Il en fait profiter Lambert, un bon homme, ce Duplessis, toujours aussi fier de sa malle à double-fond. Surtout, il en a sorti une lettre, la lettre ; avec sa mine gourmande ; l'agitant à bout de bras ; M. de l'Aubépine tout pâle. Un mot de lui ? Oui, oui, de lui. Je tiens mes promesses. M. de l'Aubépine est bouleversé ; il réunit tout le monde, Berthe François, les Lambert. C'est un grand moment, l'ouverture. Cela ne dure pas, il lit à haute voix et la voix baisse à mesure. Il est un peu déçu. Hugo s'est contenté de quelques phrases de politesse, remerciements, encouragements modérés. C'est déjà beaucoup, dit Duplessis. À bien d'autres il ne répond pas du tout.

Vous l'avez vu en personne ?

Pas cette fois-ci. J'ai mes hommes près de lui. C'est

que son prestige grandit encore. Savez-vous qu'il est menacé d'expulsion ? La couronne britannique veut le chasser de Jersey. On dit qu'il irait à Guernesey. Vous avez bien de la chance qu'il vous ait écrit dans ces circonstances.

M. de l'Aubépine remarque que la lettre date de plusieurs mois.

C'est égal, vous avez bien de la chance.

Duplessis distribue ses petits cigares de Belgique, les cigares de l'exil, cela vous a une de ces odeurs. M. de l'Aubépine en est tout rêveur. C'est d'être un exilé comme cela qui lui a manqué, sa vraie tristesse vient de là. Duplessis l'encourage à la joie : quel qu'en soit le contenu, c'est une lettre de Victor Hugo. Il veut bien se charger d'acheminer à Jersey ou Guernesey un nouveau courrier. Et si M. de l'Aubépine n'a pas la patience d'attendre sa prochaine venue à lui, Duplessis, il est possible de s'adresser en son nom, moyennant quelque argent, à des connaissances sûres, ici même, sur les terres de l'Ouest. Cela grouille, dans la plus grande discrétion, mais cela grouille, les jours de l'Empire sont comptés. Voilà une phrase comme les aime M. de l'Aubépine, il se la répète, il se sent plus fort ; il écrit une nouvelle lettre à Victor Hugo, il lui propose ses services.

Écrivez-en plusieurs, dit Duplessis, je me fais fort de les lui distiller. Moyennant quelque argent, bien entendu, car il faut s'assurer les services de quelques intermédiaires.

Mais comment être sûr d'obtenir les réponses ? Nous y veillerons, moyennant quelques sommes supplémentaires. Du reste, il faut bien alimenter les caisses de secours. Nos exilés sont le plus souvent démunis. Des hommes comme Victor Hugo contribuent autant qu'ils le peuvent ; des hommes comme vous aussi, naturellement. Beaucoup de proscrits sont malades, certains laissent des veuves, peu travaillent, ou alors ils gagnent petitement leur vie. Le salut des républicains passe aujourd'hui par la solidarité des mieux lotis.

M. de l'Aubépine apporte sa contribution, une somme consistante, semble-t-il, aux caisses de secours et à l'acheminement de ses lettres. Lambert s'inquiète de ces générosités : Avez-vous demandé un reçu ? Êtes-vous bien sûr de cet homme-là ? Sans reçu, monsieur, faut pas. Si ça se trouve, vous lui payez ses bons petits cigares de Belgique, à cet homme-là, et pas vos lettres ni ses caisses de secours.

Je crois, Lambert, qu'il vous en fait profiter, de ses petits cigares, vous ne vous en plaignez guère. Ce qui compte c'est qu'il porte mes lettres. Le reste soulagera des misères, peut-être même les siennes. Ce seront toujours des misères républicaines.

Et cette lettre de Victor Hugo, qui vous assure qu'elle est bien de sa main ? Votre Duplessis, comprenant votre passion pour ce M. Hugo, n'est-il pas capable de vous abreuver de fausses lettres, pourvu que vous fassiez passer quelques pièces d'or de votre bourse dans la sienne ? Et sans reçu, par-dessus le marché.

M. de l'Aubépine n'entend jamais ce qui le dérange. Il est soupçonneux et jaloux avec ses plus proches et il accorde sa confiance totale au premier venu, pourvu qu'il sache lui parler.

Lambert va être obligé de reconnaître que son maître n'a pas eu tort : une authentique correspondance s'établit, en quelques mois, entre Victor Hugo et M. de l'Aubépine. Déséquilibrée, il est vrai, le baron adressant cinq lettres bien épaisses pour n'obtenir en échange qu'un petit mot convenu, apporté tantôt par Duplessis lui-même, tantôt par des garçons à l'allure pas toujours bien reluisante. Lambert essaie de montrer à son maître les risques d'accueillir des gens pareils, peut-être des mouchards, allez savoir. M. de l'Aubépine ne veut toujours rien entendre, Hugo, Hugo, il exulte. Lambert se dit que le grand auteur griffonne ses réponses vagues par lassitude, trois mots pour ne pas décourager un homme qui l'assiège jusque dans son île. S'il espère le calmer de cette manière, il se trompe. Le baron se jette sur son écritoire et ne laisse pas repartir le messager sans une nouvelle réponse. Le cycle se poursuit.

C'est étonnant, mais il faudra bien l'admettre : le baron va bientôt tenir Hugo, comme il tient Lambert, comme il tient Berthe François sûrement, à l'obstination. Lambert ne comprend pas qu'un homme pareil n'aime pas la chasse. Il aurait fait le meilleur des chasseurs. Quand il est dessus, il ne lâche jamais sa bête.

Dans l'excitation des lettres, M. de l'Aubépine se soucie moins que jamais de Mlle Berthe. Il donne l'impression de ne pas voir qu'elle dépérit. Elle se plaint devant Magdeleine, mais à voix basse, comme si elle avait peur. Et elle répète qu'elle est une vieille femme. Si elle a vingt-sept ou vingt-huit ans, c'est bien tout. N'empêche, vieille, vieille, à moisir ici ; des brouillards sans fin, des marécages, de la lande, des étangs, des forêts, rien que de l'humide partout. Elle en perd ses cheveux, la peau gonfle, du moisi, du dégoulinant, on se noie dans cette pourriture de sous-bois. Qui voudrait encore d'une vieille femme comme moi ? Vois-tu, Magdeleine, ce qu'il me faudrait, c'est partir. Je n'ai jamais pensé m'installer ici pour tant d'années. Le coup d'État, ça n'allait pas durer. L'Aubépine allait me ramener à Paris, quand la république serait rétablie. Et maintenant, me voilà propre. Cette vie-là, ce qu'il faut endurer pour manger à sa faim… Je te fais confiance, Magdeleine, tu ne répéteras pas ce que je dis, hein ? Qu'est-ce que je serais, ici, sans toi ? Tu vois, je réfléchis, je réfléchis, et je ne vois plus qu'une chose à faire. Il faut partir. Qu'est-ce que tu dirais de venir avec moi, Magdeleine ? Je crois qu'à deux ce serait plus facile. Je me suis bien habituée. J'ai besoin de toi, Magdeleine.

Magdeleine se tait. Elle sait bien que son père ne la

laisserait pas partir avec un demi-castor. Elle ne se voit pas non plus se sauver sans rien dire à personne. Elle sait aussi qu'elle a du mal à résister à Mlle Berthe, à ses mines, à ses yeux jaunes, à ses paroles caressantes. Berthe François ne lâche plus Magdeleine, ses mains, ses bras, elle la triture à lui faire mal, et elle revient sur son idée, jour après jour, de plus en plus insistante et minaudière. Elle réussit à obséder Magdeleine, avec son petit mot, partir, partir.

Il est deux heures du soir, elles ont l'autorisation de se tenir compagnie jusqu'à quatre heures. Berthe François se mouille les yeux, tu es ma seule consolation, Magdeleine, si tu n'étais pas là… C'est parti, un plein quart d'heure : Regarde un peu, notre existence ne dépasse même pas les fenêtres. Nous valons bien mieux. Quand donc vas-tu te décider à les laisser tous ? Alors ?… Alors ?… Magdeleine, tout à l'heure, a eu une nouvelle conversation avec M. de l'Aubépine. Il lui a touché l'épaule deux fois, la serrant de plus en plus fort, lui demandant son flux, encore et encore, son sang de femme. Il lui a dit qu'il sentait un bouillonnement de femme en elle, que c'était nouveau, qu'elle devait y penser. Cela l'effraie. Parce qu'elle y pense, et ce bouillonnement, elle le sent. Ce qui l'effraie encore plus, c'est qu'il en sache autant sur elle, malgré elle. Et qu'il ose le lui dire. Elle n'en peut plus : Alors partons, demain, après-demain, allons, je suis prête.

Tu dis vrai, Magdeleine ? Tu ferais cela pour moi ?

Magdeleine se dit une seconde qu'elle s'est laissée emporter. Mais elle n'y pense plus quand elle voit Mlle Berthe métamorphosée. Son enthousiasme disparu depuis des mois revient sur-le-champ, et son rire, le rire des débuts, si attirant pour une fille élevée à la sévère dans les bois et avec les chiens. Elles préparent un petit bagage, rien d'encombrant, parce qu'il faudra tout porter à bras. On sortira à pied par le bois, tu connais si bien tes bois, Magdeleine. Il suffira de ne pas réveiller M. de l'Aubépine. Cela, ce n'est pas le plus difficile. Il a du mal à trouver le sommeil, il faut lui donner les distractions les plus curieuses, pour l'aider, tu sais, mais quand il est parti à dormir, c'est une bûche. Pour Magdeleine, il suffira de sauter de sa fenêtre ; elle donne sur l'arrière, au rez-de-chaussée, à l'opposé du chenil ; Mlle Berthe l'attendra là ; on fera un détour par l'ouest pour éviter les chiens.

C'est un soir où le baron a laissé Berthe François tranquille assez vite. Maintenant, il faut sortir de sa chambre violette, emprunter le corridor jusqu'à la rouge ; malcommode sans bougie ; ses chaussures à la main, son baluchon serré contre elle comme une pauvresse dans son château, elle ne fait pas la fière, Mlle Berthe. Elle arrête de respirer, le temps de frôler la porte de la chambre rouge. Elle retrouve l'escalier monumental, c'est facile alors, laisser glisser la main sur la rampe de pierre. Elle flanquerait bien la porte pour crier qu'elle s'en va. Ce n'est pas la peine de tout détruire si vite. Elle ne traverse pas la cour, ce serait approcher les chiens ; un premier détour à l'opposé du chenil et rejoindre le pavillon du garde-chasse. Magdeleine l'attend : elles partent tout droit vers l'ouest, il faudra infléchir la course, un moment, à l'approche du mur de clôture, pour le longer jusqu'à la grille. À ce moment-là, elles auront déjà pris du champ, ni le Rajah, ni les bêtes de chasse ne seront en mesure de les sentir ni de les entendre. D'ailleurs le vent leur est favorable, Magdeleine l'a flairé en passant sa fenêtre.

C'est de la vraie nuit du pays, c'est du printemps couvert et humide : elles ont peut-être tardé à amorcer leur courbe. À main gauche, c'est un frémissement de plumes. Ce n'est rien, c'est léger, des plumes ; cela enfle et frétille au fond de l'enclos, cela se réveille et se pousse, une masse en marche tout de suite, en fuite, cela s'affole, la grande criaillerie de la volaille commence. Les chiens ne vont pas tarder à s'y mettre, Lambert, plus chien que les chiens, sera le premier dans la cour, trotte, Magdeleine. M. de l'Aubépine suivra. Ils vont s'inquiéter de l'enclos, de l'écurie, du poulailler avant de se demander où sont passées leurs femmes. Ils ont peur des rôdeurs, des voleurs de lapins, de Napoléon III, alors qu'il faut d'abord avoir peur des filles.

Elles s'enfoncent dans les bois, déjà, et Lambert a tiré en l'air, à tout hasard. C'est vrai que seuls les hommes se retrouvent dehors, Grégoire aussi; ils trouvent cela tout naturel; ils se sentent des hommes, parce qu'ils osent répondre à une alerte de la volaille. Ils font leur ronde, ils calment leurs bêtes, il ne semble pas qu'il en manque. C'est seulement à ce moment-là que Grégoire signale l'absence de sa grande sœur dans son lit, cet imbécile de Grégoire, tu ne pouvais pas le dire plus tôt ? Lambert gueule des Magdeleine à faire du mal à la nuit. Les oies s'y remettent, et les dindons, et Eugénie sort et crie à son tour. Elle imagine un voleur d'enfant autant que de poule. On a arraché Magdeleine à son lit, pas moyen autrement, et cet abruti de Grégoire qui n'a rien vu, rien entendu. M. de l'Aubépine sent le mauvais coup, il a vite fait de voir que la chambre de Berthe François est vide et bien rangée, vite fait de s'habiller. Il a même remis son calot rouge de zouave, ça faisait longtemps, c'est sérieux, c'est comme une révolution.

Lambert, comme toujours, j'ai besoin de vous. Vos fusils et vos chiens. Je n'aimais pas vos chasses, je m'y plie. Elles n'iront pas loin.

Je prends la meute. Je ne sais pas si je peux vous confier le Rajah… Vous n'aurez pas peur ?

Donnez, Lambert.

C'est le plus fort, tenez-le bien.

Les deux filles s'essoufflent, elles commencent à ne plus guère savoir où elles sont. Avec l'affolement de la volaille, elles se sont un peu précipitées, sans trop regarder. Elles s'enfoncent de plus en plus vers l'ouest, se croyant au nord, elles ne s'y reconnaissent plus guère, dans tous ces arbres. Enfin, Magdeleine, est-ce que tu ne m'avais pas dit que tu savais mieux ta forêt que ton père ?

Oui, mais c'est tout noir. Ça ne sert à rien d'aller comme ça. On ne voit pas où cela va sortir.

Ne me dis pas que tu vas me laisser, Magdeleine ? Je ne pars que pour toi, tu le sais, Magdeleine ? On est en route, on ne s'arrêtera pas, tu comprends, Magdeleine ? Je ne retournerai pas dans ce château, tu peux toujours courir. Je préfère aller n'importe où.

N'importe où, on y est déjà. Je ne veux plus aller, je ne sens plus mes jambes. Ne me poussez pas comme ça, je n'y arrive plus. Et papa a mis les chiens sur notre voie. Je les entends déjà. Je vais aller au-devant d'eux. Ce n'est rien. Nous demanderons pardon.

Pardon... tu l'as belle, toi. Avec ton père, pardon, je veux bien, mais avec l'Aubépine, je t'en ficherai du pardon. Tu veux qu'il m'arrache la peau vive, dis ? Tu veux qu'il me torde encore plus les bras ? Qu'il m'arrache mes robes comme la peau d'un lapin ? Et qu'il me tire le sang comme le lait d'une chèvre ? Tu ne l'as jamais vu à l'œuvre, ton l'Aubépine, dis ? C'est votre bon châtelain, juste un peu drôle, ses petites idées à lui, ça ne fait pas de mal, les idées. Mais il y a le reste, tout ce que je n'avais pas le droit de te dire, sinon... encore pire... il les aime les filles, mais pour en faire de la chair... je n'en peux plus d'être de la chair... Cours, Magdeleine, cours, tu me sauves la vie.

Alors Magdeleine accepte de courir, il faut l'aimer, Mlle Berthe, elle est si malheureuse. C'est du bois encore et encore et un bout de lande, mais quelle lande ? On ne va pas la traverser comme ça, à découvert, un cadeau pour les chiens. Magdeleine s'arrête, cherche à se repérer un peu, se décourage. Elle s'arrête pour de bon.

Je vais attirer les chiens sur moi, ils seront contents de m'avoir trouvée, ils vous laisseront, Mlle Berthe. Quand vous serez sortie du domaine, vous trouverez quelqu'un, vous vous ferez conduire. Tenez, allez trouver M. Faure, il aimera vous aider, M. Faure.

Elles ne se voient déjà plus, ne s'entendent plus. Tout de suite, ce sont des beuglements. Il était déjà tout près, le Rajah. Le baron n'a pas su le retenir. Ou il n'a pas voulu obéir à Lambert et il l'a lâché. Les voici tous deux face à face, Magdeleine et le Rajah. Il lance ses pattes en avant bien haut. C'est son habitude avec ses maîtres, il avance en âge, mais il est resté un chien joueur. Il se dresse de toute sa hauteur de veau. Ses antérieurs retombent sur les épaules de Magdeleine. Elle a un mouvement de recul, avant d'être sûre que c'est lui, c'est toi mon Rajah, c'est bien, là, là, mon Rajah. Oui, mais le Rajah, dans le noir, il se bouscule un peu, il s'empêtre, les postérieurs dérapent dans la terre moussue. Ils font une drôle de danse, là, tous les deux. Est-ce que le Rajah ne reconnaîtrait pas son odeur, sa petite odeur aigrelette et sucrée de fille ? Ou bien, tout chien qu'il est, il a sa colère d'homme trompé ? Elle sent comme le bout de ses crocs, là, à la base du cou. On joue, Rajah, on joue ? Peut-être, on ne sait plus, dans ces bois, à cette heure, avec la meute pas loin, si on joue ou non.

Magdeleine plonge ses mains de chaque côté de la gueule, les deux pouces accrochés aux plis des lèvres. C'est trempé d'écume pendante ; elle lui tire sur les babines, leur jeu le plus ancien, quand il la mordillait en secouant la tête ; quand elle s'amusait à lui toucher les molaires du fond. Elle l'appelle, Rajah, Rajah, de plus en plus fort ; de moins en moins fort, parce qu'elle sent une canine toquer contre sa salière, à droite. Elle essaie de lui relever le museau, c'est fini, Rajah, je reviens.

Ils se tiennent encore un moment comme ça, à sauter d'un pied sur l'autre, deux danseurs à la fête du bourg. Le chien étale ses doigts et ses griffes sur ses épaules, elle serre ses babines de plus en plus fort, la tête sur la tête, à grandes léchées de veau bien granuleuses. Tu es un bon chien, Rajah, un bon chien, tu nous ramènes, c'est bien. Ils s'en font des mamours, quand M. de l'Aubépine les surprend et les sépare. Il a posé sa lampe tempête. Il tire l'animal par le cou, il s'impose à lui. Ce n'est pas dans ses habitudes. Le Rajah est secoué, il tourne et gronde un peu. C'est fini. Le maître se prend tout de suite pour le sauveur de Magdeleine, parce qu'il voit, en reprenant sa lampe, qu'elle a un filet de sang sur le cou. Il déchire une manche de sa chemise pour l'éponger. Ce n'est rien grand-chose, dit Magdeleine. C'est le Rajah qui joue un peu fort, j'ai l'habitude. Mais M. de l'Aubépine ne veut pas que ce ne soit rien ; cette blessure, c'est son affaire, ce sang qui menace, cela l'exalte ; il examine la plaie du plus près qu'il le peut, il la touche ; la carotide n'était pas loin. Tu as mal ? Je crois que tu as mal. C'est très bien. Il dit aussi que son jeune sang est bien chaud, il en essuie une dégoulinure de l'index. Elle en tremble de tout le corps, l'horreur du geste, un saut de côté. Il la suit, il ôte sa redingote, elle se sent prise, il l'enveloppe : Il ne faut pas te refroidir. Il l'entoure de ses bras, pour la protéger, dit-il. Après tout, c'est vrai, le chien était comme fou, il faudrait remercier le maître. En même temps elle se rappelle ce que Mlle Berthe a dit de lui et cela la dégoûte. Il vient de perdre son calot rouge ridicule dans des fougères, il le rattrape, elle en profite pour échapper à son bras. Rajah, ici, Rajah. Il arrive aussitôt, bon chien, oui, oui, bon chien, ce n'est pas lui qui voudrait du mal à sa petite maîtresse, même si elle va garder une cicatrice de son coup de dent. Elle l'empoigne par le cou, ne me laisse pas toute seule, Rajah. Elle oriente sa mâchoire crochue vers M. de l'Aubépine, elle tire les babines vers l'arrière, elle dégage toute la dentition. Le maître ne va plus s'y frotter. Elle se sent forte, d'un seul coup.

Berthe François, de son côté, court toujours. Elle n'a pas écouté Magdeleine, elle a pris la lande en travers, sans comprendre que cela la ramènerait en arrière. Quand elle sent le souffle des bêtes, elles sont déjà deux, trois, quatre et huit pour finir, à hurler leur joie du travail accompli. Lambert les a à sa main, il a la fille aussi, il l'a coursée comme personne, c'est lui le maître, en cet instant, il jubile. Rien ne sert de se crever les poumons, ma petite dame. D'un autre côté, il aurait préféré qu'elle se sauve pour de bon, un débarras pour tout le monde. S'il s'écoutait, il lui retournerait une gifle, qu'elle comprenne. Bon, ce n'est pas son rôle. Mais ce serait mérité. L'impardonnable, c'est Magdeleine, avoir mis Magdeleine dans ce mauvais coup, avoir profité de cette innocence. Cela justifie au moins qu'on la ramène la meute au cul. Que M. de l'Aubépine lui fasse sentir sa faute, selon ses bonnes manières, il n'y aura rien à redire. Et Magdeleine ?

Quand il la retrouve au pavillon, elle a le cou en sang ; Eugénie s'affole, sa petite fille… C'est plus difficile de lui tomber dessus. Enfin, cela peut lui donner à réfléchir, à Magdeleine, et du moment que la carotide n'est pas touchée… Tout de même, le matin, au lever, il se purifie la panse, comme il dit. Il la fait asseoir et il hurle. Ce qu'il voit surtout dans cette histoire, c'est l'imbécillité de se lancer comme ça en pleine nuit. Tout ce qu'il lui a appris, oublié ? Se retrouver à la place du gibier, quand on est chasseur ? Tu préfères écouter des mauvaises gens plutôt que ton père ? Et ta mère, y as-tu songé à ta mère ?

Il tient une demi-heure comme ça, Lambert, mais pour disputer sa fille, il n'a jamais su s'y prendre. Elle fait celle qui est terrifiée, pour lui donner l'impression qu'il ne perd pas son temps. Elle trouve le moyen de lui expliquer, entre deux beuglements, qu'elle n'a pas vraiment eu envie de se sauver ; elle y a été obligée ; elle a même tout fait pour empêcher le départ. Ce demi-castor, dit Lambert, je le savais. Magdeleine se demande si c'est bien de charger comme ça sa maîtresse, son amie peut-être. Il faut bien choisir, c'est Mlle Berthe ou son père. Pour l'instant, c'est lui le plus gros, celui qui crie le plus fort. Il se tait enfin, elle s'en tire avec un peu de pain sec et l'interdiction de quitter sa chambre, durant trois jours ; plus une barre posée à sa fenêtre, de l'extérieur, pour éviter la récidive ; c'est à peu près tout. Berthe François, c'est autre chose.

Elle s'est d'abord retrouvée comme cloîtrée dans sa chambre violette, volontairement ou non, on ne sait pas. Au début, c'est plutôt la fièvre. Eugénie est la seule à avoir le droit d'entrer pour lui porter à manger, nettoyer un peu, vider toutes les saletés. Berthe François en fait des saletés, partout, elle en dit aussi ; une sorte de folie. Échevelée, dépenaillée, brûlante, grelottante, elle insulte Eugénie et le baron et Lambert, et même Magdeleine. C'est le dépit, dit M. de l'Aubépine.

Il faudrait faire venir le docteur, dit Eugénie.

Elle n'est pas malade. Cette fièvre, c'est de l'orgueil blessé. Cela passera.

Si elle ne se sent pas comme il faut chez nous, c'est que l'air ne lui est pas bon. Pourquoi que vous ne voulez pas la renvoyer à sa famille ?

Ma pauvre Eugénie, vous êtes une bonne femme, mais vous n'entendrez jamais rien aux affaires des hommes.

Pourtant, monsieur, j'entends raison. Et je sais bien, moi, que tout le monde ici serait bien plus propre si cette femme n'y était plus. Regardez ce qu'elle a fait à ma petite Magdeleine. Et on ne peut pas obliger les gens à rester là et à vous aimer, quand on ne s'est pas épousés. Ah mais.

La fièvre finit par passer. C'est le calme, au château, la journée, on n'ouvre pas une tenture. Berthe François est tout amaigrie, Eugénie la prendrait facilement en pitié, si elle ne se faisait pas salement recevoir :

Vous voudriez bien partir encore, ma pauvre mademoiselle ?

Vous ne dites que des bêtises, Eugénie. Même si monsieur voulait me chasser, je ne bougerais pas d'ici à présent. Cela va on ne peut mieux. Je ne suis bien qu'ici. Je crois que monsieur m'adore comme jamais. C'est ce qu'il faut dire, Eugénie, cela va on ne peut mieux. Sauf quand vous me dérangez.

Elle la pousse, dehors, dehors ; des cris pareils, c'est une nouvelle humiliation pour Eugénie. Elle sort à reculons, tiens, monsieur le baron. Alors, comme ça, il tourne autour de la porte de Berthe François. Comme s'il les surveillait toutes les deux. Il s'intéresse à leur conversation ; gare à ce qu'elles pourraient dire de lui. Ou bien, il attend qu'Eugénie s'en aille, après quoi, il entre ? Et que fait-il à Berthe, à ce moment-là ? Est-ce qu'il l'écrase encore un peu plus ? Est-ce qu'il la menace ? Eugénie n'ose pas retourner sur ses pas, malgré l'envie de savoir. Sauf une fois : le baron n'est pas entré, juste debout sur le pas de la porte, mais le regard qu'il a, fixe, de chat au pied du nid, sa respiration courte alors, elle en est retournée. Elle court dire sa peur à Lambert : Est-ce que tu y comprends quelque chose, toi ? Comment ces gens vivent-ils entre eux ? Ce n'est pas pensable.

Lambert reste tout aussi perplexe que sa femme. Perplexe encore plus la nuit, quand le château s'agite. Là, on dirait que la fièvre la reprend, pas la même fièvre, comment dire, des chaleurs de femelle, peut-être. Cela commence comme des cris de dispute à un bout du corridor. Cela se déplace, on entend comme des rires à l'autre bout. Enfin on n'est pas sûr que ce soit des rires, ni des disputes. Lambert se lève les premières fois ; il se plante dans la cour, avec sa lampe tempête ; il suit des lumières en mouvement à l'étage. C'est curieux, il s'agit bien des voix de Berthe et de M. de l'Aubépine, ils parlent haut, mais c'est comme une langue étrangère ; une langue courte. Et puis, des fois, cela ne ressemble pas à de la guerre. Ce serait presque gentil. Et cela reprend, des pas, du désordre, des courses. Qu'est-ce qu'ils peuvent bien foutre là-dedans, nom de Dieu ? Ce n'est plus un château, c'est une prison. Et on y torture pour le plaisir. Oui, mais qu'est-ce qu'il y peut, un garde-chasse, en face d'un baron ? Il ferme le col de sa veste en velours, il enfonce sa casquette de cuir pour ne plus entendre ; ses bottes, enfilées à la va-vite, lui font mal, mais il reste, il ne peut pas s'empêcher de rester.

Une fois, Magdeleine apparaît à côté de lui, en chemise. Elle n'est donc pas bouclée dans sa chambre, elle non plus ? Va te recoucher, Magdeleine. Faut pas écouter tout ça, c'est de la mauvaise vie, faut pas.

Tu crois qu'il lui fait du mal ?

Pas autant qu'elle le mérite. Mais on ne gagne jamais rien à trop agacer la bête. Tu le sais bien, à la fin elle mord.

Il la rend malheureuse, elle me l'a dit, plus que malheureuse. Il en fait de la chair. Tu comprends ça, toi ? De la chair. C'est pour ça qu'elle voulait partir.

Oui, et maintenant c'est pour ça qu'elle veut rester, la garce.

Tu crois vraiment ?

Je ne crois rien, c'est pour ça que je suis là. Est-ce que tu penses, Magdeleine, qu'un cheval de labour qu'on fait avancer plusieurs quarts d'heure de rang aime sa charrue ?

Il n'a pas l'air de trop rechigner.

Ça doit être pareil.

Pareil que quoi ?

C'est façon de dire, Magdeleine. Encore une fois,

119

va te coucher. Ce n'est pas ta place. Il y a des choses, faut pas que les filles les apprennent, pas plus si elles sont comme qui dirait presque des femmes, faut pas.

Elle reste, elle aussi, elle se fait oublier près de Lambert. Il y va encore de ses nom de Dieu, qu'est-ce qu'ils peuvent bien foutre là-dedans ? Sur les trois heures, trois heures et demie, cela s'arrête, ce chambard, cette rigolade qui n'est peut-être pas une rigolade. Eugénie dort comme un cheval de labour, quand Lambert se pose de tout son poids sur le bord du lit. Elle a du travail de bonne heure. Le printemps est encore frais, les cheminées à relancer, le fourneau, la cuisine et le lever de Berthe.

Elle est comment, quand tu la lèves ?

Elle ne veut guère se lever.

Elle a des marques ?

Elle ne se donne pas à voir toute nue.

Et sur la figure ?

Elle a des yeux… des yeux pas bien remplis… moins jaunes qu'avant, du sombre s'y est mis… on dirait qu'il n'en sort rien, de ses yeux, même pas un regard. Toute décavée. Et plus blanche que notre Magdeleine. Aussi bien, je lui dis, comment voulez-vous avoir des couleurs, mademoiselle, si vous ne mettez plus le bout du nez sur le perron ? Mais elle ne veut pas de mes couleurs. Tout juste si elle me répond, ou alors cela va très bien. C'est du bon air et du bien manger qui font la santé, que je lui dis. C'est pourtant bien simple. Penses-tu. Elle me hâte de retaper son lit. Elle s'impatiente de moi. Je ne traîne pourtant pas, tu peux en être sûr.

Et M. de l'Aubépine ? Oh lui, il traîne toujours avec son sale œil et son silence entre les chambres et la bibliothèque. S'il fait atteler, il demande à Lambert de ne pas s'éloigner jusqu'à son retour ; de faire sa garde, comme un bon garde-chasse, avec son chien et son fusil.

Vous me comprenez, Lambert ?

Pourquoi la garder, si elle ne veut plus se sauver ? se demande Lambert. Enfin, il fait son tour de château. Le voilà gardien de prison, malgré lui. Il pousse le Rajah devant lui : si la fille sort sur le perron, est-ce qu'il l'excitera contre elle, pour plaire au baron ? C'est vrai qu'il ne l'aime pas cette fille. Il la voit déjà terrorisée par les crocs bien courbés, il l'imagine même dénudée devant lui, et affolée. Non, non, faut pas, cela, c'est le plaisir du maître, faut pas partager un plaisir pareil. Il a honte du rôle qu'il est obligé de tenir. Pourvu qu'elle n'ait pas l'idée, comme ça, de se présenter devant lui.

Au retour du baron, il est soulagé. Il a besoin d'une conversation anodine, pour oublier qu'il allait lancer son monstre sur une fille. M. de l'Aubépine se laisse prendre un moment : ce toit qui fuit ? En effet. Ces fentes dans le mur d'enceinte ? Veillez-y. Lambert sent assez vite qu'il l'ennuie. Si la conversation tombe sur Magdeleine, le maître s'anime un peu. Magdeleine ne se ressent-elle pas de sa blessure au cou ? Le chien s'est-il montré aussi rude depuis ?

Monsieur est bien bon de prendre des nouvelles de notre famille. On se croirait, dans ces moments-là, dans un château de la bonne société. Au milieu de la nuit, pardon, c'est le cul-de-basse-fosse. Te revoilà parti, Lambert, dit Eugénie, mais qu'est-ce que tu guettes comme ça ? Tu n'as plus tes nuits.

C'est pour les chiens, dit Lambert, s'ils s'excitent toute la nuit, ils ne valent plus rien pour la chasse.

Pourtant la fatigue vient, ou les chiens eux-mêmes se lassent et ne s'agitent plus beaucoup dans leur chenil. C'est la routine, les maîtres grondent chez eux, s'amusent à se bagarrer. Lambert obéit à sa femme et reste couché, Magdeleine se retrouve toute seule dehors. C'est idiot de rester, imagine, si le baron surgit pour te demander des nouvelles de tes règles. À une heure pareille. Toute seule. Qu'est-ce qu'il va penser ?

Que tu le cherches ? Elle devrait aller se coucher, quelque chose la retient là, elle aussi, elle ne sait pas quoi.

Cette fois, cela a crié bien fort un moment, des menaces dans tous les sens, de l'aigu vers le grave, du grave vers l'aigu. La lumière s'est déplacée de sud en nord et de nord en sud. Ils s'en tiendront là pour la nuit.

Pas tout à fait ; cela reprend à cinq heures, le jour n'est pas si loin. Ce sont les chiens qui ont repris surtout ; pas des aboiements, des grondements du fond de la gorge plutôt, comme quand ils barrent la route à un marcheur sur le chemin, ce roulement qui ne demande qu'à exploser si vous ne reculez pas ; un roulement multiplié par huit ou dix à présent ; et le Rajah s'en mêle. D'ordinaire, le sabbat du château, cela ne le trouble pas beaucoup, il regarde d'un œil supérieur les chiens de la meute s'exciter l'un l'autre. Là, il remue sa chaîne. Il a jappé un seul bon coup. Il sait que cela suffit pour dire ce qu'on a à dire à Lambert. Il n'a pas tort, Lambert a sauté dans ses bottes ; sa casquette, son fouet de chasse. Les bêtes se frottent, se grimpent l'une sur l'autre, la grande bousculade, il faut mettre de l'ordre. Magdeleine a traîné un peu, son deuxième sommeil, elle a eu du mal à le quitter. Elle sent que son père est sorti et qu'il aura besoin d'elle. Ils se retrouvent dans la cour, et rien au château, ni lumière, ni gueulements, qu'est-ce qu'ils ont dans le sang, nom de Dieu ? Lambert est content de savoir Magdeleine à côté de lui. Épais comme il est, il a peur du silence à présent.

L'air bouge un peu autour d'eux et soulève des odeurs de mélisse, une douceur un peu grasse. Lambert se sent comme englué dans du caramel, on est pris, on n'arrive pas à saisir ce qui se passe, là derrière. Un nouveau souffle dissipe la mélisse, on entend mieux, c'est vers les dépendances. Ce sera un de ces voleurs qui traversent nos bois quelquefois, qui cherchent une bonne fortune vite prise. Les chiens l'auront éloigné par là, il préfère se sauver. On se rassure, on peut se recoucher, le Rajah veille comme deux. Attends encore un peu. C'est un pas, longeant l'aile droite du château, et le cricri d'un essieu. Un pas de cheval et, à côté, un pas d'homme ; les chiens sont fous ; l'attelage suit l'allée depuis l'écurie jusqu'à la grille. M. de l'Aubépine tient la bride, avec ses gants jaunes et son calot rouge, il marche sans voir personne. Il n'a pas mis le cheval au cabriolet, mais à la charrette à ridelles. Est-ce qu'on part en voyage avec un chariot tout vermoulu ? Lambert esquisse un mouvement, il n'est pas dit qu'il laissera le maître tirer une charrette à ridelles comme un paysan. M. de l'Aubépine arrête le cheval, suspend sa marche. Il tourne la tête vers son garde. Ils sont à quelques pas l'un de l'autre, ils se voient mieux maintenant, ils se considèrent. Lambert sent que ce regard lui dit : reste où tu es ; je n'ai pas besoin de toi. Magdeleine est un peu en retrait, comme dissimulée par la masse de son père. Elle passe la tête et M. de l'Aubépine sursaute, quand il l'aperçoit. Il repart, le cheval bai, tout vieux qu'il est, tire vif dans la fraîcheur, il faut le tenir. Ils ne sont plus visibles ; juste le cricri de l'essieu et le pas inégal du bai. Là, ils ont passé la grille. Tiens, ils ont pris l'allée nord. Qu'est-ce qu'ils ont à foutre par là, nom de Dieu ? La charrette est bien loin, les chiens devraient se calmer. Même pas ; Lambert les pousse au fouet, ils n'obéissent guère, ils se mordent le cul les uns les autres. Il les cingle plus brutal qu'il ne faudrait. Qu'est-ce qui me prend, nom de Dieu ? Magdeleine essaie de tenir le Rajah, il lui fait peur d'un seul coup, dressé sur ses pattes, au bout de sa chaîne. Tant pis, Magdeleine, laissons-les gueuler ce qu'ils savent, ils se fatigueront tout seuls.

Lambert ne se recouchera pas, cette fois, c'est déjà son heure. Seulement il ne sait pas par où commencer sa journée. Il guette, il marche jusqu'à la grille, il se plante à l'embouchure de l'allée nord, elle se perd vite dans le bois, c'est dommage, il revient.

C'est tout juste si les chiens ont bougé au second passage de la charrette à ridelles. Peut-être parce que l'essieu ne rend plus son cricri ? Lambert se garde bien d'aller y voir. Eugénie se présente au château pour commencer son ouvrage, M. de l'Aubépine l'attend pour l'envoyer au bûcher.

Mais mon bois est prêt d'hier, monsieur. Il ne demande plus qu'à brûler.

Préparez celui de demain.

Qui lancera mon feu d'aujourd'hui ?

Je m'en charge.

Je reviendrai pour le lever de Mlle François alors ?

Ne vous donnez pas cette peine. Mlle François n'y est plus.

Est-ce qu'elle s'a encore ensauvé ?

Lambert ne vous a pas parlé ce matin ?

Il ne m'en dit pas long, Lambert.

Alors allez lui dire que j'ai mené Mlle François à la gare. Elle ne se sauve pas. J'ai consenti à son départ.

C'est bien de la bonté, monsieur, car la demoiselle n'était plus bien heureuse avec nous. Je ferai donc sa chambre et le grand nettoyage.

C'est venu doucement, l'idée. En même temps, elle était là depuis le début. Ce qui l'a amenée, pour Magdeleine, c'est le mouvement de M. de l'Aubépine quand il a vu sa tête de fille apparaître derrière son père, dans la cour, il a sursauté ; même de loin, cela s'est senti, cela disait une gêne, plus qu'une gêne, une peur. Si on se rend à la gare honnêtement, on n'a pas peur. Lambert, c'est plutôt la charrette à ridelles qui le tracasse. Si un baron accompagne une fille au chemin de fer, même un demi-castor qui lui empoisonne l'existence, il la mène en cabriolet. D'abord, on n'a vu personne dans sa charrette à ridelles, ni assis, ni debout. Il fallait qu'elle soit couchée. Est-ce qu'une dame, même de mauvaise vie, se couche dans une charrette pour aller à la gare ? Il lui faut de bonnes raisons. Est-ce qu'on ne trouverait pas ces raisons sur les planches de la charrette elle-même ?

Lambert passe au large de la remise, il se décide, il y va. Cela bouge derrière, quand il pousse la porte à moitié dégondée. Quelqu'un ? Encore un de ces voleurs de peu ? Magdeleine. Elle est venue voir elle aussi. Ils ne s'en disent pas plus pour commencer. Ils se devinent. Il passe la main sur le bois de la charrette, c'est vermoulu, c'est tout. Les grandes taches brunâtres ? Du vieux, tu n'étais même pas née, Magdeleine, une grande battue aux sangliers avec M. de l'Aubépine l'Ancien. Rien de frais ? Si, peut-être. Ces griffures sur le rebord, plus claires. Une malle de voyage qu'on a tirée ? Bien sûr, pour partir en voyage, on a sa malle de voyage. C'est tout, mais c'est là. Ils quittent la remise, la fille, le père, faut pas se mettre des mauvaises idées, faut pas.

Et Eugénie ? Son grand nettoyage de la chambre violette ? Les draps n'étaient même pas ouverts. À croire qu'elle n'y a pas couché, cette nuit, dans sa chambre, la demoiselle François. Tout de même, elle a oublié un châle et des babioles dans un tiroir de commode.

Donnez-les-moi, dit M. de l'Aubépine, je les lui ferai expédier. On oublie toujours quelque chose derrière soi.

C'est juste, dit Lambert, c'est comme Cachan, il avait laissé des souliers. Cela lui donne à réfléchir. Le Cachan, encore un qui est parti en pleine nuit, et sans adieu. On ne se souvient pas qu'il avait agité les chiens, celui-là. Ce n'est pas nom de Dieu possible ? Ce serait le premier et elle la deuxième ? On aurait un homme comme ça pour maître ? Il y repense, à présent, quand M. de l'Aubépine était revenu au château, deux ou trois mauvaises langues du bourg avaient bien essayé de dire qu'il aurait un peu aidé sa femme, l'œil de son père, à passer, qu'on le savait de Parisiens, etc. Et que la mort de la belle-fille avait tué le père de chagrin. En somme, il faudrait repartir de là : dire que l'écraseur de fils avait donné naissance à un écraseur de père, à un écraseur de femmes, surtout ? Non, Lambert, faut pas aller trop loin, faut pas. Les ragots du passé ne doivent pas compter. Tout ça, c'était des façons de dire. Les façons de faire, c'est encore autre chose. Oui, mais, Mlle Berthe, avec ces façons de faire, ce pourrait être la troisième ?

Magdeleine, prends les deux fusils, on va chasser.

Pourquoi les deux fusils, demande Eugénie, tu n'en donnes cependant pas un à Magdeleine ?

Si je veux qu'elle chasse tout comme moi, elle chasse.

Eugénie sent bien que, depuis le départ de Berthe François, Lambert est un peu drôle et Magdeleine trop sérieuse. M. de l'Aubépine lui-même lui parle encore plus sec que les autres jours. Il veille à bien boucler sa chambre, mais cela fait quelque temps qu'Eugénie n'était plus autorisée à y entrer comme elle le voulait, même pour aérer les draps. Il s'enferme dans sa bibliothèque, il écrit un mémoire, a-t-il dit une fois, peut-être à l'intention de M. Victor Hugo ; enfin, c'est un homme qui a toujours aimé à être enfermé. Ce n'est pas comme Lambert, il mène ses chiens deux fois le jour à présent, il serait bien temps de laisser reposer le gibier, après l'hiver. Il faut que les marcassins fassent de la graisse.

Lambert remonte encore et encore l'allée nord. On voit bien que les roues ont suivi la bifurcation vers l'est. À la sortie, c'est la grand'route de la ville, où on attrape le chemin de fer. Qu'est-ce que tu dis, Magdeleine ? Ce ne sont pas des marques de roues bien nettes ? Le temps était sec. Les fers des chevaux dans les allées s'accumulent, s'effacent, se superposent, selon les saisons. L'âge du crottin se lit à l'œil, mais du crottin, on en trouve à l'est, on en trouve à l'ouest. Et au nord ? Aussi. Quel âge le crottin du nord ? Presque le même âge que le crottin de l'est.

Il est parti vers l'est, dit Magdeleine, mais pas jusqu'au bout. Le crottin, passé le Val-Preux, est plus vieux. Le maître a changé d'avis, il est revenu sur ses pas, ou il a coupé par un des petits chemins de traverse.

Tes petits chemins, ils sont bons pour un cavalier, mais pour une charrette à ridelles ? Et puis, ces chemins, ils sont douze ou quinze sur toute la longueur, et à droite et à gauche. On n'en finira pas de les remonter un par un.

Et les chiens, ils sont là pour quoi les chiens ? Ils se

sont mangé le cuir tout un morceau de nuit, ils pourraient bien s'y remettre, s'ils halènent la même odeur.

Ils sont bien amollis ce matin, je ne sais pas ce qui les tient.

Ils lâchent les bêtes, elles s'éparpillent, elles se dégourdissent les pattes, elles tournent à vide. On suit des jappements, on marche dans des fourrés, aucune charrette n'y passerait, on tourne toujours. Si ça se trouve, le demi-castor, à cette heure, il se réveille dans son lit à Paris, et commence à se goberger avec de nouveaux bons amis. Elle a été républicaine, elle peut bien être impériale, ce n'est pas ça qui l'étouffera. Faut pas parler comme ça, faut pas.

Les chiens font un arc de cercle, sans hâte, c'est vrai qu'ils sont mous ce matin. Personne n'a eu dans l'idée de leur faire manger des saletés, des fois, pour les abuser ? Faut pas penser comme ça, faut pas. Faut se mettre dans leur axe, pas trop près pour les laisser faire leurs trouvailles, pas trop loin pour ne rien perdre. Mine de rien, ils resserrent le cercle, le plus vif de tous se jette en avant et s'arrête. Il a levé une poule d'eau.

C'est bien ce que je disais, ils ne sont pas à ce qu'ils font. Des bêtes dressées au beau gibier et qui ne remuent qu'une poule d'eau. Ce ne sont plus mes chiens. Peut-être, mais une poule d'eau, c'est tout bête, ça veut dire qu'on est tout près d'un point d'eau, et pas n'importe lequel. Les chiens nous ont promenés dans les chemins de traverse et les chemins de traverse nous ont menés tout droit à la pointe nord-est du domaine des Perrières, au bord de cet étang qui en est comme la frontière. Magdeleine se souvient que c'est là qu'elle a lavé la livrée de son premier marcassin, elle l'avait un peu salement abîmé, celui-là, forcément, son premier. Les chiens pataugent, pas longtemps, ils s'éloignent vite des roseaux, ils se regroupent, ils reniflent, ils se taisent. Ce ne sont plus mes chiens, qu'est-ce qu'ils ont mangé ?

Tu crois qu'ils ont suivi une trace du maître, le pas du cheval, ou la voie du gibier ?

Je vais te dire, Magdeleine, faut pas qu'on s'attarde ici, faut pas. S'ils ont suivi une voie, c'est la voie d'une morte, c'est dans l'air, je sens ça comme une bête de chasse, comme quand les choucas se mettent à tourner au-dessus des restes.

Tu en vois des choucas ?

Dans l'eau, ils ont du mal. Je la vois bien dans l'eau.

Tu la vois ?

Façon de dire, Magdeleine.

Ils cherchent des herbes couchées, cassées, ils en trouvent, mais à plusieurs endroits. Des bêtes viennent boire, des hommes vont jeter des morts, comment distinguer ? Des traces de petits sabots ici, de grosses bottes là ; les traces des bottes de Lambert aussi bien. Un homme peut ôter ses bottes et ses pantalons pour jeter un corps dans l'eau. As-tu vu les culottes du maître mouillées à son retour ? On ne l'a guère vu retourner. Eugénie peut-être pourrait le dire ? Elle le dira, puis elle dira le contraire, elle ne saura plus. Elle avait fait une buée dans l'après-midi, chemises mouillées, linge humide, elle était toute trempée elle-même, alors tout se mêlera dans son esprit.

Ils vont entrer dans l'eau, le père, la fille, le plus loin possible, jusqu'à ce que cela enfonce, qu'on sente la gadoue fuir sous le pied. Au-delà, on serait avalé. C'est du marécageux, ces coins. Et un étang vite profond, des creux ici ou là, et le reste, c'est de la vase, rien que de la vase, avec cette odeur de vert et d'acide. Et si on tombait sur elle, remontée à la surface ? On en serait malade, faut pas la retrouver, faut pas. Mais pourquoi on la cherche, là, si on a peur de la retrouver ? Et le Cachan, est-ce qu'il y serait aussi, des fois ?

Depuis le temps, il n'en resterait rien. Il aurait pu remonter lui aussi ? Est-ce qu'on remonte d'une vase pareille ? Et puis même, à supposer qu'il soit remonté, qui l'aurait vu, qui passe par ici, sinon le garde ou sa fille ? Les choucas lui auront fait son affaire, après les carpes, c'est entendu, les animaux nettoient le mal des hommes mieux que personne. Tu as vu dans quel état on s'est mis ? C'est ta mère qui va être contente. Elle va pousser ses hauts cris, trempés comme des soupes, de quoi attraper la mort. Justement on n'attrape rien, les chiens ne sont plus des chiens, les chasseurs de mauvais chasseurs. Dis-toi bien, Magdeleine, faut pas que ta mère sache ce qu'on fait, elle aurait bien trop peur, elle a peur de tout, Eugénie, elle est comme ça, faut pas.

Pourtant Eugénie, de son côté, elle se fait aussi des idées. Elle dira le soir, comme ça, au souper, que le maître s'est rendu au bourg, en cabriolet, à quatre heures du soir. Et pourquoi ? Pour acheter un rasoir tout neuf. Est-ce qu'on s'achète un rasoir tout neuf ? Les vieux rasoirs, plus on les affile, mieux ils coupent. Monsieur ne s'est jamais plaint de son rasoir. Moi, j'en dis que c'est cette Mlle Berthe qui lui a fait un tour. Elle lui aura caché son instrument en partant.

Tu es bonne fille, mon Eugénie, tu ne sais pas songer à mal.

Lambert et Magdeleine se retrouvent au pied du perron, dans le noir, ils regardent les fenêtres fermées, encore et encore, deux pauvres chiens de garde devant la porte de leur maître. Faudrait qu'il ouvre, qu'il leur dise voilà. Mais non, faut pas.

Qu'est-ce que ça te dit, toi, Magdeleine, son histoire de rasoir, à ta mère ?

Il n'aurait pas fait une chose pareille ?

Je crois bien qu'il l'a faite et qu'il ne pouvait pas en faire une autre.

Alors Lambert essaie de mettre ensemble tous ces petits bouts. Rien de prouvé, bien sûr, mais quand même. L'ennui, c'est qu'il ne sait pas comment tout dire à Magdeleine. Il pense être le seul à connaître ces lubies du baron de l'Aubépine, poursuivre les filles dans la nuit, comme des proies de nos forêts, et se faire raser par tout le corps. Les vêtements lacérés, c'est plus facile d'en parler, Eugénie les a vus la première, chacun le sait. Lambert commence par là, oui, le baron a ce vice de démantibuler les garde-robes. Il se force à oublier qu'il s'adresse à sa fille : On démantibule une garde-robe, après quoi, ça ne suffit plus, on s'en prend aux porteuses de robe, on les triture, Magdeleine. C'est pas la Berthe qui t'a dit ça ? Que le baron en faisait de la chair ? Tu me demandais ce que ça voulait dire, l'autre jour. Faut que je te réponde maintenant. Vois-tu, en faire de la chair, c'est… eh bien, c'est comme quand ta mère prépare la terrine de garenne… Tu me comprends ? Berthe François y est passée comme toutes les autres. Peut-être que d'habitude elle se laissait faire, qu'elle y trouvait son compte, va savoir. Cette nuit, non, elle résiste, elle dit que c'est fini, le sacrifice des jupons, la course toute nue, et les coups. Elle l'enrage, elle va voir ce qu'elle va voir. Il prend son rasoir, il la fait galoper dans le corridor. Plus vite, plus vite. Ces barons, ils ont en eux des restes de leurs ancêtres, ils se croient des droits sur le petit monde. Tu peux me parler de la Révolution et de la république, moi je dis que le vieux sang est encore là pour épuiser la moelle des pauvres gens. La Berthe François recule, elle ne veut pas courir toute la nuit dans le froid des corridors. C'est trop pour mon baron. Il l'a à sa main, il la traîne dans sa chambre.

Il ose le dire devant Magdeleine, la première fois qu'il le fait : ce que les hommes font aux femmes, tu le sais, Magdeleine, comme nos chiens avec nos chiennes, à la saison ? Là, le baron, il la serre brutal. Elle ne veut pas, il doit la forcer. C'est même ce qui lui plaît, qu'elle se refuse, vois-tu. Un moment, comment te dire ? au moment… à ce moment-là, il est comme fou. Ce n'est pas pour l'excuser, mais je le vois comme fou, et il a toujours son rasoir à la main, il ne sait pas ce qui se passe, la lame se retrouve à hauteur du cou, il la fait glisser, un coup sec, un seul, ça suffit. Elle ne va même pas crier, penses-tu, peut-être bien qu'elle se sent soulagée, va savoir. Elle l'a un peu cherché, voilà mon idée.

Il pense en savoir long, Lambert, alors qu'il imagine. Il imagine si fort que c'est là devant eux. Berthe François ouvre ses grands yeux jaunes de demi-castor, la tête penche en avant, impossible de la redresser. Il faut éponger ce qui s'écoule avec tous les draps disponibles. C'est Eugénie qui le dira plus tard, elle connaissait les draps de la maison mieux que personne, les broderies, l'usure de chacun, c'est elle qui les tordait, avec l'aide de Magdeleine pour les égoutter. Elle a bien vu qu'il en manquait deux paires. Elle aussi, elle a commencé à se faire des idées. Une femme s'en va, elle emporte des draps tout ce qu'il y a de lourd, et un rasoir ?

Après, on a bien vu, on boucle une malle, les affaires de la morte, les draps avec, le corps par-dessus le marché. Plus de cent livres à porter. Pour un garde-chasse, ce n'est rien, mais pour le baron ? Il a dû en baver, un malingre comme lui. Ou alors il ne se sent plus. Ce n'est plus un homme, ou plus seulement un homme. Il veut se débarrasser de tout ce poids. Roule la charrette à ridelles, comme si on partait au bourg, et bien chargé, on l'a entendu, le cricri de l'essieu était plus marqué à l'aller qu'au retour. Le baron fait aller l'équipage au plus près de l'eau, il finit à pied, il tire la malle, il la porte, va savoir, il est peut-être plus solide qu'il n'en a l'air. Il avance dans l'étang, il pousse son paquet bien ficelé le plus loin possible, il le lâche. Cela va être avalé par le fond, c'est son idée, rien ne ressortira de là. Des années que Lambert propose de curer le trop-plein de vase, ce n'est jamais le moment. On voit bien pourquoi. C'est un vrai cimetière, cette vase, pour M. de l'Aubépine.

Lambert serait presque satisfait, planté sous les fenêtres du baron. Il tient sa vérité. Il prend la main de Magdeleine, il la retrouve comme avant ; ça nous fait une sale histoire à garder tous les deux, petite fille, c'est comme ta première chasse. Faut pas trop le dire à ta mère, elle en tomberait folle, faut pas.

Oui, mais garder cela pour soi, ce n'est pas bien ? Tu dois aller trouver un commissaire, un juge, quelqu'un, tu diras ce que tu penses. On fera vider l'étang. Si elle n'y est pas, on retournera la forêt. Si elle n'y est pas, c'est qu'elle sera vraiment partie. Et alors tout ira bien.

C'est une fille qui réfléchit bien, Lambert sent qu'il devrait l'écouter, mais non, ce n'est pas aux pères de se plier aux filles : Tu n'y songes pas, Magdeleine ? Si elle est à Paris et que j'accuse le maître pour rien, tu vois déjà ce qui arrivera ?

Si on la retrouve dans l'étang, tu auras été juste.

C'est bien joli d'être juste, mais quel sera le résultat de cette belle justice ? Si on coupe le cou à notre maître, qu'est-ce qui nous arrivera à nous autres ? Et les chiens ?

On sortira d'ici, tu trouveras à te faire engager comme garde-chasse ailleurs.

Qui voudra de nous ? Tu connais les gens sur nos terres de l'Ouest. Vous étiez à M. de l'Aubépine ? Le criminel qu'on a raccourci ? Pas de ça chez nous. Dis-toi bien, Magdeleine, que nous serons tenus pour aussi criminels que lui, et à ne pas laisser entrer chez soi, comme la corde du pendu. Tous auront peur de nous comme si nous avions prêté la main à l'assassinat. Il s'en trouvera même pour nous accuser comme les seuls coupables.

Ces gens-là, ils peuvent bien ne pas s'aimer entre eux, ils se tiennent les coudes, tu peux me croire. Même s'ils le découvrent républicain, rouge, tout ce que tu voudras, M. de l'Aubépine sera toujours l'un des leurs.

Il faudrait donc rester là, continuer à servir un homme qui a ouvert la gorge à Mlle Berthe, peut-être à Cachan ? Lui parler, l'accompagner, laver son linge, comme s'il ne s'était rien passé du tout ?

Tout comme, dit Lambert.

C'est trop pour Magdeleine, elle a aimé Mlle Berthe, on ne peut pas la laisser sans autre sépulture qu'un carré de vase. Et on doit punir les fautes. C'est bien ce qu'elle a appris avec ses parents, avec les chiens aussi. Celui qui ne va pas comme il faut, on le touche du fouet, il sait. Si personne ne dit rien, j'irai, moi.

Elle devient dangereuse, avec son aplomb, le père se sent dépassé. Il ne faut pas la laisser faire si vite : Tu ne bougeras pas, Magdeleine. D'abord, on ne t'écouterait pas, une fille de seize ans, cela compte pour rien. C'est toi qu'on bouclera comme folle. Non, crois-moi, il vaut mieux voir venir. Si les restes du demi-castor reviennent à la surface, il sera toujours temps. D'ici là, arrondis le dos, tout comme moi.

Magdeleine, cette histoire, cela va la mettre dans un de ces états, elle va en pleurer dans son lit ; la première fois qu'elle se trouve une raison de ne pas admirer son père ; sentant sa lâcheté d'homme, derrière. C'est triste, on est là, le père, la fille, au pied des marches, on ne sait même plus ce qu'on attend. La fille se révolte contre le père, ça ne sert à rien ; un père de ce temps-là, c'est lui qui décide. Il lui dit de ne pas oublier que M. de l'Aubépine l'a sauvée de la morsure du Rajah, la nuit où elles se sont mal conduites. Comme si le baron l'avait sauvée… Lambert sait bien que le chien jouait, une bonne brute aimante, c'est dans sa nature. Peut-être, mais on doit croire que le maître a sauvé sa fille

Magdeleine, cela aide. On doit croire qu'il a estourbi Berthe François par accident, coup de folie, cela aide. Aussi cette fille lui a fait toutes les misères, une vie impossible, jamais satisfaite de son sort, elle a ce qu'elle mérite ; de le penser, cela aide. Et puis, c'est comme ça. Tu es ma fille et tu parleras quand j'aurai décidé de parler, si je le veux.

Ce n'est pas encore l'heure de désobéir à son père. Elle attendra. D'ici là, comment se tenir, quand M. de l'Aubépine la surprend dans la cour et la complimente pour la cinquantième fois sur la blancheur de sa peau ? Autrefois, elle en rougissait un peu ; aujourd'hui, encore plus pâle et secouée en dedans. Pourtant, il ne lui parle plus de son flux, c'est bien qu'il se méfie, seulement de sa peau transparente. C'est aussi pénible : une gentillesse d'assassin, voilà ce qu'il faut subir. D'ailleurs, il n'a jamais été plus courtois avec ses employés, jamais plus attentif à la famille de Lambert. Il jouerait presque avec Grégoire qui va sur ses neuf ans. Il songe à lui enseigner les bons auteurs. L'éducation du peuple, Victor Hugo le dit assez, c'est l'espoir de l'humanité. M. de l'Aubépine nous embobine. Non, non, il ne faut pas l'écouter. Quand il ouvre la bouche, Magdeleine pense fort dans sa tête pour couvrir sa voix, et elle pense assassin, coupeur de gorge, le tueur de Mlle Berthe, pas de pardon. Mais plus ils se ferment à lui, plus il s'ouvre à eux, plus il se donne une tête d'innocent. Même les chiens, comme il les aime, soudain, les chiens. Est-ce qu'ils ont eu leur ration de viande ? S'il en faut plus, n'hésitez pas, je paierai. Est-ce qu'il sait ce que pensent les Lambert ? A-t-il peur, au moins, de ce qu'ils savent ? Sûrement, c'est même ça qui lui donne sa gentillesse.

Une fois, M. de l'Aubépine ouvre la porte de sa chambre à Eugénie : gratter le parquet, l'encaustiquer, cela n'a pas été fait depuis si longtemps. Elle le dit à Lambert le soir. Il saute à bas du lit. Comment, Eugénie, il t'a fait pénétrer dans sa chambre ? Mais c'est une chambre, enfin… une chambre… la chambre où… c'est peut-être là qu'il a fait du mal à cette fille…

Crois-tu que je ne le sais pas, Lambert ? Tu veux me garder à l'écart de tout, c'est justice, mais le maître me l'a dit bien souvent, vois-tu, je ne laisserai pas mademoiselle s'ensauver deux fois de chez moi.

Et c'est tout ce que ça te fait ?

Ce sont des affaires où nous n'avons pas notre place, il me l'a dit aussi.

Lambert n'en revient pas, il n'a jamais imaginé son Eugénie comme ça. Et cette chambre, alors, tu sais qu'on s'y coupe le cou et tu y entres avec ta paille de fer et ton encaustique ?

Ne me fais pas des peurs pareillement, Lambert. Quand j'y suis entrée, je ne pensais à rien qu'à ma besogne. C'est bien assez.

Tu as eu raison. Mais toi qui as vu, est-ce que tu n'as pas gratté des taches sur ce parquet ?

Un peu que j'en ai gratté. Des années qu'il n'avait plus vu l'encaustique, ce parquet, imagine.

Oui, mais des taches spéciales, sombres, brunes ?

Sans doute, mais j'ai comme qui dirait raboté tout ça et tu n'en trouveras plus une. Le tout bien ciré, bien relevé à présent.

Malheureuse.

Une autre fois, c'est le retour de Duplessis. Il transporte ses brochures, le courrier, sa malle à double fond, dont il est si fier qu'on l'imagine s'en vanter même devant des douaniers. Il fait son tour depuis des années, les frontières, les bateaux, les trains, les carrioles en tout genre, la Belgique, l'Angleterre, les îles, il n'ignore aucun milieu, un vrai fonctionnaire de la révolution en marche et jamais sérieusement inquiété. C'est qu'il a ses amitiés partout. Lambert se dit qu'un homme pareil doit donner des gages à tous les camps ; et c'est à celui-là que M. de l'Aubépine s'en remet.

Duplessis vient saluer le garde-chasse, comme à chacune de ses visites ; petit cigare ? Toujours les mêmes, je vous en laisserai quelques-uns. Un partageux, mais comment refuser ses cadeaux ? Ils sont si bons, ses petits cigares, ce goût de miel acre. On cause. Alors comme ça, elle vous a lâchés, la beauté en chair ? Qu'est-ce qu'il veut savoir, le Duplessis, est-ce qu'il a des doutes, tout comme nous ?

Ce n'était pas une femme pour ici. Pensez, un modèle pour les peintres, elle est mieux chez les siens, à se faire peinturlurer le portrait, que dans nos bois et dans nos landes.

Vous ne croyez pas, comme l'Aubépine, qu'elle s'est ralliée ?

Comment ralliée ?

Ralliée à l'Empire. C'est ce qu'il dit. Il craint même pour sa sécurité, depuis. Il assure qu'elle l'aura dénoncé. Il m'a fait peur, l'animal. Aussi, je ne m'attarderai pas cette fois. Vous n'avez rien remarqué autour de vous ? Des allées et venues dans vos bois et dans vos landes ?

Vous savez, nos contreforts ne sont guère hospitaliers pour des agents de l'Empire. Il faudrait un crime pour les amener jusqu'à nous, et encore.

Comme vous y allez. On dirait que vous ne l'aimez plus guère, votre l'Aubépine. J'admets qu'il n'est pas commode et qu'il faut l'empêcher de commettre des imprudences. Mais reconnaissez en lui un homme dévoué à la cause.

Lambert a le cœur soulevé ; c'est ce petit cigare ; il en a perdu l'habitude.

Voyons, Lambert, un beau gaillard comme vous.

Duplessis le frappe dans le dos, allons, allons, je ne vous reconnais plus.

Lambert a manqué tout lui dire : Le ralliement de Berthe François à l'Empire ? Foutaise. C'est bien autre chose. Si j'osais… mais cela ne se dit pas…

Vous voulez dire qu'il y a un autre homme là-dessous ? Et que le bonhomme ne tient pas à ébruiter son infortune ? Notez, je m'en doutais. On apprend toujours la vérité en s'adressant aux domestiques.

Duplessis rit bien fort dans la cour : Allons, il se remettra vite. Je lui ai donné un mot de Victor Hugo dont il sera content.

Lambert se sent tout chose. Ainsi il a failli dénoncer son maître à un étranger. Cela n'aurait pas été si difficile d'aller jusqu'au bout. Seulement cet imbécile de Duplessis vous égare à faire le malin. Maintenant, va retrouver une occasion. Savoir ce qu'on sait et le garder pour soi, c'est bien pesant. Est-ce que Magdeleine, des fois, n'aurait pas raison ? Ce n'est pas à un Duplessis qu'il faut parler. On dit un crime à qui de droit. Des juges s'occupent du reste. On a sa conscience. On vous laisse en paix.

Il prend son fusil, et puis non, cela ne ferait pas bien pour ce qu'il a à faire, il préfère sa grosse canne de frêne, avec le bout ferré bien pointu. Il passe une veste ronde bleue bien propre. Il dit à Eugénie : Je vais le faire.

Mais quoi faire par la Vierge ?

Je ne sais pas encore. Faut que je le fasse, faut sûrement.

Il la laisse dans tous ses états. Il sort du parc. Il hésite un moment, un premier mouvement le mène à l'étang. Lambert renifle l'odeur de la vase, aussi écœurante qu'un petit cigare de Belgique. Il cherche un bout de robe ponceau qui se serait accroché aux roseaux, un morceau de drap gorgé d'eau, un rien qui lui permettrait de se présenter devant une autorité en disant voilà ce que j'ai trouvé sur notre domaine, débrouillez-vous avec ça. On l'enverrait promener avec son bout de robe

139

ou son morceau de drap. La justice serait passée. Il aurait sa conscience. Oui, mais notre étang marécageux ne rend rien. Profond et collant, notre étang, un étang de l'Ouest. Le garde-chasse voudrait bien lui ressembler : s'enfoncer tout ça au plus loin de l'estomac et que ça ne ressorte plus. Voilà, ça ne ressort pas vraiment, mais ça étouffe. Il se croyait plus fort que cela ; devenu tendre comme une Magdeleine, et puis quoi ? Timide comme son Eugénie, un épais de la membrane comme lui ?

Il reprend l'allée principale. Il aurait bien envie de retourner, mais non. Ce qui le peine c'est de voir comme Magdeleine le considère à présent. Elle ne lui parle plus guère, elle a même refusé de monter à la chasse l'autre jour et elle le regarde. Qu'est-ce qu'elle attend ? On dirait qu'elle le pousse en le regardant pareillement. C'est bien elle la meilleure de la meute, il l'a toujours pensé, sa petite fille. Dommage qu'elle soit si menue, avec un père comme lui, et si pâlotte. Encore plus pâlotte depuis que le baron a tranché la peau de cette Berthe François, avec son rasoir. Quand je dis qu'il aurait fait un bon chasseur, cet homme-là… Il vous aurait manié le couteau de chasse… Mais là, son rasoir… C'est bien regrettable… Ne te laisse pas attendrir, Lambert.

Il se lance pour de bon, cette fois ; il rejoint la grand-route ; trois petits quarts d'heure ; d'un bon pas ; là-bas, c'est le bourg, les autorités. Au moins Magdeleine sera contente de son père.

Lambert s'engage dans la Grand'rue, le pas lent, il fait sonner sa canne pleine de nœuds, on le salue, dis donc, Lambert, c'est pas souvent, est-ce que l'Eugénie est malade, qu'elle t'envoie faire ses commissions ? Et pourquoi que tu es en dimanche un jour de semaine ? Et ta canne ? Ce n'est pas une canne, un manche de bêche ou de hache, un de ces diamètres, c'est du sérieux. Il ne répond rien. Au bout à droite, c'est la maison du maire, il saura dire ce qu'il faut faire, lui, M. Julien, quand le châtelain du pays a tranché au rasoir le cou d'une dame et peut-être de quelques autres. Il s'arrête juste avant, il se repose sur sa canne ferrée ; il retourne son histoire dans tous les sens ; le plus difficile c'est de trouver le début, parce que le début c'est la fin. Vas-y, Lambert, secoue la cloche et cause, tu verras bien ce qui en sortira. C'est une servante qui ouvre, elle a un de ces tons : Voyons, à une heure pareille, M. Julien n'y est jamais. Comme elles vous parlent, ces femmes-là, après on s'étonne de les voir étranglées. C'est bon, c'est bon, je reviendrai quand il y sera. Dans deux heures, pas avant. Lambert sent son ventre bien libre, bien souple d'un coup.

Vous dites que M. Julien n'y sera pas avant deux heures ?

Je l'ai déjà dit.

Bon Dieu, voilà une femme qui vous décourage de revenir.

Je peux attendre une heure, c'est ça, juste une heure.

Voyons, c'est idiot.

Mettons les deux heures, alors, pas une minute de plus. Si M. Julien n'arrive pas, il n'aura à s'en prendre qu'à lui-même.

Lambert redescend la Grand'rue, son bout ferré fait des étincelles ; il la remonte. Il sent bien qu'il commence à faire causer, derrière les fenêtres. Qu'est-ce qu'il nous veut, à la fin, le Lambert ? Ce n'est pas dans son usage de s'attarder comme ça et de parader dans nos rues. Qu'est-ce qu'il attend ? Déjà qu'on a un châtelain qui ne va pas bien rond, cela déteint sur ses gens, faut croire. Tiens, à propos de châtelain, tout là-bas, ce n'est pas la voiture de son maître, par hasard ? C'est les maîtres qui viennent chercher les employés à présent, c'est farce.

M. de l'Aubépine arrête le cabriolet à hauteur de Lambert. C'est fait ? Pas encore. Comment sait-il que je suis là, ce beau diable ? Il a ses voix ? Il est trop fort pour nous.

C'est Eugénie, dit M. de l'Aubépine. Elle n'était pas à sa besogne. Et tout inquiète ; inquiète pour vous. Vous voir partir tout drôle, sans chien, sans fusil et habillé comme qui dirait pour la ville, annonçant que vous alliez le faire... Je me doutais bien que je vous trouverais par là. Quand un homme comme vous va à la ville, c'est qu'il a une bêtise à faire. Je me proposais de vous épauler ; de montrer que je suis avec vous ; le maître d'un domaine et son garde-chasse, c'est tout un ; nous sommes les deux faces d'une même monnaie, Lambert, ne l'oubliez pas.

Qu'est-ce qu'il veut dire avec sa monnaie ? Et m'épauler ? D'habitude Lambert se montre plus vif d'esprit. À cet instant, il se sent comme paralysé, un marcassin coincé par les chiens.

Eh bien oui, Lambert, vous voilà auprès de la maison de notre maire, c'est lui que vous vouliez voir ? Nous lui ferons notre visite ensemble. Vous lui parlerez et je vous approuverai, dans la mesure du possible. Qu'en dites-vous ? Allons, un peu de courage, Lambert.

C'est qu'il n'y est pas, monsieur.

Comme c'est dommage. Notez, ce Julien est le plus sombre imbécile de notre canton. C'est un abruti pareil que l'Empire nous a donné comme maire. Je ne suis pas certain qu'il entendra quoi que ce soit à nos affaires. Déjà que la moindre histoire de clôture entre paysans dépasse son entendement... Notre maire, Lambert... Il faudrait vous adresser bien plus haut. Voulez-vous que je vous accompagne ?

C'est-à-dire, monsieur... Je ne sais, monsieur... Avec vous, monsieur ?

Et pourquoi sans moi ? N'avez-vous pas bien besoin de moi ?

M. de l'Aubépine insiste, montez donc sur le banc. On aura tout vu, un maître qui sert de cocher à son employé. Pour aller où ? On ne sait pas. Lambert regrette à cet instant de n'avoir pris ni couteau de chasse ni fusil. Enfin, il a son frêne à bout ferré, il le fait crisser sur le plancher de temps en temps, pour le cas où le maître aurait dans l'idée de le traiter comme Berthe François, comme Cachan. Il ferait beau voir. On trotte, on ne se parle pas un bon moment. On retrouve des bois vallonnés, puis des landes. Des coins dont Lambert n'a pas l'habitude ; la route s'infléchit vers le nord, c'est tout ce qu'on peut dire, un pays vide, la chasse ne doit guère être bonne par ici. À un croisement, M. de l'Aubépine interroge Lambert. Que me conseillez-vous ? Je crois bien que je nous ai perdus.

Je dis, monsieur, que le mieux serait d'aller sans moi. Vous vous présentez à celui qui est au-dessus de M. Julien, celui qui s'y entend mieux que lui. Il vous comprendra. C'est bien simple, vous dites c'est moi, mais cela m'est échappé, un mauvais geste, la vie malencontreuse, et couic. Une mauvaise fille, la potence vous sera épargnée.

Ce sera tout le contraire, quand on saura qui je suis. Ami de la république, circonstance aggravante. L'Empire verrait là une belle occasion d'éliminer un de ses adversaires.

Vous n'aurez qu'à réveiller la mémoire de votre père. Un l'Aubépine tout ce qu'il y a de blanc, on ne vous touchera pas. Cela ne coûte pas d'oublier ses croyances pour un temps, si cela doit vous sauver.

M. de l'Aubépine engage le cheval à main gauche, plein ouest. Si on ne va pas trop loin, on devrait retrouver, en descendant, le Coin-Malefort. Alors, comme ça, on oublie les autorités ?

Quelles autorités ? Le régime de Napoléon est la création du coup d'État. Victor Hugo ne lui accorde aucune légitimité. La force n'est pas le droit. La justice de l'Empire n'a aucune existence légale. On ne se livre pas à ce qu'on ne reconnaît pas, encore moins à ce qui n'existe pas, ce serait de la dernière bizarrerie, non ?

Cela donne à réfléchir à Lambert. Comme toujours, on a du mal à s'y retrouver avec ce maître. Il a une telle assurance. Non, non, faut pas se laisser emberlificoter, faut pas. Ses raisonnements sont plus tordus que nos chemins. Ceux à qui on tranche le cou savent bien que la justice existe. La loi de l'Empire, coup d'État ou pas coup d'État, Victor Hugo ou pas Victor Hugo, c'est la loi.

Enfin, Lambert, comprenez que c'est moi qui vous rends service en vous ramenant chez nous.

Elle est trop forte, celle-là. Vous, me rendre service ?

Vous nous voyez, tous les deux, déposer devant un greffier ? On nous regarde, on nous étudie. On sait un peu qui nous sommes. On interrogera aussi le voisinage, les gens du bourg. Lambert ? Mais c'est ce sauvage toujours accompagné de son molosse noir, qui fait peur à chacun. Lambert ? Mais c'est le plus féroce chasseur du pays. Il ne quitte pour ainsi dire jamais son couteau ni son fouet, même pour dormir. Vous avez vu ses épaules épaisses ? Et sa belle barbe noire et grise, avec des reflets ? Elle n'aurait pas des reflets bleutés, cette grosse barbe ? Et puis, Lambert, est-ce qu'il n'était pas bien connu de tous qu'il n'aimait pas cette femme, mais alors pas du tout ? Qu'il lui a mal parlé plus d'une fois ? Des menaces à peine masquées ? Et qu'elle lui prenait sa fille, et qu'elle l'abîmait ? Tout cela se sait, Lambert. Je le savais bien, moi. Je ne vous en ai pas tenu rigueur, car je connais votre valeur, et je vous passe tout. Il se trouvera aussi quelqu'un, dans le pays, pour rappeler que votre père était un tueur de blancs. Imaginez cela, sur nos terres de l'Ouest, le fils du bleu, le tueur de blancs, cela vous condamne un homme. Un père ne fait pas le fils ? Je le sais mieux que personne. Mais, pour un juge impérial expéditif, cela fait des preuves. Des preuves sans valeur légale, je vous l'accorde, mais n'espérez rien de légal sous la tyrannie de Napoléon III. Voilà pourquoi je vous évite bien du malheur, Lambert.

Lambert suffoque sur le banc du cabriolet. Comment M. de l'Aubépine laisserait-il dire des choses pareilles sur son garde-chasse ? Il ne les laisserait pas dire, naturellement, mais comment empêcher qu'on les dise ? Et après… cette justice inique s'en empare et il est trop tard… Lisez les journaux, cela se passe tous les jours.

Faut pas le croire, M. de l'Aubépine essaie de lui faire peur, c'est un homme comme ça, retors et tout, faut pas. Oui, mais s'il avait un peu raison ? La pauvre Eugénie voyant son Lambert entre deux gendarmes ? Et Magdeleine et Grégoire ? Ils pourraient penser que leur père…

Au Coin-Malefort, M. de l'Aubépine arrête le cheval, il descend, il se soulage entre deux hêtres, le temps qu'il faut. Lambert se dit qu'un coup de frêne à bout ferré derrière les oreilles, cela ferait du bien à tout le monde. Il soupèse sa canne, bon diamètre, pas un pli, si on sait placer le coup. Le maître se retourne. Allons, Lambert, ne vous gênez pas. Quoi ? C'est humain, si vous en avez envie, allez-y. Faites comme moi, pissez. C'est donc cela ? Lambert marmonne sur son banc qu'il n'est pas pressé, il pose sa canne, il prend les rênes.

Il se dit qu'il est trop tard pour tout à présent. S'il n'y est pas allé cette fois, il n'ira plus jamais. Il n'a pas su s'y prendre. On n'est pas toujours bien glorieux. On a peur de perdre sa bonne place. On est logé, nourri par un assassin, on préfère retenir qu'il nous fournit le logement, le manger, qu'il nous laisse entretenir une belle meute, et oublier le reste. En même temps, toute cette histoire, c'est une garantie à présent. La garantie d'être bien traité, mieux que ça, cajolé à vie. Il nous tient, mais on le tient : s'il veut nous fiche dehors, je le menace de la guillotine. Il va nous soigner comme jamais. C'est très joli, mais quand on a de la morale, c'est bien malheureux d'avoir des pensées pareilles. Faut pas penser, faut pas.

Les Lambert ont du mal à comprendre où ils en sont : d'un côté, ils sentent une sorte d'épouvante, l'épouvante que leur famille, une famille comme la leur, puisse se trouver mêlée à une histoire pareille ; de l'autre, la vie anodine, les travaux habituels, récurer, cirer, laver des draps, repasser, cuisiner, nourrir les chiens, la basse-cour, éclaircir quelques sous-bois, faire des relevés de gibier. Le plus difficile à saisir, dans leur situation : ils vivent dans une épouvante tranquille. Même plus un bruit de voix dans le château. Le plus étonnant, c'est l'extrême courtoisie désormais entre M. de l'Aubépine et Lambert. Ce n'est pas qu'ils se parlaient mal avant. Mais là, des ronds de jambe et des courbettes, comme deux ambassadeurs venus d'Orient, des politesses comme le bras, chaque fois qu'ils se croisent dans la cour ou dans une allée forestière. Et que je me soucie de votre santé, et moi de vos humeurs ; et si la saison a bien rendu ; et si les revenus de l'année dépasseront les frais. Ils plissent le front comme des Bouddhas. On rejoue à monsieur le baron et ses gens. Il faut se frotter les yeux, des fois, pour se rappeler que cet homme a peut-être commis... Ils commencent à dire peut-être. C'est facile d'oublier et de faire oublier. Il suffit d'être bien poli.

Tenez, prenez ce chandelier en bronze, si, si, un cadeau. Et puis, un autre jour : Cette glace à cadre doré, c'est pour vous, oui, oui, installez-la. Mais nous ne pouvons pas, une glace du château... Il insiste, je n'ai besoin de rien de ce qui est au château ; ils sont obligés de prendre. Est-ce qu'il préfère vivre dans l'obscurité désormais ? Est-ce qu'il n'ose plus se regarder dans une glace ?

Magdeleine n'aime pas toutes ces cérémonies ; et ses parents qui s'y prêtent un peu trop facilement. Une fois, elle ose le dire, une fille encore si jeune, leur lancer, comme ça : Il vous remercie d'être resté à votre place sans lui faire tort. Lambert tape un grand coup sur la table, ça suffit, mais elle voit bien qu'il baisse un peu la tête. Ils n'avouent pas leur honte, les parents, mais ils doivent la sentir aussi bien qu'elle. Surtout quand ils en rajoutent dans la reconnaissance. Autrefois, il arrivait qu'on se garde les meilleurs morceaux d'une oie, le maître n'y faisait guère attention. Là, on le soigne. Regardez-moi ce filet bien moelleux. Et toutes les variétés de champignons, cueillis pour lui, dans nos bois, voyez-vous ça. Et jamais vénéneux.

Cela dure des mois, ils n'en peuvent plus de s'aimer pareillement. Enfin, s'aimer, c'est à voir. Ils ont vu le baron jouer les rôdeurs quelquefois. Du temps de Berthe François, Lambert et Magdeleine se plantaient sous les fenêtres du château, maintenant c'est le maître qui vient renifler, certaines nuits, derrière leurs persiennes. Les chiens se lancent, Lambert se montre : M. de l'Aubépine s'éloigne vers le chenil, il va jusqu'à provoquer un peu les bêtes. Une fois, il bricole la fenêtre de Magdeleine, il s'y casse les ongles. Lambert l'a bien renforcée depuis sa fugue manquée. On est tranquille de ce côté-là. Oui, mais qu'est-ce qu'il a encore en tête ? Il veut faire l'écraseur d'enfants, à présent ? Qu'il ne s'y frotte pas. Qu'il n'appelle plus Magdeleine à travers le volet, comme il l'a fait une fois, en lui promettant une robe digne d'elle.

Non mais, en voilà des idées, on ne lui demande rien de ce genre. Enfin, c'est surtout la nuit qu'il a ses bizarreries. Le jour, on ne dirait vraiment pas.

Revoilà Duplessis au château, avec ses cigares de Belgique et ses lettres. M. de l'Aubépine, dans une précédente lettre à Victor Hugo, s'est réclamé d'une connaissance commune, présentée comme un intime ami de 1848. Il a utilisé le nom de Victor Schoelcher, républicain de la première heure, appartenant au gouvernement provisoire de la deuxième République, celui qui a fait abolir l'esclavage en 1848. M. de l'Aubépine n'invente pas complètement, il a bien eu des liens avec ce Schoelcher ; seulement, il les amplifie. Les deux hommes se sont croisés au moment de la révolution de 48, quelques conversations ; des propositions audacieuses du baron, écoutées, puis rejetées par Victor Schoelcher. Cela ne va pas plus loin. Mais M. de l'Aubépine, tout occupé à attirer l'attention de son grand homme, cherche des relations communes, il nomme tous les républicains qu'il a pu côtoyer, pour montrer sa bonne foi et son engagement. Avec Schoelcher, il a tiré le bon numéro ; un homme apprécié de Victor Hugo, ils ont tous deux honoré de leur présence des barricades en décembre 1851, ils ont tous deux quitté la France. Hugo croit comprendre alors que M. de l'Aubépine est en relation directe et étroite avec Victor Schoelcher, il lui demande de ses nouvelles, il s'intéresse. Ce n'est pas, cette fois, un mot de pure convention pour satisfaire un admirateur. M. de l'Aubépine le sent, sa persévérance est récompensée. Il se dépêche de faire savoir au Maître qu'il pourrait, depuis son Ouest où il est retiré, pour ne pas dire exilé, contribuer à renouer les fils entre républicains sincères. Il se hausse un peu, il se voit un rôle. L'exaltation revient.

Duplessis distribue ses cigares, promet de revenir vite avec une nouvelle réponse de Victor Hugo. M. de l'Aubépine en rajoute encore un peu sur Victor Schoelcher, et sollicite une entrevue avec le Maître. C'est sa nouvelle obsession, rencontrer Victor Hugo, l'homme qu'il admire et adore, qui pourrait lui procurer un destin, comme il dit. C'est toujours mieux que de tuer des dames, pense Lambert, mais est-ce plus reposant ? Il arrive au maître de sortir du château avec sa tête d'halluciné, il hurle le nom de Grégoire, il le secoue, ma jument, vite, ma jument. Pour se calmer un peu, il a ses chevauchées. Pendant ce temps-là, au moins, il ne tourne pas autour des persiennes de Magdeleine.

Grégoire va sur ses dix ans, on dirait déjà son père, sans la barbe. Il s'est pris aux bêtes, il aime les chiens et encore plus les chevaux, il fait un peu le garçon d'écurie pour M. de l'Aubépine. C'est la grise qu'il faut seller sur-le-champ, une vieille bête à présent, surtout que le maître, quand il se lance dans ses courses, ne la ménage pas, galop de chasse, et dans les plus petits chemins et les montées, sans souci de son vieux cœur de jument, et à la cravache. Il la crèvera sous lui, dit quelquefois, Lambert, et il s'arrête là, comme si une mauvaise phrase lui avait échappé. Ensuite, c'est Grégoire qui doit réparer la fille : elle a fourni tant d'efforts que les veines du poitrail et de l'encolure ressortent toutes gonflées et vibrantes sous la peau. Le maître est fier de la mettre dans cet état, il palpe ces bourrelets de sang, pendant que Grégoire passe le couteau de chaleur et panse les écorchures.

Une fois, quelqu'un se présente, pendant que le maître martyrise la grise ; ce n'est pas Duplessis ; un petit rondouillard dans une carriole, un paysan. Il dit qu'il arrive des alentours d'Angers. Duplessis fait sa tournée et marche vers Nantes ; il ne peut se détourner pour le moment ; il a cependant une lettre à transmettre à M. de l'Aubépine. La voici. Le petit paysan ne refuserait pas une petite pièce ni une petite goutte. Eugénie est là, elle lui donne l'une et l'autre. Le maître ne rentre pas encore, le rondouillard n'attend plus, il dépose sa lettre.

Grégoire récupère la jument, elle n'a pas été ménagée une fois de plus, toute fumante. Il ne dit rien à M. de l'Aubépine qui file vers le perron. Cela lui revient, il court : Un papier pour vous, monsieur.

Quoi ? Petit imbécile, tu ne disais rien ? Il veut la lettre sur-le-champ. Alors, ce papier, où l'as-tu fourré ? C'est ta mère ? Eugénie ? Voilà Eugénie. Elle sèche ses mains dans son tablier, elle lui tend la lettre de Victor Hugo du bout des doigts. Elle l'a déjà poissée ; une lettre de Victor Hugo. Il la parcourt, trois secondes, il crie fort, il veut voir l'homme qui a porté le courrier. Il est parti ? Depuis quand ? Il se fâche, il tombe sur Grégoire, bousculade, la cravache, morveux. Tu ne pouvais pas le faire attendre ? Lambert rentre de ses bois, il assiste à la correction de son fils. Il l'attrape par un bras, il le secoue à son tour, deux taloches, avant de savoir quoi que ce soit, c'est tout de même au père de finir le travail. Après quoi, il est toujours temps de demander pourquoi il a bien mérité sa volée.

M. de l'Aubépine ne s'en remet pas, il engueule tous les Lambert présents et absents. Les chiens, les hurlements, ça les excite, ils se lancent. Cela monte, comme à la curée, on ne s'entend plus, une sauvagerie. Bon, lisez vous-même. Lambert a entre les mains la lettre de Victor Hugo. Mais pourquoi se mettre dans des états pareils pour une lettre bien aimable au fond ? Mais ce n'est pas la lettre, malheureux, c'est le porteur de la lettre… Comment voulez-vous que je réponde à cette invitation à présent ? Avez-vous lu ? Victor Hugo m'invite dans son exil. Imaginez-vous cela ?

Lambert relit, oui, il vous invite, sans vous inviter. Il dit que, si vous faites, un jour prochain, une visite à votre ami commun de Londres, vous pourriez bien vous arrêter en chemin à Guernesey qui est aussi un peu l'Angleterre.

Eh bien, n'est-ce pas une invitation ?

Mais il faut pour cela d'abord être invité à Londres.

Quelquefois, Lambert, vous avez la même innocence qu'Eugénie, cela est confondant.

Duplessis ne sera pas sans repasser vous voir. Il sera bien temps de faire votre réponse. Et si vous êtes pressé, utilisez le courrier ordinaire.

Innocent que vous êtes. On ouvre le courrier ordinaire. Une lettre à Victor Hugo, le prince des exilés… mais c'est s'offrir au bourreau.

Il ne me paraît pas que ce soit un si grand crime que d'envoyer des lettres.

M. de l'Aubépine recommence à hurler, et les chiens avec lui. Sa réponse, sa réponse, tout est perdu, s'il ne donne pas sa réponse. Hugo attend sa visite, à présent. S'il ne la fait pas maintenant, tout cela retombera. Celui qui est venu, ce paysan, depuis quand a-t-il repris la route ? Une heure ? Ma grise, Grégoire. Elle est fourbue. N'importe. Mon écritoire de voyage. Il venait d'Angers ? La route du sud, une carriole, je l'aurai rejoint avant la nuit.

Lambert ne parvient pas à le retenir. La déraison du maître n'a déjà plus de limites. On ne le revoit pas avant le lendemain soir. Radieux : il a rattrapé son homme. Il a posé son écritoire sur le cul de la carriole et rédigé sa réponse à Victor Hugo, lui annonçant une visite imaginaire à Londres pour la Saint-Martin, chez leur ami Schoelcher, attendant ses ordres pour débarquer à Guernesey à l'aller ou sur le chemin du retour. Il est fier de sa trouvaille, M. de l'Aubépine. Le paysan lui a dit qu'il ne savait pas si Duplessis repasserait bientôt chez lui, mais cela ne l'inquiète plus. Avoir remis sa lettre suffit à son bonheur du moment. C'est comme si elle était déjà entre les mains de Victor Hugo. Il a fait de grands saluts au paysan. Il a enfourché sa grise ; la bête était mangée d'écume, la tête dans les sabots. Il l'a poussée encore un peu ; même pas un quart de lieue, elle est tombée à genoux, sa vieille jument. Il l'a dessellée, elle s'est couchée sur le côté, ses grosses veines à l'encolure s'affolaient, elle s'est frotté le nez dans la poussière quelques instants, et tout son corps s'est détendu. Encore une qu'il a tuée sous lui, pense Lambert. Le maître semble aussi indifférent à la mort de sa jument qu'à celle d'une femme. Du moment qu'il a son invitation et qu'il a écrit sa réponse, il est content. Sans monture, il a fini sa nuit par terre, dans la forêt de Sillé, sous une pluie d'été, content, bien content. Il est revenu à pied, le lendemain, des lieues et des lieues, dans la chaleur montante, content, très content. Mais la grise ? demande Lambert, vous ne l'avez tout de même pas laissée au bord d'un chemin, sous les averses ? Il a failli ajouter elle aussi. Il dit tout de même, c'était la grise, une fille courageuse, pas une charogne. La tête de M. de l'Aubépine ; bien embêté devant Lambert. C'est bien simple, voyons, c'est bien simple, vous n'aurez qu'à faire passer l'équarrisseur, voulez-vous ? C'est toujours aux pauvres gens de se soucier des morts, pense Lambert. Pendant ce temps, le maître, couvert de boue par sa nuit, de poussière par sa marche, est content, vraiment content.

M. de l'Aubépine passe son été à préparer sa visite à Victor Hugo, sans savoir s'il la lui accordera à ses dates. Une pareille confiance dans l'avenir, c'est surprenant. Enfin, certaines lubies ont du bon. C'est devenu la phrase de Lambert, pour se rassurer : c'est toujours mieux que de faire hurler des filles en les poursuivant avec un rasoir. Au moins, ça ne fait pas aboyer les chiens pour rien. Et puis, ils vont choisir ensemble, le baron, son garde-chasse, un nouveau cheval de selle, un isabelle aux larges épaules.

Évidemment, septembre arrive et le bonheur, que rien de nouveau ne vient soutenir, commence à s'effriter, le sombre remonte, les humeurs. Les oreilles de Grégoire en font les frais. L'isabelle n'est jamais prêt à temps, jamais assez propre, l'écurie sent trop le pissat, qui est-ce qui m'a fichu un palefrenier pareil ? Grégoire ne se plaint pas alors, même pas dix ans, se faire rougir les oreilles, ce doit être l'ordre des choses.

C'est très tôt, un matin. Un cabriolet s'annonce dans l'allée, on se presse derrière la fenêtre, un cabriolet jamais vu, tout flambant, on sort, on attend. Le vent envoie la petite odeur mielleuse d'un cigare, ce sera Duplessis. Belle voiture, se dit Lambert, la caisse de solidarité tourne à plein. Il n'a pas le temps d'échanger un mot ni de recevoir le petit cigare que Duplessis s'apprête à lui tendre. M. de l'Aubépine le tire par la manche, vite en haut du perron. Il a son air rongé. Une nouvelle lettre de Victor Hugo ? L'invitation n'est-elle pas remise à plus tard ? Duplessis prend son temps, un homme qui roule depuis deux heures du matin a besoin de s'assouplir les jambes, de s'ôter la poussière des chemins. On causera plus tard. Ah non. Bon, voilà. La joie de M. de l'Aubépine, alors, c'est quelque chose, un homme de cinquante ans ou à peu près, crier comme un petit garçon. Les Lambert courent au pied du perron, ils voient leur maître devenir rouge et trembler, hurlant je le savais bien. Duplessis tire sur son cigare et rigole. Les Lambert restent aussi figés que s'ils venaient d'apprendre que leur baron avait ouvert la gorge d'une nouvelle femme. Rien de bon à attendre d'une joie pareille.

Alors voilà, c'est pour novembre. Le nom de Schoelcher a eu l'effet attendu. Puisque leur grand ami commun attend M. de l'Aubépine à Londres pour la Saint-Martin, le 11, il est indispensable de faire étape à Guernesey. Là, Victor Hugo le chargera de messages et de cadeaux d'amitié pour ce Victor Schoelcher. Le Maître accueille de nombreux visiteurs de France, mais, en ce début d'automne, ils sont plus rares, une occasion à saisir. Vos jours seront les miens.

Cette dernière phrase, M. de l'Aubépine la reprend à haute voix sans arrêt. Vous vous rendez compte, les jours de Victor Hugo seront les miens. C'est quelque chose, on n'a jamais vécu un moment pareil au château. On s'embrasse, enfin M. de l'Aubépine embrasse Duplessis. Il veut le garder à déjeuner, il faut marquer l'événement.

C'est ce jour-là que Duplessis, après le café et la fine, sort de son cabriolet un drôle d'instrument, une sorte de gros cube en bois. Il a trouvé cela en Angleterre, un appareil qui prend des images. Il paraît que Victor Hugo en fait grand usage. Duplessis annonce qu'il va bientôt se lancer dans le colportage d'instruments de ce type. C'est vrai, la propagande républicaine, c'est très bien, mais les années passent, on ne voit rien venir, l'argent ne rentre pas si facilement. Un peu de commerce ne ferait pas de mal. D'autant que les procédés photographiques s'améliorent. Grâce au collodion, par exemple, cet appareil peut vous saisir sur une plaque de verre en quelques secondes, au lieu de plusieurs minutes, comme avant.

Vous dites, cher Duplessis, que Victor Hugo s'intéresse au procédé ?

Duplessis confirme, le baron veut assister à une démonstration. On se prépare, on s'amuse. Le baron met son calot rouge, il prend la pose sur son perron. Après quoi, il demande à opérer lui-même, pour savoir. Il appelle Lambert. Prenez vos armes, Lambert, je vais vous immortaliser.

Lambert prend son fusil et son fouet de chasse. Il cherche un emplacement digne de lui. Il s'arrête, il demande ce qu'il doit regarder. Le baron est prêt. Voilà que le Rajah, libre de sa chaîne, entre dans le champ et saute sur son maître, dressé sur ses pattes arrière, lui tambourinant le ventre de ses pattes avant pour trouver l'équilibre. Ce doit être amical, mais ce n'est pas le bon moment. Lambert se fâche et le repousse, le Rajah ne comprend pas pourquoi, il insiste, il tend tous ses muscles pour tenir debout encore un peu, son cou et sa gueule pointés vers l'avant comme une menace. Le baron a actionné le mécanisme en même temps, les quelques secondes de la lutte se retrouvent sur la plaque. Lambert n'est pas content, il aurait aimé se montrer plus à son avantage. Plus tard, on fera mieux. Là, c'était juste une expérience, pour apprendre. Je tâcherai de vous en faire tirer des vues sur papier albuminé, dit Duplessis. Le baron est enthousiaste. Il passe commande d'un appareil anglais, il verse même un acompte. Duplessis s'engage à le livrer à son prochain passage. Lambert se dit que cela pourrait bien devenir la nouvelle folie de son maître.

Duplessis n'oublie pas la dernière lettre confirmant l'accord du baron pour la visite. Les adieux, c'est un nouveau moment de bonheur. Mais quand le républicain photographe est parti, ce n'est plus pareil. Il faut revenir à la vérité ; Lambert se veut un homme honnête, il casse la joie : Que dira M. Victor Hugo quand il saura que votre ami de Londres ne vous attend pas plus que ça ?

Il ne le saura pas.

Vous mentirez donc à l'homme qui vous ouvre sa porte ?

Je continuerai mon voyage jusqu'à Londres, je me présenterai chez notre ami avec un mot de Victor Hugo. Cela suffira. Ce qui m'a ouvert la porte de l'un m'ouvrira la porte de l'autre. Je n'aurai pas menti alors. Ce qui compte, Lambert, c'est la fin.

Rien ne l'arrête, cet homme-là. Il croit encore, à cinquante ans, que tout lui est possible. Même un gosse de neuf, dix ans, comme Grégoire, n'en est plus là. C'est bien cela, un enfant de six ou sept ans, M. de l'Aubépine, pas plus.

La confirmation de son invitation va transformer M. de l'Aubépine en quelques heures : il médite un moment chez lui, mais, d'un seul coup, il n'en peut plus de son enfermement. Il est dehors, dans la cour, entre le perron et le pavillon du garde-chasse. Il ne se sent plus de liberté, il lève les bras et il crie. À qui s'adresse-t-il ? À ses gens ? À une foule imaginaire ?

Les Lambert sont derrière leurs carreaux, ils ne sont pas sûrs de tout comprendre. Des bouts de phrase se mélangent... Cette visite à Hugo... Cela vous lave de tout, de toutes les saletés de la vie... La grandeur de Victor Hugo... elle retombe sur lui... Je suis grand... grand... Lambert entrouvre sa fenêtre, il se dit que cela va faire taire le maître. Tout le contraire, pleins poumons, un gosse, c'est ça, un gosse... Grand, grand, je suis grand... C'est ce qu'il a cherché depuis toujours, la grandeur, ce qui lui a manqué. Au lieu de quoi l'écrasement. Maintenant tout est changé. Rien ne m'est interdit. Vous m'entendez, Lambert ? Rien d'interdit. Oh là, dit Lambert, ça se gâte, déjà qu'il ne s'est pas interdit d'ouvrir une ou deux gorges...

Le baron crie le nom de Lambert trois fois. Il veut avoir son Lambert devant lui, que son Lambert l'écoute sans lui faire la leçon. Il ne veut plus entendre de leçons de personne. Lambert se montre, à moitié seulement, à sa porte. Je n'ai vu que des timorés, jusqu'ici, partout. Des timorés de la République, des timorés de la vie. Tous des timorés. Vous, Lambert, devant un sanglier, vous n'avez pas peur, mais devant les hommes : timoré !

Et moi, moi aussi, je me suis laissé faire trop longtemps. Je me suis trop caché, j'ai eu tort. Regardez-les, tout autour de nous, des lâches. Ils me détestent, mais ils n'oseront jamais le dire. Ils sont toujours prêts à s'aplatir devant moi, parce que le château. Je hais les châteaux. Je hais les châtelains. Vous me prenez tous pour un châtelain. Et j'ai laissé faire ça. Que vous êtes bêtes ! Le château, si vous saviez, ce n'est rien. J'en abattrai les murs à mon retour de Guernesey. Cette visite m'en donnera la force, c'est sûr. Je suis libre de tout aujourd'hui. Encore plus libre demain. Plus de château, plus une pierre sur l'autre. Et je construirai à la place l'asile des gens libres de toute morale. L'asile des Cyniques, pour les Diogène d'aujourd'hui. Vous ne connaissez pas Diogène ni les Cyniques, Lambert. Un homme comme vous, vous devriez les connaître, on les comparait à des chiens... Vive les chiens, Lambert... Et mort aux châteaux... À la place, je vois un gigantesque chenil humain, débarrassé de toute notre morale... Lambert, Lambert, vous en serez... Je comprends enfin le monde... J'étais timoré devant vos chiens, je n'avais rien compris... Nous serons tous des chiens, dans ce monde qui vient, Lambert... Vive la chiennerie... Vive Victor Hugo... Je suis grand... grand...

Il continue un bon moment, de moins en moins clair. Lambert se dit que cette fois il va falloir l'enfermer aux petites maisons. M. de l'Aubépine marche dans tous les sens à travers la cour, le rouge lui prend toute la figure. De trop crier, les veines de son cou gonflent comme celles de son cheval après la course. Il insulte son château, il dit qu'il ne veut plus y mettre les pieds. Il oublie Lambert, il court au chenil, il parle aux chiens. Il leur parle, dans un état d'excitation à faire peur : Messieurs, vous êtes l'avenir... Rien ne vous résiste... Mordez, messieurs... Accouplez-vous en chiens et en chiennes... Croissez, multipliez... Vive la chiennerie... Carne pour tout le monde… Déchiquetez-moi tout ça… À table, messieurs, j'arrive avec vous au grand banquet de la vie… Victor Hugo m'invite à sa table… Cela est beau, messieurs…

Les chiens bondissent et hurlent comme on ne les a jamais entendus, même dans les plus belles chasses. M. de l'Aubépine dit qu'il va dormir au milieu d'eux, manger la chair vive, comme eux, désormais. S'ils le jugent digne de l'accueillir parmi eux. Grand… Libre… Débarrassé de tout et des hommes… Heureux, enfin heureux… Peur de rien… Tous des timorés, sauf lui et Victor Hugo… Cela est beau, cela est beau…

Il s'arrête d'un coup, un effondrement, une sorte de fatigue plus forte que lui. Il se tient à la barrière du chenil, un genou heurte le sol. Les Lambert courent le relever. Doit-on le reconduire dans son château ? Il dira que nous sommes des timorés, qu'on s'aplatit devant le château, mais tant pis. Ils le déshabillent dans sa chambre, ils le couchent, ils le veilleront : M. de l'Aubépine dort le reste de la nuit et presque tout le jour suivant. S'il ne bougeait pas sans arrêt, on jurerait qu'il est mort. On doute qu'il revienne à la conscience. Lambert s'apprête à aller chercher le médecin du bourg. M. de l'Aubépine rouvre les yeux, pourtant, vers les cinq heures. Il lui faut du temps pour se retrouver. Cela lui revient, la lettre de Victor Hugo, la visite à Guernesey. Il ne parle plus de chiens humains, de Cyniques, de morale. Les Lambert s'attendaient à affronter un excité, ils tombent sur un homme paisible et même, bientôt, presque serein, mettant sur pied un voyage, songeant aux moyens de faire bonne impression sur Victor Hugo.

Après réflexion, Lambert n'est pas si mécontent de voir son baron partir en voyage. Quand il se précipitait au milieu d'une révolution ou d'un coup d'État à Paris, la famille se sentait démunie. Mais là, non, il s'en va et cela va nous reposer. Rendre service tous les jours à un assassin, si on y pense, et même si on n'y pense pas, à la fin, c'est pénible. Et puis ces crises auxquelles il semble de plus en plus exposé, si cela allait le reprendre ? Qu'il aille en faire profiter d'autres. Qu'il renverse tous les châteaux qu'il veut, pas le nôtre, enfin pas le sien. Qu'il laisse nos chiens respirer et aboyer comme de vrais chiens. C'est ça, qu'il coure chez son Victor Hugo, cela lui changera les idées, et à eux aussi.

Se changer les idées, c'est encore à voir : l'idée de Lambert, celle qui lui fait vraiment plaisir, c'est de profiter de l'absence de M. de l'Aubépine pour aller un peu fouiller dans ses affaires, au calme, histoire de se donner une ou deux certitudes. À quoi bon avoir des certitudes, dit Magdeleine, si on n'en fait rien ? Si on préfère de toute façon garder sa bonne place et ses chiens plutôt que faire passer la justice ?

Tu nous fatigues, Magdeleine, nous savons bien que tu es la plus maligne d'entre nous. Tu as toujours raison. Mais une certitude, même si elle ne sert à rien, ça fait toujours du bien.

Alors Lambert s'est bâti un programme d'archéologue.

Il sait bien que la chambre rouge sera fermée à clé. Mais tout autour de la chambre rouge, le maître n'aura pas pu empêcher que certains signes demeurent. On examinera les parquets, latte après latte ; les taches qui auraient échappé à la frénésie hygiénique d'Eugénie. On tapotera les murs, les manteaux des cheminées, tous ces creux possibles. On fera le tour des corridors, des combles, des charpentes. On trouvera bien quelque chose. Lambert, à force de tourner les histoires du baron dans tous les sens, s'est dit que, si Cachan, le premier, a disparu une nuit sans faire aboyer un seul chien ni éveiller une oie, c'est qu'il n'est jamais sorti du château, ni vivant, ni mort. Il faut trouver Cachan, ce qu'il en reste, après bientôt dix ans. Ensuite, Lambert prévoit de mettre à flot une petite embarcation. Il va sonder l'étang, pied à pied. Il est profond, c'est entendu, mais envasé comme il est... Et avec une perche assez longue... On descend dans le mou, on tâte. Si cela résiste, on ira à la pêche avec un crochet. On saura. Si on trouve, il sera toujours temps de réfléchir. Et si vraiment on ne trouve rien, on pourra se dire qu'on s'est trompé ou qu'on a le maître le plus malin du canton. Lambert se tape à deux mains sur le ventre ; enfin des projets, enfin agir. Il s'impatiente : Alors, monsieur, ce départ, il se prépare ? Et combien de semaines comptez-vous nous abandonner ? N'en dis pas trop, Lambert, tu vois bien que le maître te regarde bizarre, quand tu le presses un peu trop. Méfie-toi, cet homme-là, sa petite démence lui donne comme une faculté : il lit derrière les têtes.

C'est prévu pour le tout début de novembre, mais d'un seul coup, ça ne va plus. M. de l'Aubépine vient toquer à la porte des Lambert, un peu tard. C'est inhabituel, seulement dans les grandes occasions. Lambert le fait asseoir. Eugénie le débarrasse. Elle se sent toute drôle d'avoir à faire ces gestes chez elle. Au château, elle n'y pense pas, c'est naturel. Là, c'est déplacé, le maître a une tête d'apparition. On se regarde un bon moment. Vient-il s'installer chez nous par dégoût de son château ? Hurler contre les timorés ? Crier vive la chiennerie ? Il n'a pas l'air trop exalté, grave seulement. Il veut bien du cidre. Va en tirer du neuf, Magdeleine. Alors quoi ?

Alors, il a une demande à leur faire. Il ne doute pas qu'ils accepteront. Oui ? C'est bien simple, le voyage jusqu'à Guernesey ne sera pas des plus faciles. Pour le soulager des soucis du voyage, il lui faut de l'aide. Alors, il a pensé, comme ça, qu'Eugénie et Lambert pourraient autoriser Magdeleine à l'accompagner. Elle a appris à s'occuper du linge, elle est soigneuse, elle a une bonne mine. Surtout, la police du Napoléon ne se méfiera pas d'une jeune fille ; grâce à sa présence, il passera inaperçu, tout bénéfice. Oui ?

Lambert s'est levé de table d'un coup, l'air lui manque, il fait un pas de travers. C'est pas Dieu possible, pas Dieu possible. Si on laisse Dieu de côté, dit le maître, tout est possible. Buvons. On ne boit pas, faut pas croire que Lambert laissera faire une chose pareille, faut pas. Enfin, monsieur, cela ne s'est jamais vu. Une dame se fait accompagner de sa femme de chambre, un homme a son valet de pied. Va-t-on renverser les rôles ? Un homme faire la toilette de sa maîtresse ? La servante aider son maître à se déshabiller dans les auberges ? Faut pas, monsieur, faut pas.

Il ne s'agit pas de cela, Lambert. Où prenez-vous vos idées ? Je ne vous savais pas l'esprit si étroit. Je vous garantis que Magdeleine aura sa chambre d'auberge tout comme une dame, car elle en vaut bien d'autres. Elle aura ses tâches, elle aura aussi tout mon respect. Cela va-t-il ?

Eugénie a peur que Lambert ne se laisse entraîner trop loin, elle le voit gonfler les joues sous sa barbe, il ne se retient plus. Votre respect, votre respect, nous en avons vu passer quelques-unes au château. C'était cela votre respect ? Et que ça coure, et dans quelle tenue, et que ça crie, et que ça martyrise, et tout le reste… Non, monsieur, vous ne toucherez pas à Magdeleine comme aux autres… Ce que je sais, monsieur, je le sais, et vous ne m'en ferez pas accroire…

M. de l'Aubépine a l'air d'un qui ne veut pas comprendre. C'est bien un enfant. Il ne voit pas le mal. Les autres femmes ? Ces filles ? Bien sûr. Allez, elles n'étaient guère respectables, son seul tort, c'est de les avoir laissées entrer au château. Il le regrette à présent. Mais Magdeleine, menue, avec son teint pâle… c'est une petite déesse… il n'est pas loin de la considérer comme sa fille… alors pensez… il ne lui ferait pas le moindre tort. Est-ce qu'on peut douter de cela ?

Douter ? Et comment ! Plus rien du passé ne compte donc plus ? On n'a rien vu ? On a rêvé ? Un Hugo vous invite et vous voilà transformé en enfant Jésus ? Grand ? Libre ? Et bon aussi, peut-être ? Non mais. Magdeleine n'aura jamais qu'un père pour veiller sur elle, et c'est moi, dit Lambert, vous ne me l'enlèverez ni d'une manière ni d'une autre.

Allons, Lambert, dit Eugénie, monsieur dit vrai sans doute, il a toujours bien traité Magdeleine.

Voilà que sa femme passe du côté du maître ? Sont-ils fous, tous, à jouer les saints innocents, quand on sait ce qu'on sait ? Est-ce qu'on ne l'a pas vu rôder sous la fenêtre de la fille ? Il vérifiait les gonds sans doute ?

Écoutez Eugénie, Lambert, vous savez qu'elle est la sagesse même. Elle peut témoigner mieux que personne de mon respect pour votre famille.

Lambert est ébranlé, pas longtemps. C'est trop demander, monsieur, et vous savez pourquoi, aussi bien que moi.

M. de l'Aubépine prend une longue gorgée, la résistance de Lambert semble le surprendre. C'est étonnant, cette naïveté, chez un homme qui a fait ce qu'il a fait. Ses mains tremblent autour du verre. Il va se fâcher lui aussi, se dit Eugénie, tomber dans une de ses crises, faire le maître enfin et punir Lambert. Et si Lambert, lui, fait son jars ? Ils vont se plumer là, devant elle ? Elle a peur, Eugénie, elle se met devant son homme. Son geste décontenance Lambert, ce petit temps permet à M. de l'Aubépine de se reprendre : Je comprends vos réserves, mais, je vous le dis encore une fois, Magdeleine est sacrée pour moi.

Ce sont des mots, monsieur. Aucun homme raisonnable ne vous laisserait faire.

Le baron demande de la goutte à la place du cidre. On sent qu'il a décidé de passer la nuit dans le pavillon du garde-chasse et qu'il n'en sortira qu'avec son accord. Il change même de tactique, quand il voit que le respect sacré de Magdeleine ne suffit pas. Il les cajole, il fait le pauvre homme, plus bas que tous.

Enfin, Lambert, ce n'est pas un grand sacrifice que je vous demande. Est-ce que je ne me sacrifie pas pour vous, moi ? Si je n'écoutais que moi, je mettrais ces murs et ces terres et ces bois aux enchères. Ou je les ficherais par terre, tiens, par terre, oui, et, pour finir, un bel incendie. J'irais vivre de rien, en sauvage, comme le plus misérable des misérables, avec vos chiens. Au lieu de quoi, pour vous aider, vous et votre famille, je suis resté. Pour l'instant. Je vous évite d'aller vous embaucher dans ces usines ruine de l'homme. Tenez, tisserand, attaché des heures et des heures à votre métier, c'est ce que vous voulez ? Aujourd'hui, vous allez regarder le chanvre pousser dans mes champs. Demain, vous irez le tisser. Qu'est-ce qui est préférable ?

Il est ennuyé, Lambert, c'est bien ce qu'il pense aussi, c'est bien ce qui l'a retenu de dénoncer son maître, cette crainte. À croire que cet homme, une fois de plus, voit vraiment derrière les têtes. Est-il sincère cependant ? Un maître se sacrifier pour ses gens ? Il va bientôt nous faire le coup de la république. Un républicain, celui-là ? On n'a jamais vu personne de plus antirépublicain que ce républicain. C'est de la pose. Il ne se fait passer pour l'ami du peuple que pour mieux en manger les filles, c'est tout.

Il les tient un gros morceau de nuit, imbibé de goutte, pas la blanche, la meilleure, celle qui a vu le tonneau depuis le temps de M. de l'Aubépine l'Ancien. Il fait des promesses sans fin, que la famille n'aura pas à se repentir, qu'il pensera sans cesse à son bien. Lambert lui demande pourquoi, à la fin, si ce n'est pas pour lui faire subir le sort de toutes les autres, il insiste autant pour avoir Magdeleine auprès de lui en voyage, et non Eugénie, et non n'importe quelle autre. M. de l'Aubépine s'en met une bonne lampée. Il soupire un grand coup. Oui, pourquoi ? Pourquoi ? C'est bien simple, parce que c'est la seule qu'il vénère assez, depuis son petit âge, pour être sûr de ne jamais lui faire de mal. Les autres, c'est plus fort que lui. Avec Magdeleine, ce n'est pas du tout pareil.

Il ose dire ça ? Il faudrait avaler ça ? Parole d'ivrogne, allez, ces hobereaux dégénérés ne tiennent pas la goutte de l'Ouest. C'est presque des aveux qu'il fait, et d'un air tout ce qu'il y a de naturel. De quoi lui faire couper le cou. Qu'il ose le redire… Magdeleine, ce n'est pas pareil…

C'est non, monsieur, non cent fois et toujours non. Vous me ferez finir toutes nos bouteilles que je serai encore capable de vous dire non.

M. de l'Aubépine en fait ouvrir une nouvelle. Accompagnez-moi encore, Lambert, une petite tournée. Il pense l'avoir à l'usure, comme tout le monde. Il dit encore que, si elle ne l'accompagne pas, il n'ira pas. S'il ne se rend pas chez M. Hugo, il en mourra de chagrin. Enfantillages, monsieur. Cela ne va plus du tout, sa folie le ramène en arrière dans son âge. On ne s'en tirera pas. Lambert vide un gros godet. Il est au bas bout de la table. Il se lève, il bascule un moment d'avant en arrière. Eugénie l'assure. Bon, puisque c'est comme ça… Puisque c'est comme ça, vous l'emmènerez, la Magdeleine. Mais attention, vous allez m'emmener aussi. Et avec mon fusil et mon couteau de chasse. Je ne la lâcherai pas et je ne vous lâcherai pas non plus. Nous irons tous trois le voir, votre M. Hugo. C'est dit.

Lambert est bien surpris, au lieu d'indisposer le maître, sa proposition semble le soulager. Et même pire : après une nuit de suée, à faire évaporer tout l'alcool de son corps, il se lève enthousiaste. Il retourne chez son garde-chasse.

Merci, Lambert, cent fois merci.

Quoi encore ?

Cela a circulé en moi toute la nuit, a pris forme, comme à l'alambic, une merveille… Vous avez bien dit que vous m'accompagnerez ? Que vous ne me quitterez pas ? Sûr ? Pourquoi n'avais-je pas pensé à vous le demander moi-même ? La plus belle idée depuis dix ans… Quand je vous dis que vous m'êtes indispensable… Cela est bien grand, et vous serez grand avec moi.

Lambert s'inquiète, les rêves de grandeur, ce n'est pas pour lui. Être un petit homme au fond de son Ouest, cela lui suffit. Une grande idée sortie des vapeurs de la goutte, sortie du cerveau mal égoutté de son maître surtout, rien de bon à attendre. Dites toujours.

Il est trop tôt, Lambert. Il faudra d'abord me faire meilleur visage que ce matin, et me promettre de me suivre en tout, comme l'envers accompagne l'avers de la pièce de monnaie.

Le voilà reparti avec ses deux faces de la même

pièce. La dernière fois, c'était pour détourner Lambert du maire.

Quand vous saurez mon projet, dit M. de l'Aubépine, vous n'hésiterez pas, vous m'aimerez, allez. Prenez vos dispositions pour le départ. Le jour venu, je vous dirai ce que j'attends de vous. Oh oui, vous m'aimerez bien.

Lambert en perd le sommeil. Il s'assomme de goutte le soir et il n'en sort rien de bon le matin. Il se dit qu'il a voulu faire le malin pour sauver Magdeleine et qu'il est pris. Obligé de renoncer à ses fouilles au château et dans l'étang. Ce doit être cela, la grande idée du baron, qui le réjouit tant, éloigner le garde du domaine, l'empêcher de mettre son nez dans les mauvaises affaires. Il sait bien qu'Eugénie ne touchera à rien, elle, elle aurait trop peur. Pas si fou que ça, ce fou.

M. de l'Aubépine s'est annoncé pour le 3 novembre à Guernesey, suggérant de séjourner une semaine sur l'île, avant de rejoindre Londres et Victor Schoelcher pour la Saint-Martin. Avec un tel programme, il pense pouvoir faire l'important. Cependant, dit Lambert, ce monsieur Schoelcher n'est pas vraiment votre ami. Comment donc ? Depuis qu'il s'est servi de ce nom pour approcher Victor Hugo, M. de l'Aubépine a réussi à se persuader qu'il n'avait jamais eu de plus grand ami sur terre que Victor Schoelcher. On est habitué, c'est le baron.

Le 1er novembre est là, il faut se lancer. Magdeleine a fait son petit paquet, elle a l'impression qu'on l'emmène mourir loin de chez elle, elle ne parle plus guère, la peur. M. de l'Aubépine l'attrape dans la cour : Quelle est cette tête, Magdeleine ? Il ne faut que se réjouir, vous ne ferez pas deux voyages pareils dans votre existence. Et il lui prend le bras, il la serre, il la relâche, excusez votre maître.

Plus tard, c'est Lambert qui le croise, la même joie.

Je nous en promets des bosses, c'est quelque chose. Un homme méconnaissable.

Puisque nous sommes pour ainsi dire prêts, dit Lambert, me direz-vous, monsieur, quel grand projet vous avez pour moi. Il me semble que c'est le moment.

Vous avez raison, suivez-moi, Lambert, vous n'en reviendrez pas.

Le baron l'emmène jusqu'à la grille, jusqu'à l'allée nord. C'est l'allée de la Berthe François, se dit Lambert. Le maître lui pose la main sur l'épaule, ce n'est pas facile de s'imposer à une épaule pareille, épaisse comme ça, quand on a la main fine. Il appuie tout de même. Il prend un air… un air : Regardez bien, là, tout au bout du chemin. Au bout du chemin, c'est Victor Hugo. De l'autre côté de la mer, c'est Victor Hugo. Dans un autre monde, passé l'horizon, nous serons devant Victor Hugo. Il nous attend debout, dans une sorte d'au-delà.

Vous n'avez peur de rien, Lambert ?

Peur, non, monsieur, cela ne se peut.

En cet instant, je voudrais vous rappeler encore une fois qui vous êtes. Qui vous êtes pour moi : un fils de bleu, le tueur de blancs.

Cela ne dit rien de bon, le sang bat aux oreilles de Lambert, inhabituel chez lui.

Promettez-moi de vous montrer à la hauteur de votre père.

À la hauteur de ma peur ?

Son tympan qui bat, ce trouble, il comprend tout de travers. M. de l'Aubépine accentue sa pression sur l'épaule, il sent qu'il le tient, là, un sentiment de toute-puissance, c'est bon. Il reprend : Victor Hugo se tient devant nous, au bout de ce chemin, regardez bien.

Je ne vois rien que nos bois.

Je vous garantis que vous verrez bientôt Victor Hugo. Voilà mon idée, pour laquelle j'ai besoin de vous : nous allons ramener Victor Hugo en France, ici même. Je lui offrirai la protection de mon domaine. La grandeur nous attend. Car, depuis notre domaine des Perrières, vous vous en doutez bien, nous pourrons songer ensemble à renverser l'Empire. Un grand avenir est promis à Victor Hugo, tous les républicains s'accordent : il remplacera Napoléon III, un jour ou l'autre. Ce jour n'est pas loin, et ce sera grâce à moi. N'est-ce pas beau ?

Et son regard se perd dans le plein des bois, un regard vide et radieux en même temps. Lambert plie un instant sous la main de son maître, il sent comme un flou devant lui, au moins une attaque d'apoplexie, il va tomber raide dans une minute. Il ne tombe pas, il en est le premier étonné. Le baron voit dans le silence de Lambert un assentiment, il lui serre encore plus l'épaule, ah non. Cela ne va pas du tout, monsieur, nous n'allons pas commettre une folie pareille.

Qui vous parle de folie ?

Enfin, au nom de quoi un Victor Hugo suivrait un presque inconnu ?… Un ami de Victor Schoelcher, vous l'oubliez… Au nom de quoi un Victor Hugo accepterait-il de rentrer en France, alors que vous me répétez toutes les semaines qu'il a juré de ne remettre le pied chez nous qu'à la chute du tyran ?… Je lui montre que le pays l'attend, qu'il n'a qu'à paraître et que son nom emporte tout sur son passage. Nous soulèverons l'Ouest derrière lui… L'Ouest, y songez-vous ? Ce pays de blancs ? Notre vieille chouannerie ? La Vendée ? Cela ne tient pas debout… Vous vous trompez, l'Ouest regorge de républicains secrets comme moi. L'Ouest sera rouge, un jour, vous verrez… C'est tout vu, vous voulez déclencher une nouvelle guerre civile… Qui vous parle de guerre ? Je constituerai avec Victor Hugo un phalanstère des hommes libres, l'embryon d'un nouvel État. Des auteurs l'ont prévu, j'ai lu tous leurs livres… Vos lectures vous ont tourné la tête, monsieur. Vous voyez trop grand. Ce sont des rêves.

C'est trop de petitesse, Lambert, des rêves… bien sûr, les rêves, je crois à l'accomplissement des rêves. Sans rêve, pas de révolution en 89. Et vous voudriez empêcher les rêves par de petites raisons.

Je ne veux pas empêcher les rêves. Je dis seulement que chacun doit rêver à sa place, et la vôtre, aussi bien que la mienne, c'est le domaine des Perrières. Il faut vous en contenter. D'ailleurs, même là, vos rêves ont déjà causé assez de… de je ne sais quoi…

C'est bien cela, Lambert, vous ne savez pas et vous parlez à tort…

À tort, peut-être, mais vous irez tout seul dans votre Guernesey, je ne saurais vous aider…

Au contraire, j'aurai le plus grand besoin de vous…

Vous sentez donc bien que ce M. Hugo ne vous suivra pas volontiers. Vous n'êtes pas complètement fou. Ou vous plaisantiez, pour me mettre à l'épreuve. Oui, vous plaisantiez…

Qui vous parle de plaisanterie ? Mais vous avez raison sur un point : Victor Hugo aura peur de rentrer en France. Tous les hommes, même les plus grands, ont peur d'agir, au moment le plus important. Je vois la scène : il hésite, vous intervenez avec votre force, vous le conduisez au bateau…

Mais c'est un enlèvement, cela, pas un rêve, de la folie pure. Vous imaginez une seconde notre équipage ? Vous et moi avec Victor Hugo reconnu par toutes les polices de l'Empire ? Traverser un bout de Manche. Un proscrit dans nos bagages. Les pontons assurés. Vous nous voyez franchir la moitié de l'Ouest, le grand homme devant, moi derrière avec mon fusil de chasse ?

Je le vois très bien, continuez, Lambert, vous y êtes presque, vous êtes avec moi, cela est grand…

Lambert a honte de lui à cet instant. C'est la conversation la plus insensée qu'il ait jamais tenue avec le baron. Un silencieux comme lui, accepter ça. Il croyait le maître remis de sa précédente crise, erreur.

M. de l'Aubépine se cambre, cette résistance de Lambert le blesse. Il assure que l'homme d'action reconnaît le moment où il doit oser. Ce moment est venu. Et l'homme d'action sait montrer son autorité quand il le faut. Vous me devez obéissance, Lambert. Vous me l'avez prouvée dans toutes les circonstances importantes de nos dix années communes. Vous ne flancherez pas, j'en suis sûr. Et Magdeleine encore moins. Elle a sa fonction, elle aussi, dans mon projet. Elle est femme. Cela met en confiance n'importe quel homme. Surtout une femme aussi jeune. Elle amadouera Victor Hugo, vous ne l'entraînerez que plus facilement. Nous partons. Malle, sacs de nuit, cheval, voiture, exécutez, Lambert, exécutez. Nous y sommes.

Il remonte vers le château, pas de course. Lambert cherche Eugénie : la première fois de leur vie commune qu'il a besoin de son avis. Il se prend pour un homme, d'ordinaire, convaincu que l'avis d'une femme, même aussi brave qu'Eugénie, ne peut être que l'avis d'une femme. Surtout Eugénie, naïve comme elle est, et superstitieuse. Il l'aime parce qu'elle fait bien son travail et qu'elle est courageuse. Mais là, il ne se sent plus du tout un homme. Eugénie, vite ! Eugénie ! Eugénie !

Elle est au château, à l'office, la voilà sur le perron, est-ce que son mari veut lui montrer sa première laie de la saison ? Il l'emmène au pavillon, il lui explique, elle ne comprend rien. Pauvre femme, pourquoi est-ce que je m'adresse à toi ? Tu ne saisis jamais rien à rien.

C'est que tu ne parles pas bien net. On dirait que tu as encore descendu de ta goutte. Je te vois depuis quelque temps… Aussi bien, je n'entends rien à ton histoire d'aujourd'hui. Mais je n'ai pas besoin d'en savoir davantage pour te dire ce qu'il faut. Va barrer la porte de la remise. Va barrer l'écurie. Dis au maître ce que tu devais lui dire le premier jour, qu'il ne sortira pas d'ici. Qu'il ne doit pas partir en voyage. C'est mauvais, les voyages.

Il ne m'écoutera pas. Il n'est plus en état d'écouter personne.

Si tu prends ton fusil, il t'écoutera.

C'est toi, Eugénie, qui as des idées pareilles ? Pointer le fusil sur notre maître ? Et s'il n'entend pas raison, même avec un fusil sur la panse ?

Tu tireras, Lambert.

Te rends-tu compte, ma femme, de ce que tu dis là ?

Je ne sais peut-être pas ce que je dis, mais je te le dis.

Il ne reconnaît pas son Eugénie. Est-ce qu'elle devient folle, à son tour ? Quelle idée d'être allé lui demander son avis ! Il ne faut rien demander aux femmes. Elles risquent d'avoir un peu raison. Magdeleine ! Magdeleine ! Non, c'est une femme elle aussi. Grégoire ! Grégoire ! Un enfant. Pire qu'une femme. Il faut trancher tout seul. L'homme d'action connaît le moment où il doit oser. C'est encore un fou qui a dit ça. Cela vous agite la cervelle à vous fendre le crâne. Lambert retire sa casquette de cuir, un petit soulagement. Oui, mais, tu ne vas pas te découvrir, Lambert, comme pour saluer bas ? Te soumettre une fois de plus ? Il se renfonce sa casquette, cheminée, le plus beau fusil au coin, le démonter. Enlever la poussière, le graisser, cela donne le temps de réfléchir. Un fusil en morceaux, on est bien tranquille. Le maître a appelé Eugénie pour fermer sa malle. Il n'en finit donc pas de se préparer ? Le fusil est remonté, bien propre, Lambert actionne le mécanisme, du billard. Cela vous claque à l'oreille, simple et franc. On charge, une, deux. On arme, une, deux.

Il s'est planté devant le baron, ce n'est pas si difficile, après tout. Il a seulement dit à Eugénie, avec son plus bel air d'autorité, comme si l'idée venait de lui, de rouvrir la malle, de remettre les chemises à leur place sans les froisser, et les pantalons et les gilets, sans les abîmer. C'est tout. On respecte. Mais on ne part plus. C'est encore tout.

Comment ça, on ne part plus ?

Vous entendez ces coups de masse ? C'est le Grégoire. Un bon fils de son père ; il clôt la remise, il n'en sortira ni cabriolet ni même charrette à ridelles ; et pas un cheval ne bougera de l'écurie pour le moment, Grégoire y veillera aussi. Et le maître ne quittera pas son château, Lambert y veillera personnellement. Il ne pointe pas encore franchement le canon de son arme sur le ventre de M. de l'Aubépine, mais cela viendra bientôt, s'il discute un peu trop. Faut le temps de s'habituer à l'idée. Victor Hugo l'attend ? Il aura vite fait de l'oublier. Allez dans la bibliothèque, les livres de Victor Hugo y sont en bonne place. Au moins, vous ne lui ferez pas de mal en le lisant.

Le baron a le plus grand mal à comprendre ce qui lui arrive : il était déjà bien loin dans son rêve de Victor Hugo. Il revient au monde, sa malle vidée, ce fusil qui se balance devant lui. Et Magdeleine, obéissant à son père, apparaissant dans le hall, le Rajah tenu serré au collier, et luttant. Il n'a pas l'habitude d'être en intérieur, le Rajah, il s'agite. Cela rend lucide le plus dément des barons.

Cela ne vient pas de vous, Lambert ? Cela n'est pas possible. Ne me dites pas que vous avez le projet de me séquestrer chez moi ?

Vous séquestrer, non monsieur, mais vous tenir enfermé dans votre bibliothèque le temps qu'il faudra, sûrement.

Il faudra m'attacher, car vous ne trouverez pas de clé à cette bibliothèque, et je ne vous laisserai pas de repos. Une fenêtre, j'en sauterai. J'irai à pied. Victor Hugo m'attend.

Je vous empêcherai bien de vous rompre le cou en sautant d'une fenêtre ou d'un toit. Je serai là, devant vous, je ne vous lâche plus.

Le baron essaie de rire. Il trouve le projet de Lambert insensé. C'est le monde à l'envers. Et puis la nuit viendra. Il faudra bien que Lambert prenne du sommeil auprès de sa petite femme. Alors aucune porte, aucune grille de château n'empêchera un homme de s'échapper. La maison de ses ancêtres, il en connaît les issues, les recoins, mieux que personne. Il a eu un père qui aimait le tenir chez lui comme au cachot. Croyez-vous que j'y sois resté un seul jour, au cachot, Lambert ? J'ai toujours été libre de mes mouvements. Vous ne réussirez pas, là où mon père a échoué.

Monsieur, quand j'irai dormir, Magdeleine sera là, et Grégoire, et le Rajah. Chacun prendra son tour. Nous ne vous laisserons pas un moment, jusqu'à ce que vous soyez raisonnable.

Des enfants pour garder la chiourme… Vous rendez-vous compte de ce que vous faites, Lambert ?

Aïe aïe aïe, faut pas écouter le maître, faut pas, Grégoire, même pas dix ans, Magdeleine, une fille… C'est vrai… Leur demander de monter une garde…

N'y pensons plus, c'est comme une guerre, on n'est pas fier, mais faut la faire.

Le baron ne rit plus, c'est la rage maintenant, il menace Lambert de le traduire devant des juges.

Vous pouvez en parler des juges, répond Lambert : vous dites vous-même que la justice de l'Empire n'existe pas.

Je ne parle pas de la justice de l'Empire, mais d'une justice bien plus haute, celle des hommes libres, elle vous tombera dessus avant demain.

Il ne le dit pas, il le crie, à vous déchirer les tympans. Cela met le Rajah dans le même état, Magdeleine ne le tient plus. Il faut que Lambert le lui prenne des mains. Il sent que cela agit tout de suite, mieux qu'un fusil, une arme vivante, un chien de ce gabarit. Le baron se radoucit à mesure que le chien s'approche. Faut pas se gêner, faut pas. Le Rajah pousse M. de l'Aubépine à reculer vers les rayons de la bibliothèque. Il crie moins, le Rajah tire encore vers lui, pourtant, sans doute parce qu'il sent qu'il a peur. Le baron a des suées, des gouttes bien rondes sur le front ; en novembre ; cheminée éteinte ; le poil mouillé et dressé ; la vraie peur ; la peur des chiens. Il cherche un refuge, derrière son bureau : le Rajah pointe les crocs dessous. Il faut aller encore plus loin, jusqu'à l'angle de la bibliothèque ; la vraie peur.

Le garde-chasse se dit que cela s'arrange, c'est plus facile qu'il ne le pensait. Le grand tort du baron, depuis le début : il n'a jamais aimé les chiens. Ils le lui rendent. En même temps, comme les minutes passent, Lambert sent monter une sorte de honte. Il n'a jamais imaginé en arriver là avec son maître.

Le Rajah ne se calme pas, il doit sentir la peur de Lambert aussi bien que celle du baron, il gronde, cette note grave du fond de la gorge ; il se dresse sur ses pattes arrière, comme il aime à le faire, pour jouer ou pour mordre. Tous les deux, le garde, le chien, ont la même allure que sur la photo prise par Duplessis, l'autre jour. Ils sont en train de sauver Victor Hugo. En même temps, ils terrorisent un homme.

Lambert demande à Eugénie de fermer les volets de la bibliothèque et à Grégoire de leur ajouter une planche pour les barrer. La prison sera bientôt parfaite. Le prisonnier semble se résigner : il a demandé à s'asseoir. Le garde prend une chaise lui aussi, il pose son fusil en travers de ses cuisses. Le Rajah se couche et renifle fort. Il tend le cou vers la porte, maintenant. C'est un chien du dehors. On ne le tiendra pas enfermé trop longtemps, c'est la chance de M. de l'Aubépine. Il a compris qu'il valait mieux attendre la fatigue de Lambert et de son chien. Il connaît un peu les hommes, il connaît son garde, sa bienveillance derrière le cuir de la brute. Avant la nuit, ce sera terminé, Lambert s'écrasera devant lui. Il s'écrase toujours, à la fin. Il a peur pour sa famille, pour sa meute. Ces hommes du peuple sont trop attachés à la matière, cela les perd. Les hommes de l'idéal sont au-dessus. Ils n'ont pas à douter d'eux-mêmes. Victor Hugo attendra bien une petite journée un homme de l'idéal comme lui. Évidemment, le ramener en France, tout seul, ce sera bien difficile. Pourtant, si on sait lui parler... Il recommence à y croire.

Ils se taisent, le baron, le garde-chasse. Ils auraient du mal à s'entendre, Grégoire tape à coups de marteau sur les volets, un entrain terrible, il s'amuse bien, lui. Ils se regardent. Enfin, le baron regarde Lambert. Lambert regarde son fils. Il a faim. Il réclame un repas à Eugénie. Elle accourt, elle sert le baron en premier, l'habitude. Il repousse son assiette. Il ne mangera pas, tant qu'il sera retenu de force dans sa bibliothèque. Nous voilà propres, pense Lambert, s'il se met à dépérir. Faut pas laisser voir le doute, faut pas. Laisse le morceau sur le bureau de monsieur, Eugénie. Je n'ai jamais vu aucune bête refuser bien longtemps sa pitance. Et ne lui laisse pas ce couteau, malheureuse, ni ce verre, il nous trancherait le cou à la première occasion.

Le baron tourne ses yeux de malade, il cherche des mots, il ne les trouve plus. C'est bien, c'est bien. On entame la nuit, on ne s'en est même pas aperçu. Alors on entend comme un bruit de mastication lente. Le Rajah somnolait, il se redresse, il veut sa part. Lambert prend conscience qu'il a sombré quelques instants lui aussi, et que la chandelle s'est éteinte. Si M. de l'Aubépine en avait profité ; mais non ; un homme, le plus décidé, ou le plus perdu de la tête, préfère toujours ne pas manquer son souper.

Ces petits bruits, ces mouvements insensibles, d'un seul coup, le chien n'en peut plus. Être enfermé, il ne sait pas ce que c'est, il tire pour sortir. Même un Lambert n'aurait pas assez de force pour le retenir. Faut le comprendre, le Rajah. Le garde mesure d'un seul coup les limites de son entreprise : s'il faut aller faire pisser son chien comme si c'était un bichon de Paris et laisser le baron sans surveillance... M. de l'Aubépine comprend tout de suite l'embarras de Lambert. Toujours pareil, on le croit troublé de la cervelle, l'instant d'après il se montre deux fois malin comme vous.

Adieu, Lambert. Faites ce que vous avez à faire avec vos bêtes, et laissez-moi.

Vous ne profiterez pas de la situation comme vous le pensez, monsieur. Je vais faire appeler.

Qui vous entendra, de si loin ? Il faudra bien sortir, et me laisser.

Lambert lâche le Rajah dans le hall ; comme fou, à se jeter sur la grande porte, gueulant, réveillant toute la meute et Eugénie. Elle se dit, dans son lit, que ça y est, Lambert a démoli le baron. À moins que le baron n'ait démoli Lambert. C'est ça. Et maintenant ? Elle entend Magdeleine se lever ; la voix de Lambert qui l'appelle ; il appelle sa fille ; ils se retrouvent toujours ces deux-là, quand ça chauffe au domaine ; et ça chauffe un peu souvent en ce moment. De pauvres gens comme nous, c'est pas Dieu possible.

Le Rajah a obtenu ce qu'il cherchait, il saute dans la cour, il fonce dans l'herbe, il s'y roule, cela n'en finit pas, il se secoue et se roule encore, et se secoue, un vrai possédé, ce chien. Il n'obéit plus à personne, même pas à Magdeleine, impossible de le ramener. Lambert se sent démuni, enfin, un fusil, cela suffit bien pour tenir un homme au repos. Pas de repos, le temps que Magdeleine arrive, qu'ils retournent à la bibliothèque, M. de l'Aubépine a déjà entrepris d'arracher les planches de Grégoire. Un gamin, cela vous a mal enfoncé les clous. Suffit de tirer un peu, de se déchirer les doigts. Dans l'action, on ne sent pas la douleur et les clous viennent tout seuls, les planches cèdent ; un possédé lui aussi, il ne doute de rien. Enjamber une fenêtre, une hauteur d'entresol, pas plus.

Lambert est derrière lui, il arme son fusil, faisant claquer le mécanisme, bien posément, une, deux. Cela fait réfléchir un homme : Ne vous donnez pas tant de peine, monsieur, je ne suis pas seul. Je prendrai le repos qu'il me faudra. J'aurai toute l'aide nécessaire ; d'aussi bons tireurs que moi ; une douzaine de chiens possibles en plus du Rajah. N'espérez rien.

Cela donne bien à penser au baron, mais pas comme le croyait Lambert. Il lui vient une colère, une sorte de colère d'enfant, avec les trépignements, les hoquets, il a l'impression de comprendre enfin ce qui lui arrive. Il entend les pas de Magdeleine devant la bibliothèque, il ne la voit pas, il imagine que Lambert a fait venir quelqu'un d'autre. Il pousse des cris d'homme trompé. Oui, oui, c'est une affaire montée depuis longtemps. Un complot contre moi. Un complot contre la république tout entière. Un complot contre Victor Hugo. La police de l'Empire vous a placé là pour me surveiller. J'y vois clair. Vous vous êtes rallié à l'Empire, comme tous les autres. Qui vous a changé comme ça, le fils de bleu ? C'est le frère de Faure, j'en suis sûr. Un rallié. Il a pris Mlle Berthe. Il vous a pris, vous aussi. Tous des ralliés… c'est le grand complot des ralliés… et je n'ai rien vu… dix ans que je vous nourris chez moi… voilà les mercis… Montre-toi, Faure… Des ralliés, ils n'ont même pas de courage…

La meute dehors, le maître dedans, tous à crier, Lambert se sent devenir fou. Il va couvrir tout ce bruit, de sa voix de meneur de meute : Mais enfin, monsieur, qui vous parle de ralliés ? Qui vous parle de Faure ? Vous ne vivez que de grands mots vides. Un complot, de quoi cela aurait-il l'air, un complot, chez nous ? Regardez votre comploteur, ce n'est que Magdeleine…

Magdeleine, crie le baron, je savais bien qu'elle ferait tout pour m'abattre. Tout vient d'elle. Vous êtes trop pauvre bougre pour mener tout cela. C'est elle, la tête pensante, je l'ai déjà vue à l'œuvre avec Mlle Berthe, comment elle l'a montée contre moi. Tout est bien clair, allez.

Enfin, monsieur, Magdeleine, une tête pensante… une fille de dix-sept ans… Nous ne cherchons que votre bien, au contraire, vous protéger… Vous alliez commettre une folie… Ne pouvez-vous pas comprendre cela ?

Il ne veut rien entendre, tout se met en place dans son esprit, Magdeleine, son complot. Il faudrait récupérer le Rajah. Un chien plein de crocs, il n'y a que ça pour le ramener à la raison, cet homme-là. En attendant, laissons-le vider ses mauvaises humeurs et félicitons-nous d'avoir empêché ce départ. Imaginez-le devant Victor Hugo, dans cet état. Nous nous sommes sacrifiés pour ce grand homme et il n'en saura jamais rien. Nous pouvons être fiers de nous. Encore faut-il se sortir de cette mélasse. Pour cette nuit, ce n'est pas la peine d'y compter. Complot, comploteurs, ralliés, Empire, ça n'en finit pas. On en voit de drôles, tout de même, quand on est au service du monde.

Quand le jour vient, personne ne s'en aperçoit. Les volets fermés, trop de fatigue, et le calme enfin, le calme des chiens, le calme du baron ; tout cireux, le baron, de s'être dépensé comme un forcené ; la tête posée en travers de son bureau, les bras étendus. Lambert a relancé une chandelle de suif : cette tête posée, cireuse, ces yeux ouverts et fixes… Il ne serait pas des fois ?… Le bras gauche glisse sur le côté. Bon. C'est un homme qui dort ? Et qui dort les yeux ouverts ? Il ne fait rien comme tout le monde, celui-là, même dormir. On en apprend encore sur son maître, après dix ans. Faut dire, c'est la première fois qu'on passe une nuit ensemble. C'est curieux, moins on s'entend, moins on se quitte, cela ne devrait pas être.

Lambert sent comme une lourdeur sur la poitrine, une sorte d'étouffement, l'odeur du suif, peut-être, écœurante ce matin. Il ne veut plus rien ; il sort, comme ça ; ne plus rien savoir ; que le maître s'en aille, s'il en a envie.

Magdeleine a passé la fin de sa nuit devant la porte de la bibliothèque : elle a tiré là une causeuse à deux places, bien rembourrée. Il ne lui serait jamais venu à l'idée de s'y asseoir, avant. C'est étonnant, ce qui est permis, ici, depuis quelque temps. Encore plus étonnant : ce père qui s'en va, sans même faire attention à elle, son fusil sous le bras. Mais enfin, qu'est-ce qui te prend ? C'est fini ?

Oui, c'est fini, dit Lambert, je crois bien que j'ai fait une bêtise. Je n'aurais pas dû écouter ta mère. Ça ne vaut pas. Arrêtons là. Je me moque de ce qui arrivera.

Ça ne va pas, dit Magdeleine. On ne peut pas faire ce qu'on a fait, et puis plus rien. On est obligé, maintenant.

Obligé à quoi ?

On ne sait pas, obligé, c'est tout.

Alors ?

Donne-moi le fusil et va dormir.

Une petite fille comme toi ? Devant un furieux comme lui ? Avec mon fusil ?

On est obligé.

Ça lui tape dans le crâne, ça lui écrase la poitrine. Va réfléchir dans ces conditions. Il donne son fusil. Dehors, il est presque content. Oui, c'est ce qu'il fallait faire. Au pavillon, il donne son deuxième fusil à Grégoire. Ne quitte pas ta sœur, mais évite de te frotter au maître. Après quoi, il s'endort.

Eugénie commence sa journée au château, comme s'il ne s'était rien passé, l'habitude, les feux à lancer, l'office, une bonne buée. Elle se dit seulement qu'elle n'a pas voulu cela : ses deux enfants armés comme des soldats de ligne et gardant une espèce de dément.

Lambert se réveille à midi, l'affolement, il ne s'est jamais levé à midi, de toute sa vie. Il a encore la tête prise, la poitrine écrasée. Il se demande pourquoi. Tout revient d'un coup. Il imagine ses enfants estourbis dans la bibliothèque, le baron en fuite. Personne ne l'aura prévenu. Il saute dans ses bottes ; sa casquette ; son fusil ; c'est vrai, pas de fusil ; vite à la bibliothèque. La porte en est ouverte, il l'avait bien dit, et la pièce est vide. Des gamins, ils se sont fait avoir. Un simulateur, le baron, il joue les agités, un malade, on se méfie moins. Derrière, il calcule, il agit, il nous possède à chaque fois. Il les a retournés comme rien, deux enfants. Il les entraîne dans les bois à l'heure qu'il est. Dieu sait ce qu'il va en faire. Les noyer peut-être, il noie tout le monde. Il faudrait le Rajah. Où est-il passé ce foutu chien, depuis hier ? Eugénie sort de l'office avec un baquet. Eh bien ? Elle n'a pas l'air plus inquiète que ça. Va comprendre. Les enfants ? Mais ils sont là-haut. Ils ont mené monsieur se coucher dans sa chambre. C'est aussi bien que dans une bibliothèque, non ? On n'est quand même pas de mauvaises gens. Et il s'est laissé mener ? Et comment. Comme un enfant. Et par des enfants. La bonne idée d'en avoir fait des chasseurs depuis toujours.

Ils sont tous là-haut, c'est vrai, bien paisibles. Grégoire fait le héros de dix ans, devant la porte, l'arme au pied, comptant et recomptant ses cartouches. Sa sœur est installée sur une chaise, dans l'entrebâillement. La tête de M. de l'Aubépine penche à droite, presque hors du lit. Drôle de façon de dormir, encore une fois, même s'il a les yeux fermés. Et avec ses souliers. Il est temps de libérer les enfants. Ce n'est quand même pas un travail pour eux. Et quand le baron va se réveiller, cela va le reprendre, ses grandes idées, son envie de sauter par la fenêtre. Pas facile de la barrer de l'extérieur celle-là. Et s'il se jette, il se fracasse à coup sûr. On l'aura sur la conscience. Nous sommes là pour le protéger, voilà ce qu'il faut se dire et se répéter. Pour la conscience. Quand il dort, on ne lui voudrait pas de mal. Ramenez-moi tout de même le Rajah, s'il ne court pas les bois.

Le baron s'agite, s'étire, un enfant, c'est bien cela. On a presque honte d'être si intime avec lui, en cet instant. Voyons dans quelles dispositions il se trouve aujourd'hui. Se souvient-il de ce qui s'est passé hier ? Ce serait si simple : une de ses crises d'agitation, un bon somme, l'oubli. Il considère Lambert, la chambre, la porte, la fenêtre, c'est bien long. Il demande son vase, là, au pied du lit, dessous. Un ton de commandement, comme si le garde était son valet de pied. Et puis quoi ? Vous n'allez pas me regarder aller au vase, par-dessus le marché ? Le vase, évidemment. Lambert n'y avait pas pensé. Mais si on le laisse seul, sait-on ce qu'il est capable d'inventer ? Vous ne tenterez rien ? Le vase, rien que le vase, je n'y tiens plus. Et vous irez me le vider. Et vous me ferez monter à manger. Je n'ai jamais eu une faim pareille.

Il a changé de stratégie, l'animal, il va nous jouer le grand seigneur capricieux. Nous faire tourner en bourrique. Nous ne sommes que ses employés, après tout, il a un peu raison. Il presse Lambert, Lambert presse Eugénie. M. de l'Aubépine s'est soulagé dans le secret. Au fond, s'il ne s'agitait pas trop, on pourrait le tenir à la longe, d'un peu loin, ce serait plus reposant pour tout le monde. Mener une prison, cela s'apprend. Et vite, si le prisonnier est unique.

Eugénie monte deux cuisses de lapin et descend le vase. M. de l'Aubépine réclame du givry. Et deux verres à pied. Il espère m'avoir avec du vin et de la fausse amitié, pense Lambert. Il accepte pourtant. Mais apporte des timbales, Eugénie, rien qui se casse, et pas de couteau, n'oublie pas, sauf pour moi. C'est qu'il a faim lui aussi, et puis le fumet de ce lapin. C'est la première fois qu'ils mangent ensemble au château. Un fusil, c'est bien gênant pour boire, et encore plus pour manger. Il se le pose en travers des cuisses, la chaise dans l'ouverture de la porte ; le baron mange assis sur son lit, côté fenêtre, tournant le dos.

Il me semble, monsieur, que nous devrions nous parler comme de bons hommes.

Vous n'êtes plus pour moi un bon homme, je ne vous parlerai plus.

Pourtant vous voyez bien que nous ne vous traitons pas comme un voleur de poules.

Manquerait plus que ça. Je suis chez moi. Pas vous.

Je ne l'ignore pas, monsieur, et si vous me promettiez bien gentiment, là, de ne pas courir chez M. Hugo, à Guernesey, je crois bien que je pourrais, comme on dit, vous élargir.

Je ne vous promets qu'une chose, Lambert, c'est de m'éloigner de vous le plus vite possible, et de vous éloigner de moi, et de vous faire le plus de mal possible. Ne comptez pas sur moi pour vous supplier. Je ne vous ferai pas ce plaisir. Les occasions ne me manqueront pas. Avant trois jours, Hugo me serrera sur son cœur. Cette arrestation illégale par les autorités de l'Empire fait de moi l'égal d'un proscrit. Vous me rendez service, Lambert, je suis bien heureux, grâce à vous. Quand je raconterai cet attentat contre la liberté à Victor Hugo, il s'indignera avec moi, il aimera mon courage. Je ne m'en fais pas.

Ils boivent du givry, ils en reboivent. Lambert sent que le baron veut lui mélanger les esprits. Des remerciements à la place des plaintes et des cris, c'est bien fait pour jeter le doute. Faut pas se laisser promener, faut pas.

Dites-moi, Lambert, avez-vous songé à l'argent ? Vos gages, qui va vous donner vos gages ? Vous vous doutez bien qu'il ne faut pas compter sur moi. Et vous ne songez tout de même pas à me voler, en plus ? Rallié à l'Empire, c'est entendu. Mais voleur, dans votre famille ?

Si, comme vous le pensiez encore voilà deux minutes, monsieur, j'agis au nom de l'empereur Napoléon III et de sa police, vous pouvez être sûr que je dispose de tout le trésor de l'État.

Et vlan. C'est au tour de M. de l'Aubépine de méditer. Il cherche, il trouve : L'Empire s'est ruiné en fêtes démesurées. Une gabegie. Les caisses sont vides. Ne comptez pas sur eux non plus. Vous pouvez essayer toutes les tortures, vous ne me forcerez pas à vous signer des billets. Nous crèverons de faim tous ensemble, ici, cela est beau. Et vous crèverez avant moi.

La saison du beau gibier ne fait que commencer.

Pour chasser, il faudra me laisser et prendre vos chiens. Vous ne me trouverez pas à votre retour.

Nous parlons comme des enfants à la sortie de l'école, monsieur.

Peut-être, mais je vous dis la vérité. Vous n'aurez

plus vos gages. Et je vous donne votre congé. Il ne vous reste qu'à me remettre les clés du pavillon que vous occupez indûment depuis si longtemps.

Lambert est ébranlé. Cette fois, nous y sommes. Après tout, le baron est dans son droit, maître chez lui, et maître de l'argent. On le tient encore par un bout pourtant. Lambert n'y pensait même plus. Si nous sommes encore là, c'est que nous ne l'avons pas dénoncé pour la Berthe François. Le temps passe, on se demandera pourquoi on a attendu si longtemps. On pourra toujours dire que le maître nous menaçait. Dans son état, cela n'étonnera personne. Voilà la grande idée du jour : Si vous n'êtes pas sage, monsieur, je vous livre au maire. Et même à ceux qui sont au-dessus du maire. Vous ne croyez pas à la justice de l'Empire. Elle me prendra plus au sérieux que vous quand je vous livrerai comme assassin de femme. Et même assassin de valet. Magdeleine avait raison. Il fallait commencer par là.

Magdeleine, bien sûr, la tête pensante. Elle mène le complot. C'est elle qui vous perdra, soyez-en sûr. Eh bien, allez, courez tout de suite faire votre devoir de rallié à la cause impériale : allez calomnier votre maître, et demandez une bonne somme pour cela. C'est le seul argent que je vous rapporterai encore. Qu'est-ce que vous attendez ? Filez me dénoncer tout de suite, c'est un ordre de votre maître. Mais attention, dès que vous serez en route, je partirai pour Guernesey. L'exil m'attend. Victor Hugo m'attend.

C'est une drôle de bête que ce baron. Dès qu'on croit le tenir, il présente le flanc, il vous pousse à le toucher là, et cela vous arrête. Ces vieux nobles en savent plus long que nous, c'est bien triste. Finissons ce givry.

En deux, trois jours, la vie s'installe, des tours de garde. Chacun a sa part de jour et de nuit. M. de l'Aubépine se montre plus sage : Lambert ose le laisser seul avec un enfant ou une fille, du moment que le Rajah est là. Avec le Rajah, on peut avoir confiance. Dès que le baron s'agite, reprend sa rage contre tous les Lambert, il suffit de laisser couler la corde du chien, deux coudées, on serre, on relâche encore d'une coudée, on est tranquille. La bête se fait à la situation elle aussi. Demeurer dans une pièce fermée, même un chien comme lui peut l'accepter. Le meilleur chien qui soit, il a vite compris. Tenir un homme au secret, ce n'est pas si terrible, même pour lui. On le transfère sous escorte : quelques heures dans sa bibliothèque, le reste du temps dans sa chambre. Que faisait-il de plus, quand il était libre de ses mouvements ? On ne lui rend pas la vie impossible.

M. de l'Aubépine, repoussé sans cesse par les crocs du Rajah, semble entrer dans une sorte d'hébétude. S'il ouvre un livre dans sa bibliothèque, un Fourier ou un Hugo, il n'en dépasse pas les deux ou trois premières pages. On le retrouve, les yeux vagues, parcourant sans cesse les mêmes lignes. Dans sa chambre, il lui arrive de ne pas toucher au plat d'Eugénie. Il descend toujours son givry, c'est déjà quelque chose. Allons, il est bien traité.

Le plus difficile, pour Magdeleine, ç'a été sa première nuit à veiller le baron. Pour dormir, il dort, autant le jour que la nuit. Garder un homme qui dort, cela paraît vain, d'un seul coup. On sait bien qu'il pourrait se réveiller à tout moment et tenter une bêtise, mais il respire si calmement. On se sent encore plus seul en présence d'un homme qui dort. Surtout que le Rajah en profite pour poser son museau sur ses pattes et plonger comme un baron. Magdeleine résiste au sommeil, ce n'est pas rien, quand on a laissé mourir la bougie. Au bout d'une heure, elle croit entendre des bruits. Des petits, mais, sans bougie, un petit bruit gonfle vite dans une oreille. Comme des tapotements, des minutes entières, le même tapotement. Cela s'arrête, cela reprend, ailleurs, encore des minutes et des minutes. Cela ressemble à des pas quelquefois. Des bêtes, des oiseaux. Elle se rassure comme elle peut, mais les tapotements tournent, des craquements plutôt, on dirait que cela remonte, enfle le long du conduit de cheminée et s'éteint en haut dans les charpentes. Ce doit être la vie ordinaire dans un château.

Elle n'y prête bientôt plus attention : la division du jour et de la nuit s'estompe pour tous, pour celui qu'on retient comme pour ses gardiens. Les volets intérieurs ne sont jamais ouverts, c'est la nuit perpétuelle. Le baron doit dormir, par petits morceaux, jusqu'à dix-huit ou vingt heures par journée. Il mange des miettes ; un verre de givry ; son vase ; il n'ouvre même plus le livre qu'il prend ; il se rendort ; toute sa vie est là. De temps en temps, il voudrait savoir l'heure. Seul Lambert a une montre. Les enfants ne répondent pas. Quel jour sommes-nous ? Plus personne n'en sait rien. Les Lambert se sont enfermés avec leur maître dans une solitude dont ils ne savent plus sortir, même pour chasser. La meute souffre de ne plus être employée et braille dans son chenil au moindre mouvement dans la cour.

Le pire, c'est que le baron ne s'est pas changé, pas lavé, depuis le premier jour. Il laisse de côté le broc et la cuvette d'Eugénie. Comme on lui a retiré tous les objets qui auraient pu ressembler à une arme, badine, canne, cravache, rasoir, sa barbe pousse ; une barbe maigrichonne, inégale, un peu pâle. Cela lui creuse encore plus le visage. Comme il avait endossé, en prévision de son voyage, une tenue de déclassé, ce n'est plus un baron qu'on tient au château, mais le dernier chemineau de nos forêts, une pitié, pense Magdeleine. C'est la première fois qu'elle s'apitoie sur lui, depuis Berthe François. On l'empêche de faire ses bêtises, peut-être ses crimes, est-ce une raison pour en faire un demi-homme ou un demi-mort ?

C'est bien toi, dit Lambert, qui voulais continuer à le garder. On est obligé, voilà ce que tu pensais. Je n'ai pas dit non, et on le garde. Mais on ne l'empêche pas de se laver, de s'habiller, et il ne s'habille pas, il ne se lave pas. Alors ? Nous n'y sommes pour rien. Évidemment, le raser, c'est différent. Cet homme-là, on lui donne son rasoir, il nous coupe la gorge.

Rasons-le nous-mêmes. Avec le fusil et le Rajah, il se laissera faire.

Lambert se rappelle les histoires de ces femmes, les goûts du maître pour le rasoir. Ce n'est pas le moment d'y revenir devant Magdeleine. Nous sommes dans une sorte de guerre intérieure. Il faut passer là-dessus. On rasera.

Ils installent le baron sur une chaise, ils lui lient les mains, par-derrière. On voit la terreur dans son regard, quand Magdeleine passe le rasoir sur le cuir. C'est cette fille qui va lui trancher la gorge ? Lambert rit bien de son petit effet. Ce ne serait que justice, monsieur, si vous voyez ce que je veux dire. Mais nous ne vous voulons pas plus de mal que cela. Voyez Eugénie qui vous monte de la bonne eau chaude. Ce n'est pas pour vous plumer, ni pour vous retourner la peau comme un garenne. Nous vous gratterons juste un peu la couenne, pour vous rendre un peu plus présentable. Et puis vous puez, monsieur, cela indispose le Rajah. C'est un chien qui aime les odeurs franches, pas cet affreux mélange dont vous nous emplissez les bronches.

Magdeleine n'aime pas ces façons de parler de son père. Elle le dit. On n'est pas obligé de se moquer. Une fille de son âge, parler comme ça à son père. Il lève la main, il se retient. Cela réveille le baron. Du fond de sa torpeur nouvelle, il pressent que les disputes des gardiens pourraient être un bon signe. Pas le temps d'y réfléchir trop longtemps : il étouffe en quelques secondes sous le savon à barbe. Cette fille n'a jamais rasé personne de sa vie. Cela accroche, ces touffes de poil éparses, cela tire sur la peau, une torture. Elle joue les indignées si on parle mal au baron, ça ne l'empêche pas de vous martyriser tout de suite après. Ce sont bien les mêmes, le père, la fille, prêts à tout pour l'abîmer. Quand le plus gros est fait, pourtant, elle a la main souple et fraîche, cela glisse, cela adoucit le feu du rasoir. Il se sent presque bien. Sommes-nous chez Victor Hugo ? La belle saison n'est-elle pas déjà arrivée ? On ne sait pas trop s'il se fiche de nous ou s'il est définitivement sorti de lui-même.

Il veut bien se laisser laver, changer, brosser. À condition que Magdeleine ou Eugénie soient écartées. Naturelle, la pudeur, même celle d'un crâne dérangé, mais si Lambert lave, qui tiendra le baron en respect ? N'est-ce pas encore une de ses manœuvres pour nous surprendre ? Allons, il a l'air d'un homme soumis. Aussi bien dressé qu'un chien de meute. Il criait l'autre jour qu'il voulait être chien parmi les chiens. Nous l'avons exaucé, et plus vite qu'il ne l'aurait imaginé. C'est l'avantage avec les hommes. On les réduit en un rien de temps.

M. de l'Aubépine est tout nu dans sa chambre, un corps jaune, avec des taches un peu rousses sur le dos et les bras ; pas beaucoup de chair, du muscle avachi, et le poil, pas la peine d'en parler, du poil ; comme chien il ne vaudrait rien. Comment peux-tu penser pareillement, Lambert ? Magdeleine a raison de te reprendre, quand elle te reprend. Lambert asperge le baron d'un peu loin. L'autre s'ébroue et tremble. L'eau a déjà refroidi. Prenez ce pain de savon, monsieur, ce n'est tout de même pas à moi de vous frotter comme un nouveau-né. Il tourne le dos, il se rabougrit, il frotte ; ses épaules sont secouées d'un mouvement régulier ; c'est le froid, pense Lambert. C'est fini, monsieur ? Il lui jette de l'eau ; toujours plus froide ; le baron est obligé de relever la tête. Cela coule sur les joues. Oui, mais je ne lui ai pas encore aspergé le crâne. Il pleurerait ? Un homme pareil pleurerait ? Cela arrête Lambert dans son geste ; une sorte de dégoût, d'un seul coup ; il ne fait pas tout ça pour faire pleurer un homme. Ce n'est pas lui ; on a son caractère, sa dureté venue de loin, de l'Ouest ; mais ce n'est pas du mauvais fond ; c'est qu'il nous ferait pleurer à notre tour. Ah, monsieur, si c'est comme ça, je ne vous laverai plus.

Il lui passe des habits bien odorants. Eugénie les a mis dans tous leurs plis. Vous voyez bien qu'il ne faut pas vous laisser aller. Nous ne demandons pas mieux que de retrouver un maître, mais un maître se doit d'avoir de la tenue. Nous pourrions recauser un peu. Cela manque, depuis quelques jours. Vous n'entendez plus rien. Je voudrais bien adoucir votre régime, mais vous ne me promettez jamais ce que je veux. Tenez, je vais vous mener dans la cour. Une petite marche en compagnie, avec le Rajah. Promettez-moi de ne pas vous mettre à courir. Vous m'obligeriez à vous briser l'arrière comme un beau lièvre.

Un matin de novembre, une lumière un peu blanche,

M. de l'Aubépine n'a pas le pied sûr, dans la cour. Le soleil le dérange, un vertige, il cherche un appui. Je ne vous offre pas mon bras, monsieur, il est occupé par la crosse de mon fusil. Lambert est tout heureux de son idée de promenade. C'est une belle leçon : Vous sentez-vous toujours la force de marcher jusqu'à Guernesey ? Je parierais qu'on ne vous y attend plus guère. Faites-vous une raison, monsieur, et vous ne vous en porterez que mieux. Bientôt, même, vous me remercierez de ce que j'ai fait pour vous. Dites quelque chose, monsieur, je n'aime pas quand vous me laissez en l'air.

M. de l'Aubépine ne dit rien. Il interrompt la promenade au bout de deux minutes : il ne veut que sa chambre et dormir. Vous voulez vraiment dormir ? À dix heures du matin ? Après une nuit complète ? Ôtez au moins ce gilet repassé hier soir par Eugénie, et ce pantalon, les plis y sont encore bien nets.

À partir de là, les Lambert ne savent plus trop s'ils tiennent le rôle de garde-chiourme ou celui de garde-malade. Le baron entre dans un état incertain : il ne se lève plus du tout, sauf pour le vase. On ne peut pas dire s'il dort tout le temps ou si, au contraire, il est en perpétuel éveil ; un demi-sommeil agité, des murmures, une sorte de délire de fond, plaintif. Cela le tient deux jours pleins. Grégoire s'agace de ce bruit sans fin. Il ne veut plus prendre son tour. Un jeu pour lui, depuis le début, cela ne l'amuse plus. Lambert non plus n'aime pas entendre ces gémissements de femme, comme il dit. En même temps, veiller un homme malade, c'est moins astreignant que de surveiller un homme valide et décidé à vous fausser compagnie. On ne le retient pas par la force, cet homme, il ne veut même plus quitter son lit. On renonce à la présence du Rajah. Si on garde un fusil sur les cuisses, c'est par habitude de chasseur.

Eugénie pense qu'il vaudrait mieux faire demander le médecin au bourg. N'y pensons pas, dit Lambert. Il a écouté sa femme une fois, il le regrette. Il ne veut pas de son avis, une nouvelle catastrophe à prévoir. Je vois bien le baron se redresser dans son lit à l'arrivée de ton médecin, et nous désigner comme ses bourreaux domestiques. Il n'attend que ça, il nous joue une comédie de pleurnichard et de faiblard, je te le garantis.

Quand tu le laisseras aller, s'il guérit, qu'est-ce qui l'empêchera d'aller nous dénoncer comme ses bourreaux domestiques ?

S'il est guéri, il n'ira pas, fais-moi confiance. Va dire que tu n'es pas libre, quand tu te promènes, personne ne le croirait. Et même s'il y songe vraiment : il est prévenu, j'ai la Berthe François dans mon sac. Je lui jette dans les pattes. Je le tiens.

C'est toujours ce que tu dis, Lambert, mais tu ne fais jamais rien.

Lambert se fâche. Ça ne va plus, depuis quelques jours, il se fâche contre Magdeleine, il se fâche contre Eugénie. C'est encore le baron. Il réussit à mettre la dispute entre nous, c'est bien lui.

En ce moment, c'est le tour de garde de Magdeleine : la porte de la chambre est entrouverte, elle se tient dans l'embrasure. Elle coince le fusil contre le chambranle. Une arme, c'est ridicule, quand on entend ce qu'on entend. Parce qu'elle écoute les plaintes du baron, elle. Elle voudrait comprendre ce qu'il laisse sortir comme ça, sans y penser. C'est de la peur, souvent, il lui semble. La peur des chiens : le Rajah a fini par lui déranger l'esprit, avec sa taille de veau, ses crochets bien dégagés. Il dit de le tenir loin, que la fille est impressionnable. De quelle fille parle-t-il ? Après on dirait qu'il a peur d'un poulailler. Il demande que toutes ces femelles arrêtent de battre des ailes et de l'étouffer avec leurs plumes.

Une autre femelle passe au-dessus de lui, une femelle verte. Magdeleine cherche un oiseau vert. Ou bien c'est un insecte. Une femelle, cela au moins est sûr. Que des bêtes et que des femelles, ce sont ses rêves.

Un moment, il se dresse sur un coude, il regarde vers l'ouverture de la porte, vers Magdeleine ; une sorte de contre-jour, il ne semble pas la reconnaître, ni même voir qui que ce soit. Elle se déplace un peu, un mouvement pour attirer son regard, il retombe dans ses oreillers. Elle n'est plus très loin de lui, elle remarque ces grosses gouttes sur son front. Il faudrait lui faire avaler une décoction pour la fièvre. Elle abandonne son poste pour en préparer une à l'office. Si Lambert s'en aperçoit, ça fera du vilain. Eugénie ne s'étonne pas de la voir là, elle ne lui demande rien. Magdeleine fait boire M. de l'Aubépine, c'est mal ?

Elle ne sait pas trop quelles herbes sèches elle a mises là-dedans, ça n'a pas l'effet apaisant escompté. Le baron soupire plus fort, ne sue pas moins, extra-vague tout autant. Les femelles ont fichu le camp tout de même, et les chiens. Il s'en prend à la famille, maintenant. On ne sait pas trop s'il repasse ses lectures… le noyau de la société… la négation de l'individu… ou s'il parle des siens, ceux d'autrefois, dont Magdeleine ne sait pas grand-chose. Il appelle… oui, il appelle, mais qui appelle-t-il ? Il a la voix molle… On dirait qu'il appelle Lambert… ou son père… Ou les deux : Père, père… Lambert… Lambert…

C'est un homme éveillé qui parle. Est-ce un homme malade ? Il dit : Magdeleine. Il reconnaît Magdeleine. Il répète le nom de Magdeleine. Il la remercie, oui, oui, cette boisson chaude, le plus grand bien par tout le corps, c'est comme revivre. Tu es toujours là, Magdeleine ? Il ne faut pas me laisser avec le chien.

Il est à sa chaîne, monsieur, il ne vous fera pas de mal.

Redonne-moi à boire. C'est bon. Vous êtes toute ma famille.

C'est gentil, ça, pense Magdeleine, mais un peu surprenant aussi : on menace un homme, fusil de chasse, molosse dentu, et il nous dit que nous sommes sa famille. Pas trop rancunier, notre baron, ou encore bien décousu. Il insiste : Vous êtes là, Lambert ? Derrière ?

Non, monsieur, il n'est pas là.

C'est mon père, Lambert, dit le baron. Il m'a bien grondé, mon père, il a eu raison. Je n'ai fait que des bêtises. C'est Lambert, c'est mon père. Tu es ma petite sœur, Magdeleine. Tu es là ? Oui, tu es ma sœur.

Elle est bien gênée, Magdeleine, qu'est-ce qu'il a encore inventé, notre maître ? On ne peut pas marcher avec lui : Je ne suis pas votre sœur, monsieur. Il ne faut pas dire des choses pareilles. Mon père ne peut pas être le vôtre en même temps. Il est plus jeune que vous, alors…

Enfin, ça ne sert à rien de discuter dans ces conditions.

Père, ne m'abandonnez pas, dit M. de l'Aubépine. Lambert, ne faites pas ça. Ne m'abandonnez pas.

C'est tout ce qu'il va dire encore, et il va le dire longtemps, les yeux en l'air.

Cette fois, ce doit être la fin, dit Magdeleine à Lambert, quand il vient prendre son tour.

Magdeleine a le plus grand mal à dormir, ce soir. Elle ne peut pas s'empêcher d'être bouleversée par cette voix de petit garçon malade. On ne doit pas oublier ce qu'on sait. Mais accepter de laisser dépérir un homme comme ça, sans lui apporter le plus petit secours ? Il lui vient comme une pitié, que personne ne pourrait comprendre, surtout pas son père, et qu'elle ne comprend pas elle-même. Elle essaie de l'écarter, cette mauvaise pitié : qu'il meure dans son lit, bien tranquille. Nous n'avons pas eu un geste contre lui, pas un coup, rien de brutal. Il s'en va de la tête, c'est tout. Cela a commencé depuis longtemps. Le bourg tout entier sait que son châtelain est une drôle de tête. Personne ne s'étonnera d'apprendre qu'il est mort dans un accès de démence. N'empêche, être appelée petite sœur, même par un dément, et remerciée, et doucement, cela vous remue, malgré vous, tout en dedans. Oublie, Magdeleine, et dors. Je ne dormirai plus.

M. de l'Aubépine semble sortir de son état de confusion : il parle moins à tort et à travers ; quelques femelles viennent bien l'agiter de temps en temps, cela ne dure pas. Le repos, un lever d'un quart d'heure, deux fois par jour, un petit tour sur le perron ; l'appétit revient ; le goût du givry pour reprendre des forces. Ah, la séance de barbier aussi, le meilleur moment de la matinée.

Magdeleine a gagné en souplesse, précision, beau travail. On n'attache même plus les mains du baron. Lambert veille encore, pourtant, et de près. On ne sait jamais : un instrument bien affilé change de main et nous voilà dans un beau carnage.

Une fois, pourtant, la fille se retrouve seule à faire la barbe au baron : Eugénie se présente au début des opérations ; elle réclame Lambert, une visite pour M. de l'Aubépine, c'est bien embarrassant. C'est Harlou, du Bas-Blanc. Il voit décembre arriver et son bail est à terme. M. le baron avait promis de discuter les fermages, et aucun signe.

Il ne faut pas laisser Harlou entrer au château. Lambert est vite en bas : Harlou est bien surpris de le voir sortir avec son fusil. Un malade de la chasse, ce Lambert, c'est bien connu, mais à ce point-là. Ce n'est pas le tout, il vient pour affaires.

Ce n'est guère possible de parler au baron en ce moment, dit Lambert. Repasse à la Noël.

Ce sera trop tard, la Noël.

Alors repasse pour les Pâques.

Tu te moques, Lambert. C'est maintenant que je dois le voir.

Il ne peut pas te voir.

Et pourquoi que M. le baron voudrait-y pas me voir, après m'avoir promis ?

Ce n'est pas qu'il ne veut pas, animal, c'est qu'il est en voyage.

S'il est au bourg, il reviendra bientôt, je l'attendrai.

Veux-tu savoir, bougre de bougre, ce qu'est un voyage ? Il s'agit bien du bourg… Écoute-moi bien : il est parti en Angleterre comploter contre l'Empire avec les plus gros révolutionnaires de toute l'Europe. Et même avec le plus gros de tous, le nommé Victor Hugo. Qu'est-ce que tu dis de ça ? Tu veux toujours le voir ?

Évidemment, Harlou, ça le refroidit un peu. Il a du mal à y croire tout de même : Je sais qu'on en dit pas mal sur notre châtelain, mais là... Cela fait peur. Il regarde derrière lui, il recule. Bon débarras. Lambert prend peur d'un seul coup lui aussi. Est-ce qu'il n'en a pas dit un peu trop ? Surtout, cela lui revient, à cause de cet animal d'Harlou, il a laissé Magdeleine toute seule là-haut, avec le rasoir. Un mauvais geste, c'est si vite arrivé, M. de l'Aubépine, on le sait bien, des fois, il n'a pas pu s'empêcher. Il remonte, et le rasoir est là, ouvert, à portée de main, posé sur une serviette blanche. Et Magdeleine, avec une autre serviette, sèche les joues du maître, efface les dernières traces de savon. Et l'autre se tapote le visage, un air bien satisfait. Et Magdeleine, le même air, en pliant ses serviettes, comme si elle était du métier.

Non mais, ce n'est pas à faire... On prend des précautions...

Eh bien, rien de mal, dit Magdeleine.

Rien de mal, facile à dire, on ne le sait qu'après.

M. de l'Aubépine s'est fermé devant Lambert, sa sale tête maladive. Lambert serait bien capable de lui interdire ce seul petit moment de bonheur de sa journée. C'est bien son idée : il dit à Magdeleine qu'on n'est pas là pour le choyer. Que monsieur n'aille pas croire qu'il peut faire de nous ce qu'il veut. Tant qu'il n'a pas promis, on ne peut pas le laisser aller ni lui accorder des douceurs. Je ne veux plus que tu le rases.

Ne la disputez pas, Lambert, elle ne me rasera plus. Vous n'aurez plus besoin de faire le père jaloux.

Mais c'est que monsieur a repris tout son aplomb. Il sera donc bientôt temps de s'expliquer. Nous sommes des hommes, faut que les hommes s'expliquent, faut bien. Faudrait enfin promettre. Cela ne devrait pas être si difficile : votre M. Hugo vous attendait les premiers jours de novembre, vous deviez le quitter pour le 11, m'aviez-vous dit, la Saint-Martin chez votre M. Schoelcher, votre beau mensonge. Toutes ces dates sont passées. Savez-vous quel jour nous sommes ? Un lundi monsieur. Et le 30 du mois. Si vous n'étiez pas tombé malade tout seul, avec votre petite santé, je vous aurais averti plus tôt. Mais comme vos esprits n'ont plus l'air de dérailler autant, vous reconnaîtrez facilement avec moi que, le 30 du mois, M. Hugo ne songe plus à vous attendre. Il a bien d'autres visites pour l'occuper. Vous le dérangeriez. Il ne voudrait même pas vous recevoir : un malpoli qui lui a manqué sans prévenir. Et vous qui vouliez le ramener ici... Vous perdrez votre temps. Aussi, promettez-moi de ne pas chercher à vous mettre en route pour Guernesey. C'est tout ce que je vous demande depuis le début, et vous vous obstinez à vouloir partir. Qu'en dites-vous, monsieur ?

M. de l'Aubépine se lève et retourne à son lit. Il dit merci à Magdeleine.

Mais enfin, vous m'avez entendu, monsieur ? Faut qu'on s'explique. Une petite promesse, cela me suffira.

Merci, Magdeleine.

Le souvenir de ce « merci, Magdeleine » exaspère Lambert tout le reste de la journée. Il a monté sa garde devant un muet. Quand il marmonnait ses je ne sais quoi, c'était pénible, du moins il n'était pas dans son état. Son silence, son calme, c'est pire que tout. Qu'est-ce qu'il nous dit avec son calme et son silence ? Cela travaille Lambert encore et encore, à six heures du soir, quand il passe la main à Magdeleine. Il lui demande d'attendre que M. de l'Aubépine s'endorme. Alors, qu'elle aille se coucher : nous ne veillerons plus, nous ne sommes plus obligés. Il ne veut pas promettre, mais il a compris. Un 30 novembre, il ne se risquera pas à aller chercher son Hugo. Je suis certain de l'avoir convaincu. Lambert s'est convaincu lui-même, c'est déjà quelque chose.

Devant sa soupe au pain, et, plus tard, dans son lit,

cela continue de le travailler. On abandonne, tout va bien. Tout va bien. Tout ne va pas si bien. Peut-on croire que chacun va reprendre sa place, et roule la charrette ? Si le maître redevient le maître, il n'épargnera pas Lambert. Il a déjà dit qu'il ne paiera plus les gages. Et après ? Il ne lui reste plus qu'à nous remplacer. Il faudra se résigner et partir. Le mieux, ce serait de ne pas attendre qu'il nous chasse. Demain, il ira proposer ses services dans les meilleurs domaines des alentours, et même plus loin. L'Ouest est vaste, c'est toujours l'Ouest. Il se trouvera bien une maison où on a besoin d'un garde-chasse habile et connaisseur en bêtes. Ce sera quitter les nôtres, ce que nous avons refusé de toutes nos forces si longtemps. Le maître nous autoriserait peut-être à les emmener ? Ne rêve pas, Lambert, rien ne te sera épargné. Et puis, si tu trouves un peu loin d'ici, on ne te connaîtra pas, on voudra des renseignements, des certificats. Quels bons renseignements le maître acceptera-t-il de donner ? On ne peut quand même pas ressortir le fusil et le Rajah pour obtenir un certificat à notre avantage ? Et si on nous demande pourquoi nous quittons une si bonne place, après tant d'années ? C'est plus facile à dire : un maître malade, qui ne tient pas son rang. Lambert est presque satisfait, l'espoir revient. Tout ce qui le chagrine encore, c'est cette histoire de renseignements, et quitter sa meute. Allons, le maître sait de quoi il est capable. On le laisse aller, mais c'est encore frais : il faudra profiter de cet ascendant que nous avons sur lui depuis bientôt un mois. C'est dit : demain, nous commençons une nouvelle existence. Lambert finit par trouver un bon sommeil.

M. de l'Aubépine n'a plus envie de dormir, lui, depuis qu'il va mieux. Toutes ces semaines de somnolence, à perdre la notion du temps. Il se répète la date, lundi 30 novembre, et cela le tient en éveil. Il se sent la tête nettoyée, et un appétit... un appétit, et une soif... une soif. Retrempé de jeunesse. Il appelle Lambert, Eugénie, le dîner est loin, il veut souper. Oui, mais Lambert et Eugénie n'y sont plus. Qui tient la porte, ce soir, avec un de ces fusils de chasse, et peut-être ce chien ? Il se lève, il gratte à la porte. C'est Magdeleine qui est derrière, et pas de molosse.

Trouve-moi à souper, Magdeleine, un civet froid, n'importe. Et une bouteille de ce bon givry.

Magdeleine hésite, désertion de poste. Après tout, son père a dit que c'était le dernier jour. Et à une heure pareille, personne ne se lancerait dans nos bois. Elle rassemble ce qu'elle trouve à l'office, un reste de rouelle et des oignons crus, sans oublier un fond de vin. Elle pose son plateau sur la table de malade, là-haut, dans la chambre tendue de cuir rouge. Le maître engloutit comme si on le tenait à la diète depuis un mois entier, un vorace, et il ne fait pas de manières. Sans fourchette ni couteau, ce n'est pas facile. On le fait manger comme une bête depuis des semaines. Il s'en met un peu partout.

Tu n'as pas faim, Magdeleine ?

Non, monsieur, j'ai eu mon dû à six heures.

Bonne petite, tu ne réclames pas. Tu n'es pas comme ton père, qui veut toujours obtenir plus que ce qu'il mérite. Crois-tu qu'un employé de maison puisse arracher des promesses à un homme comme moi ? Il s'est fixé là-dessus, promettre, promettre. Cela n'a aucun sens. Tu devrais lui expliquer, toi. Tu t'es souvent méfiée de moi, mais tu comprends. Tu es une drôle de fille, je te l'ai toujours dit, même quand tu avais huit, neuf ans. Cette peau si pâle, chez une fille des champs, pour ainsi dire transparente, cela ne se voit nulle part dans l'Ouest. Ce sont ces rougeaudes boursouflées. Mais pas toi, même devenue femme. Car tu es femme, n'est-ce pas ? Et depuis longtemps.

Cela faisait des mois que le maître ne l'avait plus questionnée sur ses petites affaires. Il revient à lui-même, ses anciens goûts le reprennent. On ne gagne pas au change. Elle est près de la porte, elle se glisse, je vous laisse finir votre souper.

Juste un instant, j'aurai bientôt fini. Il faudra débarrasser, sinon ta mère te grondera demain matin. Elle est sourcilleuse, cette bonne femme. Elle dit souvent qu'on ne laisse pas une table en bataille.

Il n'a pas tort. Magdeleine débarrassera la table et elle le laissera dormir. Elle le lui annonce, contre la consigne de Lambert, histoire de bien le disposer : À partir de maintenant, et comme vous allez mieux, mon père a décidé de vous laisser aller.

Oui, oui, nous sommes le 30 novembre. Il peut être tranquille, je ne bougerai pas d'ici. J'ai bien trop à faire.

Mon père sera content.

J'espère bien qu'il le sera. Crois-tu qu'il m'a bien traité ?

Allons, on dirait qu'il va retomber dans son décousu. Il n'est pas aussi guéri qu'on le pense.

Vois-tu, Magdeleine, Lambert a de la chance de

t'avoir pour fille. Je ne t'ai pas toujours bien jugée, mais tu as été gentille avec moi, ces derniers jours, je l'ai bien remarqué. Tu m'as ménagé, rasé comme il faut, nourri. Je ne vois plus cette colère dans tes yeux. Dis-moi, tu n'es plus en colère contre ton grand frère ?

Comment répondre ? Dire qu'on n'est pas en colère ou qu'on n'est pas frère et sœur ?

Je vais vous préparer une décoction, monsieur, celle de l'autre jour vous a fait le plus grand bien.

Tu as raison, prépare-moi la même et reviens débarrasser. Ou plutôt non, je ne suis pas au bout de mon givry, ta décoction ne me dit rien pour l'instant.

Je débarrasserai donc tout de suite.

Veux-tu m'aider à finir cette bouteille ?

Je n'ai jamais bu de vin, monsieur.

Tu commenceras donc aujourd'hui : c'est le meilleur givry que j'aie jamais avalé.

Il faudrait que j'aille chercher un verre.

C'est juste. Va en chercher un beau, en cristal taillé, le vin n'en sera que meilleur. Ou plutôt non, bois dans ma timbale.

Cela ne se fait pas, monsieur, ma mère dit qu'on ne boit pas dans le verre des autres.

C'est une bonne femme que ta mère. Je boirai donc seul.

Je vous laisse, monsieur.

Laisse-moi, en effet. J'ai à réfléchir longuement. N'oublie pas de débarrasser d'abord.

Il se lève et secoue les miettes et les restes de sa serviette. Nettoie bien par terre aussi. On ne laisse pas la saleté s'installer. C'est encore un mot de ta bonne femme de mère. Ce n'est pas grand-chose, tu auras vite fini, et sans balai.

Elle s'agenouille, elle rassemble les déchets, vite.

Quelle femme de chambre tu ferais. Je te donnerais des gages. Ton père ne mérite plus les siens. Que dirais-tu, si je te les donnais, à toi ? Du bon argent pour une bonne petite femme ? Car tu es femme. Et tu aimes bien ton frère.

J'aime bien Grégoire, oui.

Qui te parle de Grégoire ? Enfin, te voilà engagée, tu es contente ?

Il faudra d'abord en causer à mon père.

Je n'y manquerai pas, il sera content de moi. Allons, c'est bien. Dis-moi, juste avant de partir, va prendre, dans le coffre, oui, dans le coin, là, prends la robe verte, celle qui est enveloppée dans du papier, oui, pose-la sur le lit. Voilà, c'est bien. Elle te plaît, cette robe verte ? Tu n'en as jamais porté de pareille ? Évidemment, une robe de dame, en soie, avec des manches tournées… Elle te fait envie ? Je te la donne. Tu as été gentille avec moi. Je ne suis pas un ingrat. Emporte-la, elle est à toi.

Je ne saurais, monsieur. Je n'ai que faire d'une robe pareille. Et elle est bien trop grande pour moi.

C'est une impression, toute cette mousseline, cela fait du volume. Mais quand on la passe, on est tout surpris. Tu devrais la passer, tu verrais.

Elle ne veut pas passer cette robe, elle la touche pourtant, c'est plus fort qu'elle. Il lui semble que Mlle Berthe a parlé d'une robe verte une fois. De plus près, ce n'est pas une si belle robe, un vert un peu passé par endroits, des coutures défaites sur les côtés, des déchirures même ; une pauvre tenue, cette robe de belle dame.

Allons, dit M. de l'Aubépine, ne me dis pas qu'elle n'est pas assez bien pour toi.

Il insiste, une robe pour elle, sa première vraie robe, pas de la toile de chanvre, comme une fille de garde-chasse. Cela lui fait plaisir de la donner, et encore plus de la voir portée : Endosse-moi ça tout de suite.

Ce n'est plus le même ton. Il ne faut pas passer la robe verte. Elle la passe, Magdeleine, sur ses propres vêtements. Elle est encore au large, et empêtrée, vraiment pas une robe pour moi. Je vais l'ôter. Pas encore. Juste un moment, laisse-moi te regarder dans cette robe. C'est tout à fait ça, oui. Voilà si longtemps que je n'ai pas vu de femme dans cette robe. Tu me fais le plus grand bien, Magdeleine, vraiment une fille bien gentille, quand tu le veux. Parce que tu m'aimes bien. Ne t'en défends pas. Tu le sais que tu m'aimes bien, parce que je t'aime bien aussi. Et puis tu vois que je ne demandais pas grand-chose. Bouge un peu, pour voir. Oui, c'est tout à fait ce qu'il faut. Maintenant, je vais te la retirer.

Elle fait un pas en arrière. Je la retirerai bien toute seule.

Il accepte, à condition, non qu'elle la retire, mais qu'elle se l'arrache, et vivement. Tu comprends, arracher ? Cela va l'abîmer ? Justement, c'est ce que je veux. Déchire, abîme. Le geste de Magdeleine pour arracher la robe est plus maladroit que violent. M. de l'Aubépine fait une tête contrariée, pas une tête de petit garçon contrarié, mais d'homme, et d'homme agité. Il occupe l'espace entre le lit et la porte. Magdeleine se tient entre le lit et le coffre, au fond. Elle se dit qu'un sanglier, quand il tombe dans un creux, n'a pas beaucoup de chance, sauf s'il fait face aux chiens, sauf s'il laisse venir, sauf s'il sait se servir de ses défenses. Elle ne se le dit pas vraiment, juste cette image d'elle dans un trou noir. Elle lui dit qu'elle veut bien repasser la robe verte et l'arracher mieux, une bonne fois, pour qu'il soit content et la laisse retourner chez ses parents. La robe verte ne dit plus rien à M. de l'Aubépine. L'effet est manqué, n'en parlons plus. Mais cette chemise de toile un peu épaisse, est-ce qu'elle ne lui blesse pas les épaules ? Il voit des rougeurs, là. Montre un peu.

Une chemise, même de toile grossière, ne blesse pas la peau.

Je crois que tes épaules sont les plus fines qui soient.

Et je voudrais voir cette cicatrice à ton cou. Tu te souviens ? Ta sale bête de Rajah ? Comme tu étais belle déjà, et je t'ai sauvée. Diras-tu le contraire ? Tu es en dette avec moi, Magdeleine. Ce n'est rien, ce que je te demande. Dégage seulement le cou, en tirant ta chemise sur les épaules. Fais comme si tu étais à ta toilette. Comme si je n'étais pas là.

Mais vous êtes là, monsieur.

Magdeleine regarde les murs autour d'elle, elle cherche un coin à l'abri, une ouverture improbable. Rien que de l'épais.

Ce n'est pas méchant, Magdeleine, ce que je te demande là. Un peu de reconnaissance pour ce que j'ai fait pour toi. Laisse-moi toucher ta cicatrice.

La montrer, oui, pas la toucher.

Montre alors.

Elle dégage les épaules, juste ce qu'il faut. Cela va s'arrêter bientôt.

C'est bien, dit le baron, elles sont encore plus fines, quand on les voit dans leur ensemble. Et puis je l'aperçois, ta cicatrice, un joli petit trait rouge en travers, on dirait qu'un rien la ferait se rouvrir… Tu ne peux pas savoir ce que cela me fait… Mais tire cette chemise encore un peu, Magdeleine, jusque-là, oui, encore, je veux voir tes seins. Comment sont-ils tes seins ? Allons, à la fin, je ne te demanderai plus rien, si tu me montres tes seins. Et puis, tiens, je te donnerai quelque chose. Montre-les-moi. Je te donnerai trois francs, c'est promis.

Ce n'est plus l'image d'un sanglier qui traverse Magdeleine, mais celle de Berthe François. L'image du rasoir aussi. Heureusement qu'on l'a confisqué depuis un mois. Pourquoi aussi lui a-t-elle montré moins d'hostilité, ces derniers jours ? À présent, il n'a pas l'air d'un homme qui va la laisser en paix avant d'avoir obtenu ce qu'il veut. Qu'est-ce qu'il veut ? Voir les seins, rien que les seins ?

Mes seins ne valent pas d'être vus, monsieur.

Qui te l'a dit ?

Personne, monsieur.

Attends que je le dise alors. Mais pour cela, il faudra me les montrer.

Elle s'arrange pour ramener devant ses cheveux défaits, tout en repoussant les plis de la chemise, à peine, les bras encore un peu croisés. M. de l'Aubépine lui fait signe, les bras, là, plus bas ; les cheveux, tu peux les laisser, c'est très bien à travers les cheveux. Tourne-toi mieux, là, oui. Ah je les vois. Qu'ils sont ronds et hauts, Magdeleine, tu ne sais pas quels miracles tu caches. Et tu en caches d'autres, j'en suis certain. Est-ce si difficile, ce que je te demande ? Je crois que, si tu consentais à me montrer tes fesses, je te donnerais, allez, cinq francs.

Je ne vous tournerai pas le dos, monsieur, ma mère m'a appris à ne pas tourner le dos aux gens, ce n'est pas poli.

Ta mère a raison, mais elle ne saura rien de ce moment. Tu n'es pas obligée de le dire. Je ne te veux que du bien. Et si tu ne veux pas le derrière, donne-moi le devant, c'est bien poli, cela, ta mère n'y trouverait rien à redire sur le chapitre de la politesse. Je t'ai promis cinq francs pour les fesses, je les reconduis pour le devant. Qu'en dis-tu ? Assieds-toi seulement sur le bord du lit et fais tomber ce qui te reste sur la peau, que je te vois toute.

Ce n'est pas possible, monsieur, mon père me tuerait.

Après la mère, le père, on n'est jamais tranquille en ce monde. Pourquoi ton père te tuerait-il ? Je te promets de ne pas lui toucher un mot de ce que j'aurai vu. Fais comme moi et ton père continuera à tuer les sangliers et les perdrix, rien d'autre. Je t'en donne ma parole.

Magdeleine dit qu'elle pourrait crier.

Ce serait idiot de crier, tu m'obligerais à te faire taire. Il n'y a que toi et moi, ici. Le temps que ta voix traverse la cour, je l'écrase. Je l'écrase, comprends-tu ? Alors que je ne te veux aucun mal, juste te voir tout entière. Je n'ai jamais brutalisé une femme qui se donne juste à voir. Tu peux me croire, Magdeleine.

Magdeleine se dit qu'il faut l'empêcher d'approcher et, pour cela, lui parler et parler encore. Et parler assez fort, que le Rajah l'entende, oui, c'est ce qu'il faut, que le Rajah remue sa chaîne.

J'ai vu le dos de Mlle Berthe, vous n'avez pas manqué de lui faire du mal.

Ne parle pas si aigu, Magdeleine, cela me chagrine. Tu me forcerais.

Mon père viendra bientôt. Il n'a rien dit pour Mlle Berthe, pour sa fille, ce ne sera pas la même chose. Il sait que vous lui avez fait du mal. Moi je veux pas.

Elle ne veut pas… Elle n'aime pas la brutalité… Moi non plus, je ne l'aime pas. Le moins brutal de nous tous, ici, c'est moi… Je te vois faire… Qui pose des lacets dans les bois, depuis des années ? C'est toi, c'est ton frère. Vous achevez des lapereaux qui ne vous ont rien fait, vous les dépouillez d'une main sûre. Vous abattez tous les êtres volants à votre portée. Vous fusillez des marcassins jour après jour, vous les dépecez à grande joie. Vous massacrez des laies, des perdrix, des poules d'eau, toute la journée. Et vous criez à la brutalité devant votre maître. C'est le refus qui fait la brutalité. Tu m'as déjà donné tes seins, et il ne t'arrive rien de mal. Regarde, je reste loin de toi. Comprends que je veux seulement te voir, mais te voir toute. Ne fais pas la prude.

Il s'avance, un premier pas de côté. Magdeleine se voit bientôt… se voit quoi ?… elle ne sait pas quoi, elle ne saurait imaginer alors, mais elle se voit bientôt… elle se voit, oui… ce doit être bien effrayant. Elle se voit déjà morte. Il avance encore, elle prend peur, la chemise est tombée, il s'arrête. Cet homme aurait donc une parole, il suffirait de le laisser regarder, et il ne ferait pas de mal.

Magdeleine, très joli, cela, ce mouvement. Reste un peu comme ça. Et puis tu arracheras le reste. Je veux te voir arracher le reste, pour de bon cette fois. Allons, maintenant, arrache tout et je serai content.

Il lui vient un tremblement dans les mains, la mâchoire se contracte aussi. Elle sent la brutalité toute proche. Elle s'accroche à son bout de robe. Comment ne pas la lâcher, quand ce vieux bonhomme s'approchera ? Il s'agite, elle fait glisser la robe, ce n'est pas arracher, cela, mais tant pis. Elle n'a plus rien sur elle, elle tremble, le froid, la peur. Elle dit non, elle ne dit rien en vérité, sa tête dit non.

Le baron respire fort, un souffle embarrassé, et des rougeurs sur le visage. Il se passe les doigts sur la bouche, plusieurs fois. Il regarde, cela dure. Magdeleine laisse aller ses bras devant elle, un sur les seins, l'autre sur le ventre.

Tu vois, là, je te respecte. Qui a dit que je me laissais emporter ? Ton père, bien sûr. Tu dois me croire, Magdeleine, si je te dis que je n'ai pas fait de mal à Mlle Berthe, pas plus que je ne t'en fais. C'est elle qui aimait se faire du mal, c'est elle qui s'est fait du mal toute seule. Je n'ai pas pu l'en empêcher. Tu me crois, dis ?

Il a un air de douceur, c'en est effrayant. Magdeleine sent, à l'intérieur comme un effondrement de toutes ses certitudes, les certitudes de son père. Ce n'est pas possible, tout ce qu'on a cru serait effacé d'un seul coup ? De la comédie. Ou il a réussi à se persuader lui-même de son innocence, un malade rien qu'un malade. Et il va prendre le temps de faire du mal à Magdeleine, de l'abîmer et de se convaincre que tout est venu d'elle, de sa bonté d'un jour. Elle ferme les yeux. Parler, cela n'arrange rien. Si elle se tait, il n'osera peut-être pas.

Petite Magdeleine, es-tu femme vraiment ? Avec tes cuisses et tes seins si ronds, n'as-tu pas déjà rencontré de ces garçons dans les bois, au bourg ? Dis-moi, qu'est-ce que cela t'a fait ? Tu ne dis rien ? Tu es pure ? Oui, cela est beau, tu es pure. Tu égorges la volaille et tu es pure. Tu brises les vertèbres des garennes et tu es pure. Dis-moi ce que tu sens, quand tu casses le cou du gibier. Nous sommes le frère et la sœur, et tu es toute pure. Voilà ce qui m'a manqué depuis toujours, petite sœur, la pureté. Il faudrait me donner ta pureté.

Cette fois, c'est perdu, il retombe dans le décousu.

Je vais tout prendre, si tu te refuses. Si tu te donnes, je n'en prendrai qu'un peu. Ce sera beau. Allons, donne-la-moi, cette pureté. Si tu me la donnes, j'aurai de grands projets pour toi. Tu seras à moi comme personne. Tu me resteras, puisque je ne te veux pas de mal. Tu peux comprendre cela ? Écoute-moi bien, ton Lambert de père, il m'a fait beaucoup de mal, lui. Tu le sais, qu'il m'a fait beaucoup de mal ? Dans ces conditions, je ne pourrai pas le garder au domaine. Maintenant qu'il est décidé à me laisser mes mouvements, je vais lui trouver un remplaçant. Je crois qu'il l'a bien compris. Il se résigne. Mais tu peux le sauver. Si tu te donnes toute ce soir, et demain et encore, je ne le chasse plus. Je lui laisse ses chiens, la haute main sur le domaine, tout. Il aime à faire le maître ici, il le sera, si tu es à moi. Tu m'entends ? Est-ce que cela n'est pas beau ? Imagine la vie que nous aurons. Tu seras la maîtresse ici. Tu auras cette robe verte. Tu me donneras ta pureté. Tu as la peau si blanche. Ai-je respecté quelqu'un plus que toi, depuis que tu es petite ? Préfères-tu voir ton père et tous les tiens chassés ? Pense à eux, petite égoïste. Je te donne ma parole. Ce sera très gentil, tu peux me croire, je ne sais pas faire de mal.

Elle se dit qu'elle doit céder, subir et ne rien dire, comme toutes les autres, pour sa famille. Mais s'il ne tient pas parole ? Il ne restera que la honte. Être nue dans cette chambre, c'est déjà bien assez pour la honte. La honte ne finira pas. Tout le monde, si elle sort vivante de cette pièce, comprendra, rien qu'à sa tête, ce qui a eu lieu, ce qu'elle n'a pas su empêcher. Son père pensera que c'est à cause d'elle, parce qu'elle est fille, parce qu'il a déjà remarqué qu'elle prenait plaisir à raser le maître. La honte ne finira pas. Des paroles. Cet homme-là se moque bien de ses promesses à une fille honteuse. Le baron promettait tout à l'heure de lui donner des gages comme à une femme de chambre. Ensuite trois francs, cinq francs, comme à une fille. Et maintenant, la vie tout entière à lui consacrer sa pureté. Quand faudrait-il le croire ?

Il avance d'un pas, il écarte les bras, il est sûr de lui, et d'elle. Sauver son père, c'est bien le moins. Elle sent qu'elle va se laisser prendre, pour lui. Mais se sauver, soi, c'est encore autre chose. Elle remonte son linge, tout doux, sa chemise, elle se cache le ventre, elle se cache les seins. Elle dit non, sa tête dit non. Elle voit le regard du baron, désemparé. Il tourne la tête vers la table où il vient de manger, il cherche un instrument tranchant, briser cette assiette. Il tremble, ce n'est pas un tremblement de peur, mais de force qui vient, une contraction de tout le corps. Il a détourné son regard d'elle, elle se sent libre, elle court. Elle crie le nom du Rajah. Elle ne sait pas d'où ça lui vient, juste ce cri, Rajah, comme s'il était là, derrière la porte. Cela suffit, le maître fait un demi-tour, il ouvre le champ, il tend le bras pour la retenir. Il n'est pas bien assuré, un mois d'affaiblissement, cela sauve les filles. Il s'en aperçoit lui-même : il ne sera pas capable de courir derrière elle.

Ses dernières forces sont pour crier: Saleté, tu n'es qu'une petite saleté. Tu reviendras te traîner à mes pieds demain, saleté, pour sauver ton père. Saleté, saleté.

Elle est déjà en bas, les tempes lui battent, elle court jusqu'au pavillon du garde, sans penser qu'elle est toute nue, dans la première nuit de décembre, sans regarder le Rajah arc-bouté à sa chaîne. Lambert sort de son premier sommeil, tout juste dix heures de la nuit. Magdeleine lève la clenche. Elle se tient dans le noir de la cuisine, cacher sa honte, s'habiller vite, c'est tout ce qu'elle pense. Lambert arrive du fond, cela va-t-il? Tu as laissé monsieur endormi? C'est bien fini à présent. Qu'il aille au diable.

C'est à ce moment-là que Magdeleine s'aperçoit qu'elle a oublié le fusil de son père à la porte de la chambre, là-haut. Elle ne se sent pas capable d'y retourner. Et son père ne va pas manquer de lui demander où elle l'a déposé. Voilà c'est fait. Il allume une chandelle pour ranger son arme au coin de la cheminée, comme toujours. Il va voir le désordre de ses vêtements, sa honte surtout. Même pas, il ne pense qu'à son fusil. Elle est obligée d'avouer, au moins pour le fusil. Comment peut-on oublier un fusil? Une colère, Lambert, une colère contre Magdeleine: Te rends-tu compte? Mon fusil sous son nez? Mais où as-tu la tête? Il enfile ses bottes, le perron, l'étage. Le fusil est là, à la place indiquée. Ce n'est pas qu'on avait bien peur. Le baron, comme chasseur, ne vaut pas grand-chose. Il ne saurait pas trop quoi faire d'un fusil. C'est l'avantage d'avoir un maître pareil. Lambert écoute à la porte, rien, un filet de lumière tout de même, un bruit de meuble qu'on tire. Il ne dort donc pas tout à fait, comme le disait Magdeleine? Il ne réfléchira pas plus loin. Que le baron aille au diable. J'ai dit que je ne m'occuperai plus de lui. Je ne m'occupe plus de lui. De l'autre côté, le baron est terrorisé, il attend que Lambert surgisse au pied de son lit et décharge sa cartouchière entière sur lui. Et Lambert redescend. Elle n'a rien dit, il fallait s'y attendre, elle est déjà prise. Elle reviendra se faire manger, elle a envie de se donner toute, elle me suppliera, comme les autres. Cela est beau, cela est grand. Demain, demain, je les mangerai tous.

Eugénie ne comprend pas bien sa fille. Depuis ce matin, Magdeleine l'évite, elle traîne. Si on l'appelle, elle passe vite, elle garde une main sur la joue, elle s'enveloppe les cheveux. Elle se dégoûte elle-même ; elle pense que tout ce qu'elle a subi, dit et fait se voit sur sa figure. Alors elle montre le moins possible sa figure et elle ne répond pas, quand on s'adresse à elle.

Eugénie s'essuie les mains dans son tablier. Eh bien quoi ? Depuis que vous ne vous occupez plus de garder monsieur, vous ne savez plus quoi faire de vos os. C'est-y que ça vous amusait tant que ça de le tenir au bout de vos fusils ? Ton père est pareil. Il ne sort pas, il se tient derrière sa fenêtre depuis le lever du jour et il regarde le château. Qu'est-ce que ça va changer de regarder ce château ? Et il m'interdit d'aller faire mon ouvrage. Quel mal y a-t-il à bien faire son ouvrage, je vous demande un peu ?

Le maître ne se montre pas non plus. Toute une journée comme ça. À la fin, Lambert n'y tient plus. Il veut savoir ce qui se passe. Il prélève une part de civet et il entre au château. C'est vide. Reste la chambre. Lambert annonce qu'il apporte un repas. M. de l'Aubépine le prend et boucle sa porte aussitôt.

Monsieur, n'avez-vous besoin de rien ?

Il revient le lendemain. Je ne vous empêche pas de sortir, monsieur. Un homme se doit à un autre homme, on a à se dire, surtout pour la marche d'un domaine comme le vôtre, sans grand soin depuis bientôt un mois. Il faudra finir nos comptes.

Harlou est revenu pour son bail. Lambert est bien obligé de le conduire auprès du baron. Il reste pour l'entretien, il ne s'agit pas de laisser dire n'importe quoi. L'autre animal demande à M. de l'Aubépine s'il a fait bon voyage. Pas de fausses politesses, Harlou, dit Lambert. Le maître n'a pas de temps à perdre. Tu auras ton bail. Harlou sort content et perplexe. Le baron n'a rien dit contre son garde, c'est déjà ça. Cela n'empêche pas Lambert d'être en colère, à présent. On ne sera plus jamais bien aux Perrières, on ne voit pas comment cela pourrait revenir. La seule consolation, c'est la meute. Lambert a repris ses chasses. Décembre, ce seront nos dernières chasses. Il va falloir déloger. Profitons-en une dernière fois. Les chiens ne s'en sont jamais donné autant, le poil lustré, des muscles affinés, ils sont redevenus beaux, beaux ; ils sentent la bête fumante dans tout le domaine, leur bonne sueur de chiens en plein froid ; on a chaud dans leur compagnie ; rien que pour eux, on ne voudrait pas renoncer à cette vie.

Quand le chasseur est rentré, l'après-midi, il arrive que M. de l'Aubépine se jette dans les bois, comme autrefois, grand galop. La première fois, Lambert s'est dit, ça y est, sa folie recommence, il file à Guernesey, comme ça. Mais non, il est rentré dans le noir. Le cheval avait des entailles. Il le mène trop durement, ce n'est pas nouveau. Grégoire récupère la bête et la soigne et la bouchonne. Et tous les jours bientôt. On entend le cheval débouler dans l'allée, au commencement de la nuit, il frôle le pavillon du garde-chasse, la porte en tremble. Il faut se garder de sortir de chez soi dans ces moments-là, le maître vous passerait dessus. Il s'arrête juste devant le perron, on se demande comment. Il n'est pas permis de mener les chevaux à ce train. Il lui arrive de s'approcher des fenêtres du garde-chasse, en poussant des cris. Une fois, il secoue les persiennes. D'autres fois, il reste devant la porte, il fait sonner ses talons et il appelle, longtemps, le même nom, avec une voix de gorge, de la rage et de la douleur en même temps, il crie le nom de Magdeleine. Les Lambert s'enfoncent dans leur lit. Laissons-le dire, ça ne doit pas compter. Sinon, il faudrait tout recommencer, et le fusil, et le chien, on n'en a plus le courage. Il faut subir ou s'en aller. Et l'autre crie Magdeleine, Magdeleine.

Comme les gages ne sont plus payés, l'argent commence à manquer. Lambert annonce qu'il va faire le tour des domaines les plus proches, comme il l'avait projeté. Il prend la charrette, cela lui mange des heures. Il rencontre des gardes de connaissance, des régisseurs, tous bien contents de leur sort. Les plus vieux ont soixante-dix ans. Ne songent-ils pas à se retirer ? Grands dieux, non, tant qu'on a la santé, le coup d'œil. Évidemment. Il faudrait aller voir plus loin. Jusqu'à la ville, au bureau de placement. Ils savent peut-être des endroits où on manque.

Le maître a fait seller son cheval de bonne heure aujourd'hui. On se sent mieux, quand il n'est pas là. Lambert attelle. Il passe le bourg, il continue la grand-route, la tête vide pour une fois, le pas régulier de la jument finit par l'assoupir. Un sursaut, à l'entrée de la ville, ce cavalier qui marche à côté de sa bête, là, il ressemble, on dirait, ce ne peut être que lui, le baron. Il traîne lui aussi, ils n'ont plus rien d'autre à faire tous les deux que traîner. M. de l'Aubépine tourne le dos : preuve qu'il m'a vu. Qu'il le garde tourné surtout, je ne veux pas le voir, encore moins lui parler. Je suis là pour le quitter.

Il demande le bureau de placement. Il n'a jamais eu affaire à un bureau de placement pour gens de maison.

C'est bien malheureux, à son âge, chercher à se placer comme une pucelle de Bretagne. On le promène dans la ville, on le renvoie dans trois directions différentes : on le reçoit à la fin. Il s'explique, cela sort mal, tous les mots sont difficiles : quitter un domaine, trouver un domaine, garde-chasse, des chiens, sa connaissance des chiens, la gorge serrée. On lui dit qu'un emploi pour une famille entière sur des terres, cela ne se trouve pas sous le pas d'un cheval. Cuisinière en ville, valet de pied, femme de chambre chez des bourgeois, tout ce que vous voudrez, mais régisseur ou garde-chasse, c'est bien rare. Nous n'avons rien vu de ce genre depuis des années. Un autre employé les entend : Si, justement, j'ai reçu un monsieur tout à l'heure, il recherche justement quelqu'un comme vous, sauf pour les chiens, il ne veut pas de chien. Ce serait une chance inouïe pour vous.

Ce monsieur, demande Lambert, ce ne serait pas un grand tout maigre ?

Vous le connaissez ?

Dites toujours où je pourrais me présenter.

C'est un domaine vers l'Ouest, assez loin, six lieues d'ici.

Les Perrières ?

Vous connaissez ?

Merci, je n'en veux pas.

Vous avez tort, c'est la première proposition de ce genre que je vois passer depuis trois ou quatre ans. Cela ne se reproduira pas avant longtemps. Ces affaires-là se passent en dehors de nous, par connaissance, dans les campagnes, vous pensez bien…

Ainsi, pense Lambert en s'en retournant aux Perrières, je suis le seul garde qui cherche un domaine et un maître, et les Perrières sont le seul domaine qui cherche un garde. On ne peut plus se voir, et tout nous fait retomber l'un sur l'autre. Pourquoi ne s'est-on pas aimés davantage ?

La route jusqu'au bourg, cela n'en finit pas. La jument presse le pas, passé le village, dès qu'on entre dans la forêt. C'est curieux, tout au loin, on dirait sans cesse des mouvements, et puis rien, et puis des mouvements. Lambert reconnaît la robe du cheval : M. de l'Aubépine. Mais faudrait savoir : il attend Lambert ou il le tient à distance ? Cela les ramène dix ans en arrière, la première fois, quand ils ne savaient pas encore se parler. Maintenant ils ne savent plus. Lambert s'assure de sa grosse canne de frêne. Il a peut-être bien de la rancœur, le baron, faut pas l'avoir derrière soi, faut pas. Pour le moment, il est devant. Ce n'est pas moins agaçant. Le début de la grande allée, la dernière avant le château, M. de l'Aubépine fait tourner son cheval : il le met en travers. Tiens, il s'est laissé pousser un collier de barbe, comme son garde, mais jaune et clairsemé. C'est vrai qu'on ne lui a pas rendu son rasoir. Il pouvait s'en racheter un, il n'est pas en peine. On n'est pas là pour parler de barbe. Le baron tourne autour de la charrette, cercles de plus en plus serrés, il fait son seigneur, pas de doute.

Vous y êtes donc allé, Lambert ? Vous avez trouvé un engagement bien entendu ? Tant mieux, car j'ai fait affaire, moi aussi. Votre successeur arrivera bientôt. Préparez-vous. Je ne vous accorde que les derniers jours de décembre pour vous retourner. C'est bien suffisant. Vous êtes satisfait, n'est-ce pas ?

Il a l'air bien convaincu de ce qu'il dit. Pourtant, cela ressemble encore à un de ces mensonges qu'il nous sert jour après jour. Il veut nous impressionner ; nous ne sommes pas des naïfs.

J'attendrai votre homme, monsieur, faudra que je lui enseigne un peu le domaine et les bois et les chiens, s'il veut bien vous servir.

Vous sortirez avant son arrivée. Je vous connais, vous iriez colporter sur moi des fantaisies pour le décourager d'entrer aux Perrières. Je vous ai vu à l'œuvre, je suis sans illusion sur votre détermination. Si vous l'aviez mise à profit pour moi, en vrai fils de bleu, quelles grandes choses nous aurions faites ensemble. Nous ramenions Victor Hugo en France, nous l'installions à la tête de l'État…

Interloqué, Lambert, le baron n'est pas sorti de ses folies. Comment s'en étonner, après tout ? Il a ses crises, ses rémissions, mais le même mal court toujours. Inutile de continuer une conversation bancale : La jument s'impatiente, monsieur, elle sent l'écurie, et moi aussi.

Vous voudriez bien me brusquer encore un peu, Lambert, cela vous a plu de me traiter comme vous l'avez fait. Vous n'aurez pas les moyens de recommencer : l'heure vient. J'ai pris mon temps, voyez ma grande faiblesse pour votre famille, mais c'est pour mieux en finir avec vous. Voulez-vous savoir, Lambert ?

J'en sais assez, monsieur, et je sortirai de chez vous le plus vite possible. Laissez-moi passer.

M. de l'Aubépine est obligé d'écarter son cheval, il reste en arrière un moment. Je n'aime pas le savoir derrière moi, pense Lambert. Il se retourne, l'autre revient sur lui, bon trot.

Un dernier point, Lambert, avant votre départ. Elle ne vous a rien dit ?

De qui parlez-vous ?

De Magdeleine. Elle ne vous a vraiment rien dit ?

Qu'est-ce qu'elle devait me dire ?

Vous ne vous parlez donc pas, de vrais sauvages. Alors, laissez-moi vous dire, Lambert : Magdeleine, je l'ai eue. Toute. Je l'ai eue toute, Lambert. Comprenez-vous ? Toute. Elle est à moi. Elle s'est donnée toute, le dernier soir. Vous me l'avez donnée toute, Lambert. Vous m'avez cru assez affaibli et inoffensif pour me laisser garder par une fille. C'est elle qui est venue.

Elle-même. Et je l'ai prise, toute. Elle est à moi. Et je vous la rends comme elle est maintenant. Adieu, Lambert. Pensez-y. Toute.

Il lance son cheval dans l'allée, ce galop frénétique qu'il aime. Lambert reste planté dans sa charrette. Ce sera encore un mensonge du baron ? C'est sûr. Pas sûr : depuis le dernier soir, c'est vrai qu'elle est toute chose, Magdeleine. À peine si elle nous a adressé la parole. Et le nez plongé dans sa gamelle. Et des vêtements enfilés les uns sur les autres, comme s'il faisait plus froid que les autres jours. Et la tête couverte, alors qu'elle ne quitte presque plus la maison. Elle remue la cendre dans l'âtre, c'est bien tout ce qu'elle fait de ses journées. Elle a même refusé de monter à la chasse. On n'y a pas prêté attention. Comme disait Eugénie, c'est le désœuvrement. Oui, mais si le maître l'a eue, et toute, comme il dit, ce n'est pas la même histoire. Elle n'est plus à nous, notre Magdeleine. Et ce serait venu d'elle ? Comment savoir ? Ce serait une fille comme ça ? Ce n'est pas à un père de demander des choses pareilles. Faut pas en parler à Eugénie non plus, elle en mourrait, sa petite, faut pas. Faut tout garder pour soi. Le salaud, il nous a bien possédés à la fin. C'est toujours les maîtres qui possèdent leurs gens. Ce doit être l'ordre.

Il ne veut plus rentrer au domaine ; bien obligé ; une heure, juste pour aller au bout de l'allée, une heure à se fendre le crâne. Eugénie s'inquiète. Il est là, avec une de ces têtes. Eh bien quoi ? On dirait que tu as vu le Malin.

C'est une famille de l'Ouest. On mange, on dort, on ne se dit rien de plus que ce qu'il faut. Lambert répète seulement que ce n'est plus la peine de chercher un autre engagement. On a encore un toit. Faudra être courageux quand on n'en aura plus. C'est tout. On est dur à la tâche, on n'aura pas peur.

Il regarde Magdeleine en coin : elle a son petit air. Il lui en veut. Non, comment lui en vouloir ? C'est sa faute à lui, rien qu'à lui.

Il guette les sorties de M. de l'Aubépine, un peu avant la nuit, le plus souvent. Où court-il comme ça ? Chez son nouveau garde ? Chercher de nouvelles Magdeleine ? Il l'a eue toute. Enfin, il aurait pu la démantibuler toute, comme la Berthe François. On est bienheureux, au bout du compte. Oui, mais pour l'honneur, cela ne vaut pas mieux. Il aurait mieux valu qu'il la tue comme l'autre. Cela aurait été plus clair. En attendant que tout soit fini, faut éviter de le croiser. Quand le baron se montre, Lambert se rentre. Il suit la progression de son galop. Il se perd plus ou moins vite, selon que la journée est au sec ou à la boue. C'est comme un soulagement. Lambert revient vers Magdeleine. Il veut la savoir à portée de regard et de voix : il aimerait bien lui demander, comme ça, d'un coup, même en détournant les yeux. C'est trop difficile. Alors, il retourne aux chiens, à la volaille. Il a ses tâches, c'est bon pour l'oubli. Le galop revient, Lambert rentre vite, il se renferme jusqu'au matin. Ils ont sauvé une journée et encore une autre. Mais une journée pour quoi ?

Une bourrasque de décembre, une grosse pluie d'ouest, il en faudrait plus pour empêcher le garde-chasse de garder depuis sa fenêtre et le baron de galoper. Grégoire bouchonnera le cheval à son retour. C'est le seul qui approche encore le maître, le seul à recevoir un mot, une gratification.

La sortie à cheval s'éternise. D'habitude, cela ne prend pas plus de deux heures. Voilà trois heures qu'on a entendu le pas de l'isabelle. Puisqu'on en est à ne plus se parler, on ne va pas se soucier d'une heure de plus, une heure de moins. Tout de même, cela manque, les usages, même un peu haineux. Grégoire est impatient, c'est lui qui doit récupérer l'animal en sueur au pied des marches, et tout fumant ; un bon moment de sa journée. Il a ses responsabilités, les chiens, le cheval, il se sent de plus en plus l'homme important du château. Son père le traite encore en morveux, l'enfant lui en veut un peu. Il ne voit pas ce qu'on a à reprocher au baron de l'Aubépine. Tu comprendras un jour. Fais ton travail, mais n'en rajoute pas. Je te vois de loin, tu fais trop le valet d'écurie, ce n'est pas d'un Lambert. En attendant, pas moyen de faire le valet, au lit, c'est l'heure, un morveux de dix ans. Mais si le maître revient tard, vous n'oublierez pas de me réveiller ?

Si ça se trouve, il est parti. Si ça se trouve, il les laisse en plan comme en 48, comme en 51. Le voilà en route pour Paris. Peut-être qu'une nouvelle révolution se fait. L'empereur est déchu et ils n'en savent rien. Victor Hugo est rentré en France et ils n'en savent rien. Leur Ouest est si loin du monde. Tant mieux, ils n'en seront que plus à l'aise, maîtres du domaine. Sans argent, mais il sera temps d'aviser. Les terres n'ont jamais été plus giboyeuses. Oui, mais s'il n'est pas parti faire la révolution ? Si ça se trouve, c'est aujourd'hui qu'il va nous ramener son nouveau garde. Oui, ce doit être cela. Voyons, Lambert, aucun garde raisonnable n'entrerait dans une nouvelle place à une heure pareille.

Les chiens se lèvent, dans la nuit, le Rajah gronde. Lambert décroche le fusil, le fouet. Le temps d'enfiler ses bottes, le rôdeur, ou une bête égarée, aura déguerpi. Pas de cavalcade, pas d'isabelle, pas de baron ; à des trois heures ; s'il n'est pas à Paris, s'il n'est pas en discussion avec un autre garde, il aura levé une mauvaise fille dans une maison, on s'en moque. Du moment qu'il ne nous la ramène pas. Du moment qu'il ne la course pas toute nue dans nos corridors. Du moment qu'il ne lui ouvre pas la gorge. Du moment qu'il ne nous fait pas de mal.

Le coup de midi, ils ont une visite, M. Julien, le maire en personne, ce n'est pas habituel. Il s'inquiète : Voyez-vous, Lambert, Judée que voilà a trouvé ce cheval dans une de ses pâtures. Il paraît que c'est celui de M. le baron. Le paysan détache le cheval de la carriole. Reconnaissez-vous formellement l'animal ? Grégoire crie que oui, c'est bien lui, il le connaît mieux que personne, et regardez la selle et les étriers, c'est lui qui les a réglés. Bien, et le cavalier est-il visible ? Pas rentré d'hier soir. D'hier soir ? Avez-vous idée de l'endroit où il se rendait ? Personne n'a jamais idée de l'endroit où va le baron de l'Aubépine. Que faut-il en conclure ? Pas de mystère, au train où il mène les chevaux, à des heures tardives, s'il n'a pas crevé sa monture sous lui, comme l'autre fois, c'est qu'une branche l'aura désarçonné. Il se traîne dans un sous-bois, avec une patte cassée. Je lui ai toujours dit, monsieur, on ne mène pas un cheval comme vous faites.

Il a sans doute tort avec les chevaux, comme il a tort avec les hommes ; le bourg ne l'aime pas ; les autorités préféreraient avoir une autre sorte de châtelain sur le territoire de la commune, surtout quand on songe au père du baron ; mais, bon, nous n'allons pas le laisser gémir dans un fossé, après déjà toute une nuit de décembre sans secours. M. Julien ordonne une battue sur le domaine, pour commencer. C'est une propriété privée, mais en l'absence du propriétaire, cas de force majeure, je prends ça sous mon bonnet. Réunissez vos fermiers, Harlou du Bas-Blanc, Gerzeau du Clos-Morin, Fleuriel de la Garde-Champdieu, mettez-vous à leur tête, Lambert. Menez vos chiens. Un chasseur comme vous, cela ne fera pas un pli. Et s'il n'est pas sur le domaine, nous étendrons nos recherches. Je me joindrai à vous avec d'autres hommes du bourg. Nous demanderons la troupe. Nous le sortirons de là, comptez sur moi.

Des soldats de ligne de l'Empire pour sauver le baron de l'Aubépine, pense Lambert, ce serait le dernier déshonneur. C'est égal. Si on veut l'éviter, faut se presser un peu. C'est beaucoup de temps perdu, rassembler des hommes. Surtout quand on sait de quels hommes il s'agit. Les chiens suffiraient.

Ils sont regroupés. Faut pas lambiner, en décembre, le jour manque vite, faut pas. Tous portent un bâton, ils se déploient à partir du château. Grégoire veut en être. Il en sera. Magdeleine sort de son trou, la première fois depuis longtemps. Lambert la regarde bien en face, qu'est-ce que tu veux ? Elle demande à les suivre. Ils en font une tête. Ils n'ont pas besoin de fille pour une battue. On n'a jamais vu ça. Elle insiste. Lambert est gêné. Depuis le temps qu'il chasse avec Magdeleine, ses neuf ans, il sait qu'elle a un nez comme deux chiens. Mais devant les autres... avoir l'air d'être mené par une gamine. Il lui dit de rester avec sa mère et le Rajah. Les autres s'éloignent, il revient, un remords, sa petite fille tout de même. Il ne sait pas ce qu'elle a fait ou pas fait, ça n'a plus d'importance : Attends de ne plus entendre tous ces chasseurs à la manque. Retrouve-moi à l'étang, avec le Rajah. Tiens-le bien pour le moment.

Lambert garde la meute en laisse, il ne s'agit pas de lever toutes les bêtes de la forêt. On se met sur les traces du cheval. De l'humide, de la boue, on n'en a pas manqué ces derniers jours. Les empreintes des sabots sont nettes, on les suivra, pourvu que les crétins de la battue restent en arrière et ne défoncent pas le terrain comme des laboureurs qu'ils sont. Suivre les pas de l'isabelle, ce serait trop facile. Les traces se croisent au nord, comme si le baron était revenu sur ses pas ; comme s'il avait couru dans tous les sens. C'est bien de lui. Un malade, rien d'autre qu'un malade. Il court pour courir. Il ne sait pas ce qu'il veut. Il est possible aussi que les traces de plusieurs jours se mêlent.

Les chiens s'arrêtent de brailler et tirent dans toutes les directions. Lambert les lâche, pour voir. Ils se dispersent, ce n'est pas de la belle chasse. Les hommes de la battue se tiennent autour de Lambert. Ils font les fiers : pas un creux ne leur a échappé, est, nord, ouest. Mais plus au sud ? Aucune empreinte fraîche de sabots au sud. Justement, c'est peut-être par là qu'il faudrait voir, dit Fleuriel, même si on n'a pas de raison. Le cheval a couru tout seul, c'est pour ça que les traces se mélangent. Un cheval sans cavalier, le baron est tombé dès le début. Il sera tout près du château et au sud. C'est un malin, Fleuriel. Les autres l'approuvent. C'est ça, dit Lambert. Mais si le baron était tombé si près du château, l'isabelle serait rentré tout droit à l'écurie. Au lieu de quoi on le retrouve dans une pâture nord ou nord-est. Tu raisonnes bien aussi, Lambert, disent les autres.

Fleuriel le prend mal : Tu raisonnes surtout comme tes chiens. Et où nous mènent-ils, tes chiens ? Dans trois directions à la fois. Faut croire que monsieur le baron est un vrai diable, s'il se promène dans trois endroits à la fois. Ou que tes chiens sont mal dressés.

Mal dressés, mes chiens ? Si je te les mets au cul, Fleuriel, tu sentiras s'ils sont mal dressés.

C'est ce qu'on verra, dit Fleuriel. Tiens, regarde plutôt qui se présente derrière les arbres. Encore un que tes chiens n'ont pas senti arriver. Ce serait-y monsieur le baron en personne ?

Fleuriel peut rire, il en rajoute même : Mais non, c'est une fille. Manquait plus que ça. La fille Magdeleine et des chiens perdus, on est bien montés pour retrouver notre baron.

Lambert soupèse son bâton dans la main gauche et son fouet dans la droite. Il ne l'a jamais aimé ce Fleuriel. Si les autres n'étaient pas là, il lui caresserait l'arrière des oreilles : Écoute, Fleuriel, puisqu'on en est là, mène la battue. On verra bien qui de nous deux mettra la main sur le baron. Descends au sud avec Gerzeau et Harlou. Je ne te propose pas mes chiens, tu n'en voudrais pas. Ni la fille. Ni le fils. Tu rigolerais trop dans les fossés. Ce serait pas du travail.

Ils se séparent avec des mots en dessous. Lambert attend que les autres soient loin. Il crache un grand coup. On est entre nous, les enfants. On n'a pas encore fait le tour de l'étang. Pour moi, le maître est venu à l'étang. Faut partir de là. Faut rassembler les bêtes. Faut plus suivre les traces du cheval, faut plus. C'est l'homme qu'il faut sentir à présent. Il est là, il nous promène.

Grégoire ne comprend pas comment un homme avec une jambe cassée pourrait les promener. Il ne s'est pas cassé la jambe, Grégoire. On a cherché partout où il pouvait être. Fleuriel est un imbécile, le baron ne va presque jamais au sud. Il est par là et, si on ne le trouve pas, c'est qu'il se déplace. Il se fout de nous. C'est tout ce qu'il lui reste.

Grégoire ne voit toujours pas pourquoi le baron se foutrait d'eux et de cette manière.

Je ne dis pas qu'il n'est pas tombé de cheval, dit Lambert, mais je dis qu'il n'a pas envie de nous revenir. Il n'a pas envie qu'on le retrouve, nous. Qu'on le soigne, nous. Il en a accumulé sur le cœur, il aimerait bien qu'on paye un peu. J'ai dans l'idée qu'il a voulu me trouver un remplaçant, et ça ne s'est pas fait, avec sa sale réputation, il est coincé, obligé de nous garder pour l'instant, et ça ne lui plaît pas. Et puisqu'il ne sait plus comment nous mettre dehors, tout ce qui lui fera encore plaisir, c'est de nous causer des ennuis. Il voudrait bien nous faire encore plus de mal. Il a déjà commencé. Il croit qu'on va se laisser faire peut-être. Je vous le dis, les enfants, il ne nous fera pas d'ennuis trop longtemps. Qu'il en profite encore un peu, à nous faire courir derrière lui. Qu'il rigole. Il rigolera moins quand on le ramènera au château. Voilà ce que je dis. Et je suis sûr qu'il n'est pas sorti du domaine. C'est républicain et rouge et tout ce que tu voudras, mais c'est de l'aristocrate avant tout, cela reste attaché à sa terre. Il ne la quittera pas. Voilà encore ce que je dis.

L'après-midi s'en va, on n'y verra bientôt plus assez. Les bêtes ont commencé à se déchirer aux haies. Des oreilles suppurent, des filets de sang descendent sur le blanc des robes. Des chiens ont commencé à se distraire : suivre la piste du vrai gibier, ils sont faits pour ça. Quelques-uns sont tombés dans des bourbiers. Une patte tordue. D'autres, des ronces leur pendent aux babines ou aux mamelles. La meute tourne, halète, elle ne sait plus où aller. Il ne faudrait pas donner raison au

Fleuriel. Les chiens sont revenus de la lande, au-delà de l'étang, ils se regroupent d'eux-mêmes. Ils piétinent. L'étang, dit Magdeleine, ce n'était pas une si bonne idée. Voilà qu'elle s'y met, elle aussi, Mademoiselle qui sait mieux que son père. Au moins, c'est mieux de la voir comme ça, plutôt que muette au coin de la cheminée.

Magdeleine n'en peut plus de tenir le Rajah. Il tire fort depuis un moment, il se dresse sur ses pattes arrière. On dirait bien qu'il a senti le baron. C'est lui qui a le plus son odeur dans le nez. Des semaines à le renifler, on ne trompe pas un Rajah. Un coup sec, il s'échappe. Faut pas le perdre, surtout, faut pas. Ha, les chiens, derrière le Rajah. Si on ne peut pas suivre un homme, on peut suivre un autre chien. Ha, les chiens, ha ! Ils se déploient, le demi-cercle, du sérieux, aboyant, se répondant, relançant, oubliant les ronces, s'enfonçant au plus épais du bois, le sud de l'étang, d'abord, et infléchissant leur course à l'ouest. Lambert les suit à l'oreille. Faudrait pas qu'ils aient levé un sanglier. Il a pris la peine de leur expliquer pourtant. Ils ont bien compris, allez. Les aboiements s'éloignent, les bêtes vont trop vite à présent. Ou Lambert a perdu sa jeunesse. Ses jambes ne suivent plus, le souffle se raccourcit. Il s'arrête. Il ne devrait pas. Où es-tu, Magdeleine ? Où es-tu, Grégoire ? Faites attention à vous, si vous tombez sur lui. Il est mauvais, quand il veut. Il ne s'agit pas de se perdre tous les uns après les autres, dans ces bois, avec la nuit qui vient. S'il faut faire des battues pour ceux de la battue, on fera rigoler Fleuriel et tous les autres. Ils doivent avoir regagné leur ferme, à l'heure qu'il est. Ils font tremper un morceau de lard dans la soupe. Ils se foutent de nous.

Voilà qu'il entend les chiens derrière lui à présent. Cela ne tourne plus rond, Lambert, tu ne sais plus ta forêt. Il arrête de respirer, pour écouter. D'autres voix, ce ne sont pas ses chiens. Le maire a promis de venir avec d'autres hommes du bourg. De quoi se mêle-t-il ? Ils nous poussent leurs chiens au cul, on ne s'y retrouvera bientôt plus. Lambert retrouve une allée, ce sont ses arbres, personne ne peut l'égaler dans ses bois. Il ne se laissera pas rattraper par un maire et ses galeux. C'est par là… la voix de ses chiens, c'est autre chose, tout devant. Et elle enfle, la voix de ses chiens, pas seulement parce qu'il se rapproche d'eux. Elle enfle, parce qu'ils l'appellent, lui, Lambert. Ils ont quelque chose à lui montrer, quand ils gueulent pareillement. À l'oreille, cela se passe pas loin du Coin-Malefort. Ils y sont pourtant passés une fois dans l'après-midi. C'est bien ce que je disais, l'homme se déplace. S'il est au Coin-Malefort, c'est tout de même curieux. Il se met à découvert. Ce coin n'est pas un coin, c'est même tout le contraire. Le baron n'en veut plus, il était temps. Il nous a fait marcher. Des heures, et même des années qu'il nous fait marcher. Il nous brouille la cervelle. Et on est là pour lui sauver la mise, comme toujours. Avec tout ce qu'il a fait. Cette femme, Berthe François, ces filles de n'importe où, ce Cachan, ceux qu'on ne sait pas peut-être. Et Magdeleine aussi. Et ses caprices et ses revirements et ses enfantillages, toutes ces années. Et on viendrait lui sauver la mise une dernière fois ? Le baron attend Lambert au Coin-Malefort, c'est certain. Une vieille habitude, ils se sont toujours attendus au Coin-Malefort quand ils avaient à se causer. Il secoue son gros corps, le Coin-Malefort, le Coin-Malefort. Un bourbier, s'agit pas d'y laisser une botte. La voix des chiens, leur chanson de fin de chasse, au Coin-Malefort, au Coin-Malefort. Nous y sommes.

À partir de là, c'est la confusion.

M. de l'Aubépine a perdu beaucoup de sang déjà.

C'est le visage qui a pris, le cou surtout, une vilaine entaille, une branche bien épaisse prise à la vitesse du galop, sûrement, de quoi perdre la tête dans la nuit, si le baron a jamais eu sa tête. Les chiens arrivent sur lui. Des heures qu'ils courent derrière une bête impossible ; elle est là, la drôle de bête ; la faim ; le sang tout frais, l'odeur du sang qui finit de s'écouler du cou ; des furieux, ils ont sauté sur le corps de M. de l'Aubépine. Peut-être qu'il a bougé encore. Les chiens lui tirent les jambes, excités comme jamais. Ils y mettent les crocs, on ne peut pas dire. On les laisserait faire, ils le déchiquetteraient, le baron. Ils s'empilent sur lui, des furieux, des furieux, des joyeux, belle chasse à la fin, fiers de montrer leur travail à leur maître. Lambert dira tout à l'heure les avoir séparés du corps à coups de fouet. Des minutes avant de remettre de l'ordre dans la meute, au fouet, au fouet. Ils ne se sentaient plus, le sang, des furieux, des furieux. C'est seulement après les avoir attachés qu'il a pu accéder au corps. Pas joli joli, c'est tout ce que Lambert a répété devant le maire et même devant sa famille.

Seulement ce n'est pas comme ça que Magdeleine a vu la scène. Lambert ne sait pas qu'elle est arrivée avant lui. Le Rajah s'est échappé un moment, c'est vrai, sentant la piste le premier, mais tout bâtard de chien-loup et de molosse qu'il est, c'est une bête de première finesse, alors il est revenu la chercher, sa Magdeleine, c'est bien lui, ça, il ne l'a jamais laissée toute seule, à l'école, et quand elle allait se sauver avec Mlle Berthe. Là encore, il l'attend, il l'entraîne. En chemin, le limier de la meute tombe à son tour sur la voie ; ils s'y mettent tous ; le Rajah devant. Magdeleine ne le lâche plus, elle court, comme elle n'a jamais couru. Elle y est, au Coin-Malefort. Il ne fait plus si clair. Les allées se croisent, là, et, sur un talus, un peu à l'écart, une masse grise affalée. La tête balle un peu. Les abois se rapprochent, il serait bien temps de rompre les chiens. Elle crie à son père de le faire, même si elle ne le voit pas. Il ne l'entend pas, il est encore trop loin. Le corps se tourne vers le Rajah, la tête se lève vers Magdeleine. Elle ne sait pas s'il l'a regardée, ni s'il est encore capable de voir. Elle repense seulement à sa honte. Ce regard d'homme sur elle, elle n'en veut plus. Elle serre son col. Elle ne se sent pas le courage de se retrouver en face de lui. Il vaut mieux attendre à l'écart, son père saura quoi faire.

Elle attrape le Rajah par la peau du cou. Il est trois fois fort comme elle. S'il veut aller sentir le blessé, il ira sentir le blessé. Il comprend, c'est le Rajah, il se laisse tirer en arrière, jusqu'à la lisière de la clairière. Les autres chiens sont déjà au milieu, ils se trémoussent, ils se bousculent, le grand affolement, des bêtes à belle gorge. Et derrière, la grosse voix de Lambert, son père. Il va rompre les chiens, pense Magdeleine. Il ne rompt pas les chiens. Là où elle est, elle ne le voit pas bien, elle entend seulement sa voix grondeuse, basse, et qui vous remplit une forêt.

Il gueule. Mais qu'est-ce qu'il gueule ? Il gueule : À la mort, chiens, à la mort. Et encore : Chiens, à la mort, chiens, à la mort. Après quoi, c'est la plus grande mêlée. Elle ne sait plus rien. Cela dure. À la mort, chiens, à la mort, à la mort. À la fin, Grégoire tombe sur Magdeleine, il appelle son père. Lambert croit qu'ils viennent d'arriver. Il leur demande de l'aider à reprendre les chiens. Ils ont le plus grand mal. Quand c'est fait, Lambert s'approche, et il écarte Magdeleine et Grégoire, pas joli joli. La meute continue à hurler, d'autres chiens appellent au loin. Ils sont là dans le quart d'heure, avec le maire et des paysans. Lambert finit d'attacher ses bêtes à un arbre. Les nouveaux venus regardent vite, ils s'éloignent aussi vite. Ils ont des haut-le-cœur. Pas joli joli, vraiment, comment mettre un homme dans cet état ? Les chiens ? Tenez-les bien, Lambert. Personne n'ose les approcher. Ils tirent. Il faut donner du fouet et salement. Les hommes ébauchent une civière avec de grosses branches, on sacrifie des vêtements pour couvrir le mort. On le ramène au château. Ça fait une drôle de procession, avec le chant des bêtes. Pas la peine de le déposer dans sa chambre, dans l'état où il est. Dans la remise, cela ira bien.

Les Lambert se taisent chez eux, la soupe fume pour rien. Faut bien manger pourtant. Ils mangent. Lambert cherche des mots, des grands de préférence. À la fin, il dit que tout est bien. C'est la justice. En homme de son temps, il prononce le mot justice avec une majuscule. C'est une réparation des injustices. Un homme fait du mal, il doit racheter, c'est tout simple. Magdeleine lève la tête, simple, simple… Surtout qu'elle ne dise pas ce qu'elle pense. Que c'est trop tard. Que la Justice aurait dû passer le premier jour. Que son père ne s'en est pas beaucoup soucié, jusqu'ici, de la Justice. Qu'il s'y met maintenant parce qu'il sentait que son temps au domaine était compté : convaincu qu'un autre garde-chasse allait bientôt être engagé à sa place. Trop tard, la Justice. Voilà la vérité, ce qu'elle devrait dire, ce que disent ses yeux. Oui, mais les enfants ne parlent pas à table. Surtout, elle est elle-même toute mélangée : écœurée, ça oui, mais, dans les profondeurs, presque satisfaite. Il lui vient de grands mots, comme son père : le châtiment… Il n'obligera plus aucune femme à arracher ses vêtements… Mlle Berthe peut dormir tranquille… Les Lambert, eux, n'ont pas sommeil. Faut se coucher pourtant. Ils se couchent. Grégoire parle tout bas à sa grande sœur. Des regrets. Il l'aimait bien, lui, le baron, son cheval, ses petites pièces. Et puis, il voit bien ce qui ne va pas dans tout ça : Qu'est-ce qu'on va devenir, maintenant, nous autres ? Est-ce qu'on pourra rester chez nous ?

Ce n'est pas le moment, Grégoire. Dire qu'ils ont préféré se taire sur le compte de leur maître pour ne pas partir. Et qu'ils vont devoir s'en aller parce qu'ils n'ont rien dit. Est-ce que cela aussi fait partie de la Justice ? Tais-toi, Grégoire. Dors. Facile à dire. Va dormir avec les chiens qui n'arrêtent pas de gueuler au chenil. Font-ils un vacarme, les chiens. Ils sentent le baron couché dans la remise, aucun doute. Lambert est allé les voir deux fois. Rien ne les calme, même le fouet. C'est triste, la justice.

M. Julien, le maire, est revenu au domaine, le coup de midi, son heure. On ne l'a jamais tant vu. Il n'arrive pas tout seul. Il amène des autorités. Le curé, on le reconnaît bien. Mais les autres ? On s'y perd, entre un médecin de la ville, un commissaire, un juge, des assesseurs. Les représentants de l'Empire se déplacent pour le baron de l'Aubépine des Perrières, un ami de la république sociale, pour ainsi dire un rouge. C'est drôle, la Justice. Ils veulent savoir si le mort bougeait encore avant l'arrivée des chiens. Quelle importance ? demande Lambert. S'il n'a pas pu rentrer tout seul du Coin-Malefort, c'est qu'il était fichu. Lui, Lambert n'a pas besoin d'une matinée pour y aller et en revenir. Ce garde-chasse est un peu brusque. Il a du bon sens, notez. Quelqu'un avait-il des raisons de lui en vouloir ? Si on réfléchit bien, personne ne l'aimait vraiment, ce baron, un solitaire, toute société lui pesait. Et puis, il se dit qu'il revient d'Angleterre, qu'il a rencontré des étrangers, peut-être des ennemis de la France. Confirmez-vous, Lambert ? Harlou s'est répandu. C'est bien lui. Lambert ne confirme rien, il dit que son maître ne se confiait pas. Ce pourrait aussi bien être un rôdeur. Disons un rôdeur. C'est très bien, un rôdeur. Nos bois ne sont pas toujours sûrs, malgré les efforts de l'Empire. Un rôdeur le fait tomber de cheval, le blesse et le dépouille. Oui, oui, cherchez de ce côté, un rôdeur.

Reste la question des chiens. C'est singulier, cet acharnement des chiens sur un homme, leur maître qui plus est. Des bêtes de chasse comme celles-là peuvent-elles s'en prendre à l'homme, comme si c'était un cerf acculé dans un bourbier ? Le sang, dit Lambert, la preuve que le baron avait déjà perdu son sang. Je ne vois rien d'autre pour les exciter pareillement.

Oui, mais leur maître tout de même ?

Leur maître, parlons-en. Il ne les aimait guère. En retour, ils ne l'aimaient pas non plus.

Comment ? Même ses chiens ?

Leur seul maître, c'est moi.

Attention, Lambert. Ne va pas te vanter. Le moins tu en dis, le moins ça te retombe dessus. Là, les autorités posent un drôle de regard sur le garde-chasse. Retenir ses chiens ? Les attacher quand il le faut ?

Une battue, vous comprenez, on allait au plus large. Après, il était trop tard, ils étaient dessus. Le sang, l'excitation du sang, l'esprit de la meute. On les a repris au fouet, le plus vite qu'on a pu, monsieur le maire m'est témoin. Quand il est arrivé, je les tenais de nouveau. Le mal était fait. Pas joli joli. Mais tout est venu du premier sang, le sang appelle le sang.

C'est bien ça, l'ennui, selon M. Julien. Ce qui l'inquiète comme représentant suprême de la commune. L'histoire a fait le tour du pays. Les habitants ont peur. Voilà des bêtes qui ont tâté d'une autre chair, la chair, l'humaine. Elles y ont pris goût, peut-être. Elles sont devenues autre chose que des chiens. Si Lambert les lâche encore sur le domaine, qui sait si elles ne chercheront pas l'homme ? Le sang de l'homme, la chair de l'homme. Y compris hors de leur territoire habituel. Si Lambert ne les tient pas. La chair humaine, cela vous fait oublier tout dressage. Écoutez-les encore dans leur chenil. Qui oserait s'en approcher ? La sauvagerie est revenue dans notre Ouest, malgré tous les efforts de l'Empire. Le maire doit protection à ses administrés. Les représentants de l'Empire l'approuvent. Au fond, le baron, ils s'en moquent. Un déplorable accident, répètent-ils après Lambert, une chute de cheval, peut-être provoquée par un rôdeur, c'est probable, ce ne sera pas le premier châtelain à périr d'une chute de cheval et de la main d'un rôdeur. Faire enlever le corps, honneurs funèbres, caveau familial, près de ses parents, la routine.

Mais les chiens, ils ne sont venus que pour les chiens. M. Julien annonce à Lambert qu'il va faire abattre la meute. La troupe a été prévenue. On enverra une escouade avant le soir. La population l'exige. Comme on la comprend. Nous vivons dans la Civilisation, l'Empire est le garant de la Civilisation. On ne peut pas laisser des hordes de chiens, revenus à l'état de loup peut-être, semer la terreur sur nos terres de l'Ouest. Vous comprenez ?

Cette fois, Lambert se fâche. La troupe pour fusiller ses chiens ? Cela ne tient pas debout. Les chiens sautent sur le dos des sangliers, on leur en jette des morceaux pour récompense. Il n'y a pas de chair humaine qui tienne. C'est le même sang, la même viande. Le curé proteste. L'homme tout de même, à l'image de Dieu. Sans doute le baron n'a-t-il pas manifesté envers l'Église les mêmes sentiments que son père. Le pécheur n'en est pas moins un fils de Dieu, créé à Son image. Lambert ne veut rien entendre. Personne ne touchera à ses chiens de chasse. Si on ne veut pas les laisser vaguer dans les bois, il les tiendra. Tout le monde sera content.

Le maire le laisse aller au bout de sa colère. C'est un caractère, ce Lambert, dit-il aux représentants de l'Empire, mais le meilleur homme qui soit. Allons, Lambert, soyez raisonnable. Vous voyez bien que vous n'y couperez pas.

Lambert cherche les grands mots. La Justice. La justice pour ses chiens, non, ça ne va plus. Elle est abominable, la justice. Tout ce qu'il trouve à dire, c'est qu'il faudra le tuer d'abord, lui, Lambert. Le maire fait l'homme patient. Ce garde-chasse est un peu brusque, mais le meilleur garçon qui soit. Il y viendra, allez. Il suffit de se faire à l'idée. Ce ne sont que des animaux, après tout. Et puis, l'intérêt suprême de la commune commande tout.

Ils discutent, des quarts d'heure entiers, dans la cour et dans le froid. Décembre, le temps tourne au sec. Les représentants voudraient bien se réchauffer au château ou même dans le pavillon du garde-chasse, autour d'un petit quelque chose. Pas question, le maître aujourd'hui, c'est Lambert, il s'enfonce sa casquette de cuir sur les yeux, il prend son air le plus obtus. Je ne céderai pas. Oui, mais les autres non plus n'ont pas l'intention de partir avant d'avoir obtenu ce qu'ils veulent. Et s'ils ne l'obtiennent pas comme ils l'espéraient, en bonne entente avec un homme estimé dans les alentours, ils seront contraints de faire usage de la force. Est-ce cela que veut Lambert ? La troupe est en chemin, à l'heure qu'il est. On ne l'arrêtera pas. Elle aura des ordres, au nom de l'Empereur Napoléon III. Et si Lambert s'oppose à la force, la force s'exercera contre lui, les grands moyens. M. de l'Aubépine avait donc une opinion exacte de ce Napoléon.

Puisque c'est comme ça... dit Lambert. Et il ne dit plus rien d'autre. Puisque c'est comme ça. Les autorités se congratulent. Allons, un homme raisonnable... À l'amiable... Un bon garçon, je vous l'avais bien dit... Je ne voulais pas le brusquer... La paix sera préservée entre les villageois. L'ordre rétabli. Eux aussi aiment les majuscules. Ils prononcent : la Paix, l'Ordre. Le juge (ou le commissaire) ajoute que c'est une question de Justice. Elle est dégoûtante, votre Justice.

Lambert rentre chez lui. Puisque c'est comme ça. Il ressort, un fusil sur le bras droit, un autre en bandoulière. Puisque c'est comme ça. Les représentants reculent. Ils regardent vers l'entrée du parc. L'escouade attendue devrait déjà être là. Elle ne s'est tout de même pas perdue dans les bois. Lambert passe au large sans regarder les hommes de la Paix, de l'Ordre et de la Justice. Ça va mieux. Il faudrait juste l'empêcher de se faire du mal. Le curé rappelle qu'attenter à sa propre vie est un des péchés les plus graves. Puisque c'est comme ça.

Puisque c'est comme ça, je préfère le faire moi-même. Lambert est au milieu de ses chiens, ils sautent dans tous les sens depuis hier, jamais apaisés, gueulant, gueulant. Il les caresse, l'un derrière l'autre, le sommet d'un crâne, un museau mouillé, une échine. Ils gueulent encore plus fort, les meilleurs du pays, à vous retourner une forêt. Il les aime mieux que tous les hommes. Regardez-les, est-ce que ce sont des loups ? Des sauvages ? Là, là, mes tout beaux, calme, calme, mes tout beaux, mes mieux aimés, calme. Il ressort pour se poster à la barrière du chenil. Il ajuste le limier de meute. Au moins, ce sera du travail propre. Il en restait douze, adieu. Du travail propre, adieu. Les derniers se sont réfugiés au fond du chenil. Il faut rentrer, les tenir au bout du fusil, adieu. Douze, cela ne finit pas. Il n'y aura plus d'autre chasse, adieu. C'est fini. Il ne pleure pas ; garder son air de brute ; il repasse devant les autorités : Maintenant qu'on ne me demande plus rien.

Il en reste un, dit le juge (ou le commissaire). Il montre le Rajah tendu au bout de sa chaîne, près de la maison des Lambert, debout sur ses pattes arrière, s'étranglant, hurlant à la mort pour ses congénères. Il a tout compris, lui, le plus intelligent de tous, il sent qu'on lui veut du mal.

Celui-là, dit Magdeleine, n'a pas participé à la curée. Je l'ai toujours tenu. Il n'est pas de la meute.

Le maire consulte. Il a bien vu le Rajah sur les lieux. Il ne peut assurer qu'il était attaché. C'est le plus gros de tous, le plus impressionnant. Il est légitime de lui faire subir le même sort, pour rassurer la population.

Il faut sauver le Rajah, pense Magdeleine. Elle va leur montrer que c'est une bonne bête. Elle se frotte à lui, elle lui tire les babines, elle rappelle que le bourg entier l'a vu couché à la porte de l'école, du temps où il l'accompagnait, où il la protégeait. Un vieux chien, à présent. Le Rajah se dresse, son habitude, il pose ses pattes sur les épaules de Magdeleine, moins souplement qu'autrefois. Mais il a toujours sa bonne grosse langue. Il glisse son museau sous le bras de Magdeleine. Il fouille. De la bonne amitié. Il saute un peu sur place, au bout de sa chaîne, pour ne pas retomber. Il lèche la cicatrice qu'il lui a faite l'autre année. Personne ne le sait. Regardez cette bonne bête. Ils dansent tous les deux, Magdeleine, le Rajah, ils dansent, ils sont beaux. Les autorités se consultent encore. Pour celui-là, qu'on promette de le garder attaché au château. La Justice tolère les accommodements.

La troupe finit par arriver. On lui fait creuser une fosse pour les chiens. Cela au moins sera épargné à Lambert. La cérémonie religieuse pour le châtelain, il ne s'y rendra pas non plus. Qu'on ne lui demande plus rien. Et puis c'est faire injure aux convictions du baron. On fait ce qu'on veut des morts, c'est dégoûtant. Magdeleine refuse de s'y rendre aussi. Son père la regarde en dessous. C'est donc bien vrai alors ? Il commençait à se dire que tout cela n'avait pas eu lieu. C'est une tristesse de plus. Le banc des l'Aubépine, vide depuis le temps des parents, est occupé, pour l'occasion, par Eugénie et Grégoire. Le curé fait des grandes phrases, avec des majuscules partout. Le Pauvre Pécheur rentre dans le Berceau de ses Pères et prend sa place près du Père. Eugénie trouve que c'est bien comme ça.

Les Lambert se sentent entre deux mondes à présent et entre deux époques. Ils devraient être contents : les héritiers de M. de l'Aubépine, des cousins avec lesquels il avait rompu depuis bien longtemps, leur demandent de rester encore un peu, le temps que la succession s'organise. Et ils leur payent leurs gages. Mais Lambert, sans ses bêtes, cela ne lui dit plus rien. Le garde-chasse n'a plus envie de garder. Il laisse les friches s'installer avec le printemps ; les allées sont mangées d'herbe. Il ne veut même pas aller y voir. Sa seule promenade, le chenil, aller et retour.

Les cousins parisiens visitent rapidement ce bien qui leur tombe dessus : ils ne veulent surtout pas s'installer dans un pays pareil, trop enfoncé dans les profondeurs de l'Ouest, disent-ils. Ce n'est pas une vie pour eux.

Le domaine est mis en vente. On demande à Lambert de faire un effort d'entretien, histoire de ne pas décourager les acheteurs. Qu'on ne lui demande plus rien. On lui fait miroiter que peut-être de nouveaux propriétaires accepteraient de le garder sur les terres, avec sa famille. Il s'en moque. Eugénie s'use la santé pour préserver une apparence : aérer, chauffer, gratter, faire reluire. Elle essaie de secouer son mari : Enfin quoi ? Lambert, te voilà presque aussi mélancolique que le baron. Cela ne devrait pas être… Un garde comme toi… Tu n'as jamais voulu parler contre le maître pour demeurer. Maintenant que nous avons un petit espoir de rester, en faisant tout beau, tu veux partir. Lambert est un homme désintéressé au fond. Il n'a vraiment tenu à sa place que pour ses chiens. D'ailleurs, le dernier qui restait, le vieux Rajah, a bien senti qu'il n'avait plus rien à attendre du domaine, lui non plus. On l'a trouvé mort au bout de sa chaîne à la fin de l'hiver, amaigri, ayant perdu toute sa musculature, à force de rester attaché, selon les consignes des autorités. Ce n'était plus le Rajah : il n'a pas fait un bruit pour s'en aller, même pas un râle dans la nuit. C'est Grégoire qui a prolongé la fosse. Lambert n'aurait pas eu le cœur à faire ça. On a même l'impression qu'il a fait semblant de ne rien savoir.

C'est vers ce moment qu'il a ses premiers cauchemars, puis ce ne sont plus seulement des cauchemars, ou alors éveillés : il entend la meute revenir, il est bien le seul à l'entendre, elle hurle dehors, elle réclame son gibier, du sang, du sang d'homme. Il se barricade dans son pavillon de garde. Il est terrorisé. Il demande qu'Eugénie les chasse. Il va crier après ses chiens, comme ça, jusqu'à la fin de sa vie.

Avec ce qui s'est passé en décembre, ce qui s'en dit dans les alentours, grossi de semaine en semaine, les acheteurs font les difficiles. C'est comme la maison d'un pendu. Ils veulent savoir si, des fois, le baron ne se serait pas mis à hanter sa demeure. C'est bien possible, dit Lambert. Mais faut pas m'en demander plus, faut pas. Le notaire demande à Lambert de ne pas se montrer aux visiteurs qu'il amène, pour ne pas casser la vente. Le prix est déjà tombé. Des bourgeois finissent par se décider. Des gens qui tiennent de grands ateliers de tissage du côté de l'est. Ils ont pris leurs renseignements. Lambert, ce qu'on commence à raconter sur son compte, l'histoire de ses chiens surtout, cela ne les met pas en confiance. Ils annoncent qu'ils mettront des gens à eux. Du neuf, c'est mieux.

Les Lambert sont retournés au bureau de placement. Si on cherche une place dans une maison bourgeoise, rien de plus simple. Eugénie trouve rapidement un engagement de cuisinière à la ville, chez un médecin. C'est elle qui sera chargée de nourrir son mari, il ne veut plus rien faire, c'en est une pitié. Elle prendra sa place le 1er juin, quand les nouveaux propriétaires s'installeront.

À la mi-mai, voilà un cabriolet, c'est Duplessis. On ne l'a pas vu depuis l'an passé. Il n'en revient pas de ce qu'on lui raconte. Il ignorait que le voyage à Guernesey n'avait pas eu lieu. Ses intermédiaires ne lui en ont rien dit. Cela ne devait pas être bien important pour Victor Hugo. D'ailleurs il n'a pas de nouvelle lettre à transmettre. Non, s'il a fait le détour, c'est pour une autre raison : le baron lui avait passé commande d'un de ces appareils de prise de vue, n'est-ce pas ? Lambert se souvient-il ? Lui, Duplessis, avait pris un acompte, alors, parole tenue, voici l'appareil. Oui, mais l'acheteur est mort... Gardez l'acompte, dit Lambert, et vendez la boîte à un autre.

Vous ne la voulez pas, vous, Lambert ?

Je ne veux plus rien, vraiment plus rien.

Vous avez raison. Tout cela est bien triste, dit Duplessis, je n'aurais jamais cru ce que vous me racontez. Notez, c'était un curieux homme. Mais je ne le détestais pas. Tenez, Lambert, prenez un petit cigare, je crains que ce ne soit le dernier. J'avais de l'amitié pour vous aussi. J'avais même songé à vous faire un petit cadeau. Regardez. Vous vous souvenez de ces vues que nous avions prises avec le baron ? Je vous avais promis un tirage sur papier albuminé. Voici : c'est pour vous. Et pour rien. Je ne saurais plus quoi en faire.

Lambert se retrouve avec deux clichés entre les mains. Le baron, avec son calot, fier sur son perron, comme sur une barricade ; et le garde-chasse avec le Rajah dressé sur ses pattes, féroce.

Bien sûr, dit Duplessis, la qualité n'est pas fameuse, c'est un peu flou, mais le chien n'était pas prévu et il a tout mis en l'air. C'est égal, c'est tout de même un portrait de vous.

Lambert se sent tout drôle avec son papier albuminé. Il se retire chez lui et il commence à regarder et il continue, des heures et des heures à pétrir les photos. Il s'y abîme. Il a du mal à comprendre que ce qui a été avant est encore là, devant lui, le Rajah tout noir avec ses muscles. Et lui debout avec son fusil, à la lutte avec l'animal. Pourtant, il n'est pas sûr de se reconnaître ; il s'est voûté depuis, sa barbe a blanchi ; quelques mois seulement, mais il ne se sent plus le même. Malgré tout, il est là, c'est indiscutable, le temps d'avant demeure. Sur ce bout de papier, nous sommes tous encore vivants, c'est effrayant. C'est juste avant que le baron ne décide de partir pour Guernesey, cela aurait pu encore aller. Oui, mais c'est déjà après la Berthe François, cela n'allait déjà plus. C'est un curieux moment, un entre-deux, et on peut le toucher du doigt. La photo du baron lui est insoutenable, il s'en débarrasse tout de suite. Mais l'autre, il la garde, elle l'obsède, il ne comprend pas pourquoi.

Qu'est-ce que tu espères trouver là-dedans ? demande Eugénie. Aide-moi plutôt à porter cette malle.

Lambert n'aide pas, il s'est glissé dans un interstice du temps, il tient entre les doigts cette photo en noir et blanc. Il sait qu'il est devenu un autre homme.

RÉALISATION : IGS CHARENTE-PHOTOGRAVURE À L'ISLE-D'ESPAGNAC
IMPRESSION : BRODARD ET TAUPIN À LA FLÈCHE
DÉPÔT LÉGAL : MAI 2008. N° 97891 (46862)
IMPRIMÉ EN FRANCE